U0097312

古典詩歌研究彙刊

第七輯

龔鵬程 主編

第 7 冊
唐末五代諷刺詩研究（上）

黃 致 遠 著

國家圖書館出版品預行編目資料

唐末五代諷刺詩研究（上）／黃致遠 著 -- 初版 -- 台北縣永
和市：花木蘭文化出版社，2010〔民99〕
目 2+208 面；17×24 公分
（古典詩歌研究彙刊 第七輯；第7冊）
ISBN 978-986-254-122-7（精裝）
1. 隋唐五代詩 2. 諷刺文學 3. 詩評
820.9104 99001783

古典詩歌研究彙刊
第七輯 第 七 冊 ISBN：978-986-254-122-7

唐末五代諷刺詩研究（上）

作 者 黃致遠
主 編 龔鵬程
總 編 輯 杜潔祥
出 版 花木蘭文化出版社
發 行 所 花木蘭文化出版社
發 行 人 高小娟
聯 絡 地 址 台北縣永和市中正路五九五號七樓之三
電話：02-2923-1455／傳眞：02-2923-1452
網 址 http://www.huamulan.tw 信箱 sut81518@ms59.hinet.net
印 刷 普羅文化出版廣告事業
初 版 2010 年 3 月
定 價 第七輯 20 冊（精裝）新台幣 28,000 元

唐末五代諷刺詩研究（上）

黃致遠 著

作者簡介

黃致遠，台北市人，一九五二年生。國立中央大學中國文學系畢業，中國文化大學中國文學碩士，新亞研究所文學博士。曾任新竹市磐石高級中學專任教師、訓導主任，中華科技大學通識教育中心專任講師、副教授。現任中華科技大學通識教育中心專任副教授兼主任秘書。著有《明清性靈詩說之研究》、《羅隱及其詩研究》，已發表之學術期刊論文有〈《文心雕龍‧神思》析論〉等十一篇，研究範圍以唐末五代文學為主要範疇。

提　要

　　本論文以唐末五代（西元 860 年～ 979 年），共一百一十九年重要詩人的諷刺詩篇加以研究，除探討其形成之時代背景外，又論及重要作家、詩作與主題思想、藝術手法、詩風特色等方面逐一詳加探討，進而確定其價值及影響。錢鍾書《談藝錄》云：「唐詩多以丰神情韻見長，宋詩多以筋骨思理見勝。」唐、宋兩代詩歌，前後輝映，為中國詩歌發展開啟成功之高峯；唐末五代介於其間，承上啟下，具備重要之關鍵與橋梁地位，其重要性是不容忽視的。

　　唐末五代詩人大量寫作關懷民瘼，針砭時弊之諷刺詩，詩人吸納前人經驗後再行突破，轉出新風格，故不論在主題、內容、形式、技巧等方面均開創新局，使諷刺詩向前邁進發展。唐末五代是一個軍閥混戰、社會動盪、政治黑暗的時代。經常處於戰亂之中，烽煙千里，哀鴻遍野，田園荒蕪，民不聊生。真正能夠體現當時詩歌創作的成就，成為精華，是那些放射著現實主義光芒的諷刺詩篇。詩人以在野的立場發表議論，深刻的觀察社會，理性的剖析，反映社會真象，其言語大多犀利，表現出知識份子的良心和風骨。

　　唐末五代詩人眾多，其諷刺詩之創作，由於時代背景、氣質風格等不同，使當時諷刺詩呈現多種的審美風貌，或以含蓄見長，或以酣暢取勝，曲直互映，隱顯交輝。而作者透過技巧性之諷刺手法，清楚明白地揭露時代問題，使詩歌成為統治者之銅鏡、社會正義之化身。為深入了解唐末五代諷刺詩作品，其藝術表現成功之處，本論文共分八章。第一章緒論，敘述研究動機、範圍、方法與研究概況，籍由前人研究基礎，擬對唐末五代諷刺詩作深一層之探討。第二章簡述唐末五代諷刺詩之時代背景。第三章唐末五代諷刺詩溯源與義界。第四章探討本期諷刺詩重要作家與作品。選錄的詩人，率以其諷刺詩為主，具有時代性及特殊意義者。第五章突顯本期諷刺詩之主題取向，並分別列舉詩例加以說明。第六章分析本期諷刺詩歌之藝術手法。歸納出題材小中見大、議論以明題旨、對比強化諷刺及善用設問反語等四個主要原因。第七章探討本期諷刺詩之價值及影響。第八章結論。總結唐末五代諷刺詩對後世之影響，進而給予合理之評價，肯定在文學史上之地位與價值。

唐末五代諷刺詩歌，既和唐代詩歌一脈相承，又與宋代詩歌水乳交融，孕育著宋代文學的先聲，標誌著宋代文學主流的萌芽，上承下啟，地位十分重要。本論文探討之諷刺詩，僅是唐末五代詩壇整體詩歌之一部分，但求拋磚引玉，以進一步開闊唐末五代詩歌研究之範疇。

目
次

第一章　緒　論

第一節　研究動機

　　文學隨時代而變遷，漢賦、唐詩、宋詞、元曲皆爲中國古典文學之瑰寶，但歷來治文學史者，於唐末五代詩歌多所忽視，唐末五代詩歌研究一直是唐代文學研究中的薄弱環節，批評與研究者的眼光，有關初、盛唐之論述固多，探討中唐者有之，獨唐末五代乏人問津，偶有論及僅止於晚唐溫、李、杜三家，其他各派詩人或零星出現，實難以窺視唐末五代詩歌之本質，更遑論掌握其脈絡。由於唐末五代並未產生王維、李白、杜甫那樣的大家，也未湧現韓愈、柳宗元、白居易那些具有號召力的文壇領袖，更未掀起聲勢浩大的文學運動，所以並未受到歷代詩評家應有的重視和研究。

　　對唐末五代文學的研究，實自唐末五代時即開始，《舊唐書・文苑傳》列晚唐作家共九名：劉蕡、李商隱、溫庭筠、薛逢、薛廷珪、李拯、李巨川、司空圖、唐彥謙。其中唐末作家有六名。可以看出五代官方史臣對唐末文學家的重視。宋代歐陽修、宋祁的《新唐書・文藝傳》列晚唐作家共四名：李商隱、薛逢、李頻、吳融，其中唐末作家就有三名，加上《隱逸傳》列陸龜蒙（《舊唐書》未列），可見北宋對唐末作家的重視。

　　宋代除蘇軾、黃庭堅、陸游、嚴羽等少數人，大都奉「晚唐」為
圭臬，但對於五代詩的評價極低（五代詞例外）；元、明、清時代對
「元和」以後文學幾乎是一片貶抑之聲，甚至連李商隱、杜牧亦受波
及不能倖免，唐末五代文學被漠視於此可知。

　　自《毛詩》倡「風雅正變說」以來，歷代許多正統文人無不將「正
變」視為政治「盛衰」的反映，兩者關係密切，因此對於唐末五代詩
歌的研究，論者常以「政治盛衰」著眼，認為國運與詩運關係密切，
歷史變遷等同詩歌發展史，批評者與研究者的眼光，很容易被初、盛、
中唐，複雜而深刻的精神內涵所吸引，而精神、氣格略顯卑弱的唐末
五代詩人，就很難吸引研究者對話的興趣。因此，不僅負面批評之聲
不絕，誤解鄙視亦所在多有。宋代嚴羽就有這樣的偏見：

> 論詩如論禪，漢魏晉與盛唐之詩，則第一義也。大曆以還
> 之詩，則小乘禪也。已落第二義矣。晚唐之詩，則聲聞辟
> 支果也。〔註1〕

這樣的描述，主要是以正變價值觀為認識基礎和評判標準的。

　　劉勰《文心雕龍・時序》云：「文變染乎世情，興廢繫乎時序。」
〔註2〕又云：「故知歌謠文理，與世推移；風動於上，而波震於下者。」
〔註3〕雖精準地說明了時代對文學創作有普遍的影響。然而，盛世作品
未必傑出，衰世篇章亦可優秀，在唐代，「時」與「詩」的發展，並非
全然一致的。宋・歐陽修提出不同看法，其《歐陽文忠公集・蘇氏文
集序》云：「予嘗考前世文章政理之盛衰，而怪唐太宗致治幾乎三王之
盛，而文章不能革五代之餘習。」〔註4〕可見，每一時代的文學，與當
時的歷史、文化氛圍、時代精神、價值取向等多方面皆密切關聯。清・

〔註1〕嚴羽《滄浪詩話》，見何文煥、丁福保編《歷代詩話統編》，北京：
　　　　北京圖書館出版社，2003年5月，第1冊，頁443。
〔註2〕劉勰：《文心雕龍注》，台北：台灣開明書店，1971年5月台9版，
　　　　卷9，頁24。
〔註3〕同上註，頁23。
〔註4〕歐陽修：《歐陽文忠公集》，台北：台灣商務印書館，1979年，《四部
　　　　叢刊正編本》，第44冊，頁311。

葉燮認爲：「然就初而論，在貞觀則時之正，而詩不能反陳隋之變。」
〔註5〕可見「時」與「詩」並非全然一致，盛衰同步的。然而，歷代詩
評家談到晚唐詩壇，特別是唐末詩壇，無不一言以蔽之曰：「詩風衰
蔽」。雖然葉燮有較爲客觀公允得評論，其《原詩》云：「論者謂晚唐
之詩，其音衰颯，然衰颯之論，晚唐不辭，若以衰颯爲貶，晚唐不受
也。」〔註6〕然而唐末五代詩歌長期受到不公正的評價，甚至被排除在
研究視野之外，與此種觀念有極大的關係。雖然，晚唐的詩壇明顯帶
著衰亂時代氛圍的投影，腐敗的社會政治與多舛的個人際遇，固然沖
淡了晚唐文人匡時濟世的政治熱情，但是在時代背景下滋生、蔓延的
刺時、憤世之情緒，卻形成了另一種涵蓋廣泛的精神氛圍，普遍地滲
入文人心理，並時時呈現於創作中。欲使唐末五代被忽視已久的諷刺
詩人及其詩作，得到應有的地位，這是本文寫作的動機之一。

　　唐末五代不但出現了皮日休、韋莊、司空圖等獨具個性的詩人，
而且在詩歌題材、表現形式、藝術技巧等方面，都有新的開拓和發展。
雖然，唐末五代詩歌，高亢激昂之音不聞，錦繡繽紛之色不再，不復有
雄渾悲壯的「盛唐氣象」，唐末五代詩人心中也多充滿著一種毫無希望
之執著；一種無能爲力之感歎；一種虛無飄渺之失落，此種獨特風潮，
展現出一種有別於盛唐之韻味，顯現出時代與詩風互動的特殊情形。

　　詩歌發展至唐末五代，詩人汲引前期詩歌營養，又發展出一種不
同風貌，感時傷亂、詠史懷古、豔情隱逸之詩作大量湧現而且綻放異
彩，使這個時期詩歌具有研究價值。唐末五代雖未出現「大家」，但
「名家」輩出，作家作品數量眾多，名篇佳句不可勝數。如羅隱、韋
莊、韓偓被後人尊爲唐末五代的「華岳三峰」；皮日休、陸龜蒙被稱
爲「曠世大才」；杜荀鶴被宋代嚴羽所看好，將「杜荀鶴」體、「李商

〔註5〕《汪文摘謬》，見《叢書集成續編》，上海：上海書店，1994 年，第
　　　　124 冊，頁 416。
〔註6〕葉燮：《原詩》，見何文煥、丁福保編《歷代詩話統編》，北京：北京
　　　　圖書館出版社，2003 年 5 月，第 3 冊，卷 4，頁 402。

隱」體、「杜牧體」，列於唐末五代鼎足而三者；司空圖被學界認爲在中國文學批評史上與劉勰、鍾嶸、嚴羽、葉燮等人能相提並論的一流人物。唐詩發展至晚唐五代，因灌溉已深，涵容又廣，各種形式、風格皆已完備，藝術手法臻於純熟完美，絕非單純以齊梁綺靡之風所能概括。沈德潛《唐詩別裁·序》云：

> 有唐一代詩，凡流傳至今者，自大家、名家而外，即旁蹊曲徑，亦各有精神面目流行其間，不得謂正變盛衰不同，而變者衰者可盡廢也。〔註7〕

詩學之變，隨世遞進，唐末五代的佳作名篇，較之盛唐、中唐未必遜色，這是本文寫作的動機之二。

我國詩歌素有言志載道之傳統，主張詩歌和教化、道統相結合，與民生憂戚相關。《詩經》、《楚辭》肇其端，緣事而發的漢魏樂府續其波，有唐一代更多所創發。初唐陳子昂提倡「漢魏風骨」，盛唐杜甫的「即事名篇」，中唐元稹、白居易的「新樂府」，皆充分發揮了詩歌寫實諷諭的精神。晚唐國勢動盪不安，民生困苦凋敝，混亂的時代也造就了一批不同流俗的詩人，然而，唐末五代詩人卻比盛世的詩人更痛苦，因爲他們是儒者，儒者是不能漠視時代沈淪的。杜牧〈將赴吳興登樂遊原一絕〉云：「欲把一麾江海去，樂遊原上望昭陵」〔註8〕的矛盾，代表著唐末五代詩人欲爭不得、欲罷不能的痛苦徬徨。唐末五代詩人縱使深刻地認識到國家、民眾和個人命運的不可更改，卻仍不能忘懷現實，對人生執著地追求。

唐末五代時期，隨著唐王朝的日薄西山，氣息奄奄，社會矛盾的不斷激化，有一批詩人堅持著杜甫、白居易現實主義的創作道路，繼續以詩歌的形式反映日趨深化的社會矛盾，這群社會詩人，批評雜亂悲慘的社會，同情貧苦的百姓，爲不幸之天下蒼生訴冤吶喊、主持正

〔註7〕 沈德潛：《唐詩別裁》，見《歷代詩別裁集》，杭州：浙江古籍出版社，1998 年 5 月，頁 59。

〔註8〕 彭定求等編：《全唐詩》，北京：中華書局，2003 年 7 月，卷 521，頁 5962。

義之作品是值得探討的。如游國恩等主編的《中國文學史》就認爲:「在黃巢起義前後,皮日休、杜荀鶴、陸龜蒙等作家卻繼承了中唐白居易新樂府及韓柳古文運動的傳統,以鋒芒銳利的詩歌和小品文反映了唐末的階級矛盾。」〔註9〕復文書局出版的《新編中國文學史》〔註10〕、詹瑛《唐詩》〔註11〕均肯定這些現實主義創作風氣的詩人。

　　唐末五代詩人,其詩作在憫亂憂時、嗟歎惋惜之中籠罩感傷低沈的氣氛,但卻以諷詠時事,反映民生疾苦爲職責,創作了大量批判現實、憂國傷世之作,爲唐代詩歌增色生輝。近人蘇雪林《唐詩概論》云:

　　由晚唐至於唐末,詩人尚復輩出,各極其才力之所至,卓
　　然成家,絕不致有蹈襲剽竊,拾人餘唾之弊。〔註12〕

反映唐代社會現實之諷刺詩,從盛唐開始,經中唐,以至晚唐均有詩人參與創作,其價值與影響值得重視。但是後人研究唐代社會詩人,大多集中在盛唐杜甫和中唐的元結、元稹、白居易等少數大家;而忽略唐末五代的許多詩人,如皮日休、陸龜蒙、羅隱、杜荀鶴等,他們都創作過反映社會之詩篇,企圖諷上化下,解民倒懸,最貼近社會現實。鄧小軍認爲晚唐詩壇的發展有三個方向:

　　第一,是詩人站在人民大眾的立場,爲人民伸冤,伸張正
　　義,對統治者的黑暗無道,進行揭露、譴責。……第二,
　　是詩人在歷史文化層面,對中國文化傳統,包括唐代二三
　　百年文化,心誦默念,熱愛護惜,絕不讓文化傳統在自己
　　這一代失落斷滅。……第三,是詩人政治生活實踐中,……
　　對宦官、藩鎮惡勢力進行殊死鬥爭,並體現於詩歌。〔註13〕

〔註9〕游國恩:《中國文學史》上冊,台北:五南出版社,1990年,頁587。

〔註10〕中國文學史研究委員會執筆:《新編中國文學史》(二),主要論述皮日休、聶夷中、杜荀鶴、羅隱、于濆、曹鄴等人。高雄:復文書局,出版年不詳,頁269～285。

〔註11〕詹瑛:《唐詩》見《中國古典文學基本知識叢書》,台北:國文天地雜誌社,1990年3月,第13冊,頁145～152。

〔註12〕蘇雪林:《唐詩概論》,台北:台灣商務印書館,1988年4月5版,頁1。

〔註13〕鄧小軍:《唐代文學的文化精神》,台北:文津出版社,1993年,頁

鄧小軍從精神文化層面肯定了晚唐的詩歌。唐末五代詩人在感歎和悲涼中，隱含著即使無能為力於改變現狀，但仍執著堅定於內心理想的矛盾與痛苦，這正是那個混亂時代的創作主流，故其成就是不容忽略的，劉大杰也認為：「這些都是富於現實意義的作品，描寫真實，情感沉痛，深刻地反映出亂離時代廣大人民的生活感情。」〔註14〕故欲了解唐末五代詩壇的整體風貌，恐捨此無由，這是本文寫作的動機之三。

在整個中國詩歌史上，唐詩與宋詩雙峰並峙，各領風騷，其神采風韻流傳百世而不衰。唐末五代詩介於唐詩與宋詩之間，雖顯得卑弱，但由唐詩發展到宋詩，唐末五代詩上承晚唐，下啓宋初，實為不可缺少的橋梁。然而，唐末五代詩的這種獨特地位，卻很少為前人所重視。

唐末五代是中國歷史上極為混亂與黑暗的時期，戰爭使千百萬的民眾流離失所，或葬身沙場。腐敗的政治局面和混亂的社會秩序，消泯了文人拯時救國的政治熱情，但在親歷亂離或逃避世事的人生遭遇中，則又不能不引起對國事人生的深重憂慮，因此，在唐末五代文人普遍的落寞心態中，實際上包含著深刻的憂患意識，這在詩歌的創作中，自然構成以憂國憂民為主要的表現型態，其影響面至為廣泛。

就人生遭遇看，唐末五代文人大多是屢試不第，沉淪下僚，甚至長期隱居，在社會與人生不協調，主觀與客觀世界失衡的巨大壓力之中，不僅無法有所作為，甚至難以建立切實的理想，少數詩人雖曾短期擔任過較高官職，但就大多數而言，主要生活於貧寒困厄之中。南宋·胡仔認為：「唐之晚年，詩人類多窮士，如孟東野、賈浪仙之徒，皆以刻琢窮苦之言為工。」〔註15〕這些繼承孟郊、賈島的窮寒詩人，

506～507。
〔註14〕劉大杰：《校訂本中國學發展史》，台北：華正書局，1977 年 5 月，頁 503。
〔註15〕胡仔：《苕溪漁隱叢話》前集，見吳文治主編《宋詩話全編》，引張文潛語，南京：江蘇古籍出版社，1998 年 12 月，卷 19，頁 3643。

雖非有意繼承，但詩作上難免接近「郊寒島瘦」的風格。所謂「孟東野、賈浪仙之徒」，無非是取其窮寒作為主要特點，來標誌著晚唐這一廣大的一群詩人。這群詩人從身分上看多為「寒士」，從詩歌內容上看多為「窮苦之言」，唐末五代寒士詩歌在詩壇上能夠連成一氣，成為一種相當廣泛的合唱，與時代社會條件以及當時士人們的心態密切相關，他們對自己貧寒困窘的處境，進行多方面的審視、發掘、體驗，其時代意義與價值是不容忽視的。

　　魯迅在〈小品文的危機〉一文中曾高度稱讚晚唐小品文的成就，他認為：「唐末詩風衰落，而小品文放了光輝，羅隱的《讒書》幾乎全部是抗爭和憤激之談；皮日休和陸龜蒙自以為隱士，別人也稱之為隱士，而看他們在《皮子文藪》和《笠澤叢書》中的小品文，並沒有忘記天下，正是一塌糊塗的泥塘裡的光彩與鋒芒。」〔註16〕的確，在晚唐混亂衰敗的社會中，那些充滿著抗爭和譴責精神的諷刺作品，所代表的是一個知識份子的社會正義及道德、良心。然而這一段文字卻也帶另一個疑問，一個作家的精神面貌應該是一致的，他們的諷刺精神是否也表現於詩歌中而綻放光芒呢？且晚唐諷刺詩影響了宋代詩歌的寫作，自五代至宋初，文風愈趨浮靡，前有柳開、穆修、王禹偁等人後有梅堯臣、蘇舜欽、石介等人起而反對，在這一系列的詩文革新運動中，詩歌美刺的諷諭精神，被用來對抗當時吟風弄月的形式主義文風，要求文學要反映社會生活，抒發有意義的思想感情。其詩歌理論上接續了唐末五代諷諭理論，並進一步闡發，在詩歌創作上，則明顯的受到唐末五代諷刺詩以文為詩，以議論為詩，以才學為詩，以近體寫作、好議論、通俗化等特色的影響。唐末五代是介於唐宋之間的一個歷史時期，在政治、經濟、文化等各方面與唐宋都有相似之處，但又有自己的特點，清人葉燮深知詩歌發展的法則，因此在《原詩》中說：「乃知詩之為道，未

〔註16〕魯迅：《魯迅雜文全集》，河南：河南人民出版社，1994年12月，頁500～501。

有一日不相續相禪而或息者也。」〔註17〕而唐末五代諷刺詩在表現手法上，更接近於宋詩，具有承先啓後的關鍵地位，扮演著唐詩過渡到宋詩的橋梁角色，這是本文寫作的動機之四。

第二節　研究範圍

　　界定研究範圍，可以使研究材料之取捨，有所準則；研究對象之分際，得以釐清。

一、時間斷限

　　本文《唐末五代諷刺詩研究》的時間範圍，是指從唐懿宗咸通元年（西元860年）至宋太宗太平興國四年北漢降宋爲止（979年）的一百一十九年的時間。「唐末」、「五代」就文學、政治而論，並不易截然劃分，故將「唐末五代」視爲一整體。然就歷史分期而言，「唐末」自唐懿宗咸通元年至天祐四年大唐被朱溫所滅（860～907年），而「唐末」之後自朱氏篡唐至後周滅亡止，凡歷五十三年（907至959年），史稱「五代」。十國中的北漢亡於宋太宗太平興國四年（979年）。所跨時期實較「五代」爲長，所佔幅員亦廣，故歷史上又多以「五代十國」合稱。（907～979年）。

　　就「唐末五代」時期而論，可從文學、政治兩種層面觀察，以文學而言，北宋名家韓琦、蘇軾等，無不將「唐末」、「五代」相提並論，視爲風格卑靡之文學發展時期，而加以批評，實非公允之論，應加以探討。以政治而言，唐之亡，實取決於懿宗。〔註18〕自咸通元年（860年）即位起，有浙東裘甫之亂，僖宗時期的王仙芝、黃巢先後繼起作亂，昭宗、昭宣帝時期爲藩鎭、宦官交相劫持，朱全忠篡位，唐朝滅

<hr>

〔註17〕葉燮：《原詩》，見何文煥、丁福保編《歷代詩話統編》，北京：北京圖書館出版社，2003年5月，第3冊，卷4，頁402。
〔註18〕呂思勉：《隋唐五代史》，台北市：九思出版公司，1977年，第9章，第1節，頁447。

亡。此後更陷入四分五裂之「五代」黑暗時期；而所謂五代、十國，實際則仍爲唐末軍閥割據混亂局面之延續，故歷史上多以「殘唐」稱之。故在政治上「唐末五代」，實爲一典型之「亂世」。

　　將唐末與五代合而觀之，學者有諸多發微，蘇雪林《唐詩概論》將唐懿宗咸通以後至唐朝滅亡，定位爲「唐末詩壇」，羅根澤編著《中國文學批評史》〔註19〕第五篇，逕取晚唐五代之稱；許總《唐詩史》以及吳庚舜、董乃斌主編《唐代文學史》二書雖未標「唐末」二字，實際也是沿襲蘇雪林的說法；邱燮友以時代的觀點說明：「五代在晚唐後，五十四年間，歷五個小朝廷，文風仍沿襲晚唐的綺麗、萎靡」；至於呂武志《唐末五代散文研究》、李定廣《國家不幸詩家幸——唐末五代亂世文學研究》則將唐末五代視爲一個範疇作整體研究。劉寧《唐宋之際詩歌演變研究》不僅標出「唐末」兩字，而且將它與「晚唐」對立起來，互不包容。以上各家雖未具體論證這樣劃分的理由，爲了尊重傳統四唐說的習慣，同時照顧到晚唐文學發展明顯階段性的客觀實際面，本文將「唐末」（860～907 年）包含在「晚唐」時間範圍之內，與「晚唐前期」相對而言，它同時又和「五代」文學具有連續性，同時，也構成了一個整體「唐末五代」。

二、內容範圍

　　唐末五代詩人朝代國別之歸屬，亦頗爲錯綜複雜，其中由唐末入五代者有之；唐末入十國者有之；五代、十國入宋者有之；甚至歷仕數朝者亦有之；甚難加以細分。例如：五代詩人中，有許多在唐末已很有名望，如韋莊、羅隱、黃滔、韓偓等，他們雖經歷了唐朝的存亡時期，但其詩歌創作還是前後相承，並不因此而可以截然分開。其次就作家群體入格的劇變，和亂世詩歌總體特色而言，唐末五代可以視爲一個不可分割的時間整體。司空圖、羅隱、韋莊、杜荀鶴等人的詩

〔註19〕羅根澤：《中國文學批評史》，上海：上海書店，2003 年 1 月，頁 465
　　～540。

歌創作主要是在唐末,他們經歷了中央皇權解體的災難,人格、詩格因此產生重大變化,無疑是由晚唐詩轉入五代詩最有資格的傳承者。

唐末五代的文壇仍以詩歌爲主流,這個時期的詩人留下大量的詩篇,從不同的角度眞實地反映時代之面貌,反映人民之生活。就其內容而言,抒情詩、寫景詠物詩和詠史詩佔較大的比重,各類詩歌中具有現實主義色彩,以反映大動亂時期,君王昏庸、朝政衰敗、藩鎭割據、征戰頻仍、宦官專權、朋黨紛爭、百姓困苦、亂象叢生等,具有諷刺性質的詩篇多不勝數,詩人在諷刺詩中,以關懷現實政治社會的觀點,透過借古諷今,託物以諷,或直言譏刺等手法,以抒發自己的情懷,均具有獨特意味。

唐末五代的詩歌因作家多,作品豐富,欲全面探討並不容易,與其泛泛而論,不如選出部分詳細討論,以槪其餘。唐末五代積極關注現實,反映民生苦難,抨擊時政,議論深刻的諷刺詩人,選取其中頗具名氣,作品數量亦可觀者。本文所選取加以研究的主要作家以皮日休、陸龜蒙、羅隱、杜荀鶴、吳融、鄭谷、貫休、韋莊、司空圖、齊己、曹鄴、于濆、聶夷中、韓偓、劉駕、唐彥謙、秦韜玉、崔道融、徐鉉、黃滔等詩人作品爲主,其餘詩人作品爲輔,加以分析。

唐末五代重要詩人,從歷代著名唐詩選家對唐末五代詩人的選取中,或可窺見其成就之一斑。例如:王安石《唐百家詩選》選唐代詩人 104 家,詩 1200 餘首,其中選韓偓 59 首,居第四位;元好問《唐詩鼓吹》選中晚唐代詩人居多,五代詩人譚用之詩爲全書數量之冠;方回《瀛奎律髓》選唐代詩人 163 家,詩 1227 首,入選 20 首以上僅 12 家,其中選韓偓 36 首,居第七位;吳融 21 首,居第十位;聞一多《唐詩大系》選唐代詩人 206 家,詩近 1400 首,入選 20 首以上僅 14 家,其中唐末詩人曹唐即其中之一。上述幾位選家不僅是當代一流的作家兼評論家,而且是文學史上公認的大家,當然,也就順理成章地成爲本文所選取研究的重要依據。

至於本文選詩的方向,則以上述所選取加以研究的主要作家,如

皮日休、羅隱等人，就其詩歌作品中具備下列條件者，作為本文選材時的主要原則：

（一）抨擊國家、社會種種不公平、不合理的現象，如貧富差距、苛稅重賦、澆薄世風、科舉弊病等，如陸龜蒙〈新沙〉、羅隱〈雪〉等。

（二）關懷廣大農村人民的生活，反映其艱困之生活面貌，如皮日休〈橡媼歎〉、杜荀鶴〈山中寡婦〉等。

（三）反映連年戰爭所帶來的動盪及殘破，聲討製造戰爭的罪惡者，如皮日休〈三羞詩〉其二、羅隱〈感弄猴人賜朱紱〉等。

（四）針對當時重大政治事件發表意見，針砭時弊、抨擊苛政者，如羅隱〈中秋不見月〉、韋莊〈立春日作〉等。

（五）借古諷今，以歷史興亡衰替之法則，譏諷亡國之君，如吳融〈隋堤〉、羅隱〈華清宮〉等。

概括而言，即選取唐末五代詩歌中具有現實主義精神、能與唐末五代局勢、社會相結合，具有諷刺精神的作家與作品，作為研究之重要文本。

三、研究材料

長期以來，由於學者不認為晚唐五代詩可以作為一個獨立的研究階段，再加上晚唐五代著名的詩人不多，因此，晚唐五代詩歌缺少潛心的研究。而本文論述之主題更是乏人重視，雖然，諸如皮日休、陸龜蒙、司空圖、羅隱、韋莊、杜荀鶴、韓偓等人較受矚目，此外尚有眾多作家、作品仍處於乏人問津的狀態。一般文學史及唐詩研究者，對於這一時期作家，縱使偶有提及，往往三言兩語，或語焉不詳，仍沿襲著過去的觀點，未能深入探討。因此；在學術研究資料極度缺乏的情況下，本文基本資料，就從《全唐詩》、《函海叢書》、《全五代詩》、詩人別集、歷代的詩話及史書典籍等方面著手。至於研究材料的搜尋說明如下：

本文材料搜尋，主要根據：《全唐詩》北京：中華書局 2003 年、《全唐詩補編》北京：中華書局 1992 年、《函海叢書》台北：宏業書局 1972 年、《全五代詩》成都：巴蜀書社 1992 年、《四庫全書》台北：台灣商務印書館 1986 年、《四部叢刊》台北：書同文數位化技術公司 2001 年等，詩人文集內之詩歌爲主要資料來源。並參酌各家集校注等加以校勘補佚，及參酌歷代學者專家的選本及註解，詳加分析，以爲立論之依據。

另外參閱《歷代詩話統編》北京：圖書館出版社 2003 年、《歷代詩話續編》北京：中華書局 1997 年、《古今詩話叢編》台北：廣文書局 1971 年、《古今詩話續編》台北：廣文書局 1973 年、《增修詩話總龜》台北：台灣商務印書館 1979 年、《清詩話》上海：上海古籍出版社 1978 年、《清詩話續編》上海：上海古籍出版社 1999 年、《五代詩話》北京：中華書局 1985 年、《宋詩話全編》南京：江蘇古籍出版社 1998 年、《全明詩話》濟南：齊魯書社 2005 年、《中國詩話珍本叢書》北京：北京圖書館出版社 2004 年、《隨園詩話》北京：北京人民文學出版社 1999 年、《唐詩品彙》上海：上海古籍出版社 1982 年、《唐詩別裁集》杭州：浙江古籍出版社 1998 年、《唐詩紀事》台北：台灣商務印書館 1979 年、《唐才子傳校箋》北京：中華書局 1987 年、《唐音癸籤》上海：上海古籍出版社 1981 年、《叢書集成初編》北京：北京中華書局 1985 年，等歷代詩評家之見解，以評斷其文學價值及影響。

又佐以《新唐書》台北：台灣中華書局 1981 年、《舊唐書》台北：鼎文書局 1992 年、《唐國史補》北京：中華書局 1991 年、《資治通鑑》北京：中華書局 1997 年，等史書典籍，以明其政治史實與背景淵源。

第三節　研究方法

在研究方法上，整體而言，首先，由蒐集資料著手，關於與唐末五代諷刺詩人直接或間接的相關資料，均予以蒐羅。其次，針對所蒐

集的資料進行分析，比較其異同，並探求其特質。最後，依照各類資料的本質，及其彼此間的差異進行歸類，而建構出論文的章節與內容。

以上就整體方法而言，至於個別議題，諸如：唐末五代諷刺詩的主題取向、藝術手法、詩歌價值……等，需運用各類學科的知識進行研究，期使論文的陳述更具學理性，並擴大論文的視野，相關研究方法如下：

一、歷史批評法：文學寫作，與作者所處時代環境，個人特質是密不可分的。孟子有知人論世的說法，梁啓超以為歷史是「記敘人類社會賡續活動之體相」，〔註 20〕梁氏又說集部之書「當然為主要史料之一」〔註 21〕章學誠在其《文史通義》云：「文集者，一人之史也。」近人張健認為：「是對作者的時代背景、出身、經歷、個性等，先做全盤省察，再配合他的作品來評論。」〔註 22〕所以，研究伊始，先將前人研究的成果，作進一步的探索，運用此一方法，可使作品的解析更為正確。

二、文學價值學理論：文學價值的探討，近來已成為專門之學科，透過文學價值學的理論，進行研究，更能完整呈現唐末五代諷刺詩作品的價值體系。

三、心理學理論：梁實秋以為文學的欣賞，「不僅欣賞其文學的聲調音韻之美；結構的波瀾起伏之妙；描寫的細膩絢爛之致；更要體味其中的情感、想像、意境。」〔註 23〕是以探討唐末五代諷刺詩的價值，有一部份是屬於創作者與鑑賞者個人心靈的審美問題，必須借助於心理學（含「文藝心理學」），以作出適切之詮釋。

〔註 20〕梁啓超：《中國歷史研究法》，台北：里仁書局，1994 年 12 月，頁
　　　45。
〔註 21〕同前註，頁 95。
〔註 22〕張健：《文學概論》，台北：五南圖書公司，1988 年 11 月 5 版，頁
　　　274。
〔註 23〕梁實秋：《文學因緣》，台北：時報文化出版事業有限公司，1986 年
　　　12 月，頁 124。

第四節　研究概況

　　唐末五代詩歌一直是唐詩研究中甚爲薄弱的環節，爲方便論述，後人或依詩的題材將唐詩分爲山水、田園、閨怨、邊塞、社會等。其中反映唐代社會現實之詩歌，從盛唐開始，經中唐，以至晚唐均有詩人參與創作，其價值與影響值得重視。但是後人研究唐代社會詩人，大多集中在盛唐杜甫和中唐的元結、元稹、白居易等少數大家；而忽略唐末五代的許多詩人，如皮日休、陸龜蒙、羅隱、杜荀鶴等，他們都創作過反映社會現實之詩篇，其諷刺詩的成就更是不容忽略的。

　　關於唐末五代詩歌之研究，論者又大多以晚唐爲主，至於以唐末五代或五代爲時間斷限者則少之又少。台灣地區相關的重要論文有：1977 年台北：國立台灣大學中文研究所何金蘭《五代詩人及其詩》，1985 年台北：國立政治大學中文研究所高大鵬《唐詩演變之研究》，1986 年台北：中國文化大學中文研究所陳坤祥《唐人論唐詩研究》，1990 年台北：國立台灣師範大學國文研究所蔡芳定《唐代文學批評研究》，1993 年新竹：國立清華大學中文研究所潘志宏《晚唐三家詠史詩研究》，1998 年台南：國立成功大學中文研究所劉幸怡《晚唐諷刺詩研究》，2000 年台北：國立台灣師範大學國文研究所曾進豐：《晚唐社會詩、風人體之研究》，2000 年台北：國立政治大學中國文學研究所許周會：《杜荀鶴及其詩研究》，2003 年嘉義：國立中正大學中國文學研究所游佳容：《晚唐五代敘事詩研究》，2003 年台北：中國文化大學中國文學研究所黃致遠：《羅隱及其詩研究》，2005 年台北：中國文化大學中國文學研究所賴玉樹《晚唐五代詠史詩之美學意識》，2006 年香港：香港新亞研究所趙春蘭：《詩僧齊己及其白蓮集之研究》等。

　　大陸地區的研究較多，相關的重要論文有：余恕誠〈晚唐兩大詩人群落及其風貌特徵〉〔註24〕、周勛初〈芳林十哲考〉〔註25〕以及臧

〔註24〕余恕誠：〈晚唐兩大詩人群落及其風貌特徵〉，《安徽師大學報》第 24 卷第 2 期，1996 年，頁 161～171。

清〈論唐末詩派的形成及其特徵——以咸通十哲爲例〉〔註26〕等，僅
針對晚唐詩人作概略分析。至於陳銘〈晚唐詩風略論〉、田耕宇〈晚
唐意境論〉、〈論晚唐感傷詩產生的文化背景〉、〈深沈的反思意識——
晚唐詩歌特色之一略論〉、〈苦悶、沈思、求索——中國封建文藝在晚
唐五代的新走向〉等系列論文，葉樹發〈試論晚唐詩歌的自我意識〉、
康萍〈唐末詩歌中的淡泊情思及其原因〉、方然〈關於晚唐文學發展
規律的系統探討〉、沈檢江〈晚唐詩：感傷情調的全方位滲透〉等，
多偏向晚唐詩歌的整體風貌和發展規律之探討，在總體上並未能顯現
晚唐詩人群體之完整風貌，而對於五代的研究則乏人問津。在學位論
文方面相關的重要論文有：2000 年河北大學張艷《晚唐詠史詩》，2002
年黑龍江：黑龍江大學關龍艷：《司空圖的詩世界》，2003 年陝西師
範大學劉國榮《晚唐詠物詩論》，2003 年復旦大學李定廣《國家不幸
詩家幸——唐末五代亂世文學研究》，2004 年武漢大學陳鵬：《唐末
文學研究——以羅隱、韋莊、韓偓爲中心》，2004 年武漢大學鄒運月
《晚唐貶謫詩人和貶謫文學》，2004 年華東師範大學韓怡星：《韓偓
其人其詩》，2006 年安徽師範大學李堯：《晚唐諷刺詩論》，2006 年吉
林大學關雪瑩：《鄭谷詩歌論稿》等。重要專書有：2000 年北京：人
民文學出版社張興武《五代作家的人格與詩格》，2002 年北京：北京
師範大學出版社劉寧《唐宋之際詩歌演變研究》等。

　　唐末五代亂象叢生，唐王朝失去了自救能力，士人的前途一片黯
淡，社會出現大批失意文人，這些詩人，秉承新樂府的社會詩，繼續
反映社會動亂下的民間疾苦，寄託憂國憂民情懷，其所作詩篇，蔚爲
時代主流；故本論文擬針對唐末五代（860 年～979 年），共一百一十
九年的諷刺詩，除探析其形成之時代背景外，又論及重要作家、詩作

〔註25〕周勛初：〈芳林十哲考〉，《唐代文學研究》第 2 輯，廣西：廣西師範
　　　　大學出版社，1990 年 10 月，頁 213～224。
〔註26〕臧清：〈論唐末詩派的形成及其特徵——以咸通十哲爲例〉，《文學評
　　　　論》第 5 期，廣西：廣西師範大學出版社，1997 年，頁 22。

與主題思想、藝術手法、詩風特色等方面逐一詳加探討，進而確定其價值及影響。

第二章　唐末五代諷刺詩之時代背景

　　孟子曰：「頌其詩，讀其書，不知其人，可乎？是以論其世也。」[註1] 詩人以敏銳的觸角，從時代獲取素材，從環境汲取營養。《文心雕龍‧時序》亦云：「文變染乎世情，興廢繫乎時序」，「故知歌謠文理，與世推移；風動於上，而波震於下者。」[註2] 均指出時代推移，政治遞嬗，必然密切影響作家之情志，與文學之盛衰。因此，研究文學作品，應重視作者所處的時代環境，對了解作品有所幫助，是研究文學作品不可缺少的重要參考資料。故欲了解晚唐五代諷刺詩歌之創作，必先對當時政治、文壇的大環境有所了解後，才能明白時代對詩人創作的影響，進而洞悉作者詩歌對政治、社會的反映。

　　一代有一代之文學，一派有一派之風格，一體有一體之特質，由諷刺詩的發展脈絡，凸顯了詩人對時代的觀察與審慎態度，不論批判昏庸統治者，對政治問題的反思，或諷刺社會不公平，或借史議論，或以古託諷，詩的觸角伸向社會的各個角落和生活的各個層面，呈現於詩人之詩才與識見中，獲得了藝術的融合。

　　晚唐期間帝王昏聵，宰相顢頇，宦官亂政，藩鎮跋扈，朋黨傾軋，

[註1]　朱熹：《四書集注》，台北：世界書局，1991年1月，中孟卷5，萬章下，頁154。
[註2]　劉勰：《文心雕龍注》，台北：台灣開明書店，1971年5月台9版，卷9，頁24。

新舊黨爭，且又和宦官作南北司的對立；強寇侵擾，土地兼併，賦稅沉重，農村凋弊，民不聊生。最後被割據的藩鎮所取代，走向徹底崩潰黑暗恐怖的五代時期，茲分述如下。

第一節　政治環境

　　唐末五代是中國繼魏晉南北朝後，又一次大動亂，大分裂之黑暗時期。自咸通元年（860 年）懿宗即位起，直到唐滅亡即哀帝天祐四年大唐被朱溫所滅（860～907 年），稱之為唐末時期。而「唐末」之後的「五代」自朱氏篡唐至後周滅亡止，凡歷五十三年（907 至 959年），史稱「五代」。十國中的北漢亡於宋太宗太平興國四年（979 年）。所跨時期實較「五代」為長，所佔幅員亦廣，故歷史上又多以「五代十國」合稱。（907～979 年）。五代十國是唐朝滅亡後的殘局，是藩鎮之延長，也是由唐朝到宋朝的過渡時代。五代是盤據在中原前後相承的五個政權，即：後梁、後唐、後晉、後漢、後周。五代的政治中心經常設置在汴梁與洛陽，一般稱為東西二京。〔註3〕除了位在中央的五代之外，十國則是散處在四方前後割據的十個政權。唐末五代時期，政治社會上最突出的矛盾是宦官專權、朋黨傾軋、藩鎮割據、以及外患侵擾，不僅唐末詩人受其震盪，承續而來的五代詩人亦對此進行反思。這些問題是詩人生活中揮之不去的夢魘，試條列概述之：

一、宦官專權

　　唐代宦官弄權，始於玄宗時的高力士，到了晚唐時期益加肆無忌憚，勢力更形坐大，文宗、武宗、宣宗、懿宗、僖宗、昭宗等六位皇帝，均由宦官所擁立，故朝政多為宦官把持，朝臣與宦官之間相互勾結而又相互欺詐，宦官間也爾虞我詐，皇帝則沈溺於聲色犬馬之中，被宦官愚弄操控，一些有志之士，企圖掃除宦官，但都歸於失敗。唐

〔註3〕陳致平：《中華通史》，台北：黎明出版社，1974 年 4 月，第 5 冊，頁 30。

文宗太和二年（828 年），劉蕡〈應賢良方正能直言極諫科策〉時，指陳宦官專橫的弊害：

> 奈何以褻近五六人，總天下之大政，外專陛下之命，內竊陛下之權，威懾朝廷，勢傾海內，群臣莫敢指其狀，天子不得制其心，禍稔蕭牆，姦生帷幄，臣恐曹節、侯覽復生於今目。此宮闈之所以將變也……忠賢無腹心之寄，閹寺專廢立之權，陷先帝不得正其終，致陛下不得正其始。〔註4〕

於是文宗想誅除宦官，遂發生太和九年（835 年）的「甘露事變」。李訓、鄭注等人，虛傳夜降甘露，謀誅宦官仇士良、魚弘志等人，企圖除去宦官勢力，但為事不密，反為宦官所誅，結果宰相李訓、王涯、賈餗、舒元輿、太原節度使王璠、以及郭行餘、鄭注、羅立言、李孝本、韓約等十餘家，皆族誅，朝官為宦官所殺者六七百人，造成極大的恐怖。皇帝與朝臣聯合反對宦官的鬥爭，以徹底失敗而告終。此「甘露事變」對士人的震動是很大的，不少人在詩文中都或隱或顯地有所反映。〔註5〕「甘露之變」後，宦官權勢更為囂張，國家大事，全由宦官決定；憲宗、敬宗被宦官所殺，穆宗、文宗由宦官所立。宣宗、懿宗之時，宦官由分化的黨派開始團結一致，對抗外敵，成為政治中的決策者。到了昭宗時，宰相崔胤召來朱溫一起密謀誅除宦官，朱溫以誅宦官韓全誨為名，因而進兵，徹底剷除了宦官的勢力，唐代宦官干政的局面結束，清・趙翼對唐代宦官為害之烈，及其專權原因，有詳細的分析：

> 東漢及前朝，宦官之禍烈矣，然猶竊主權以肆虐天下，至唐則宦官之權反在人主之上，立君、弒君、廢君，有同兒戲，實古來未有之變也。推原禍始，總由於使之掌禁兵、管樞密，所謂倒持太阿而授之以柄，及其勢成，雖有英君

〔註4〕　姚鉉：《唐文粹》，台北：世界書局，1972 年 2 月再版，卷30，頁 3～4。
〔註5〕　羅宗強：《隋唐五代文學思想史》，上海：上海古籍出版社，1986 年 1 月，頁 345。

察相，亦無如之何矣。〔註6〕

皇帝無所作為，而宦官卻為所欲為，專制內外，待其勢力坐大後，李唐王朝的政治已衰敗，想要扭轉，卻已回天乏術，而走向敗亡之途。五代以後，後唐莊宗也寵信宦官，致使郭崇韜被害，而發生鄴城之亂。前蜀王建晚年寵信宦官，宦官唐文扆用事，最後蜀政衰亡。十國中南漢劉晟寵任宦官林延遇，從此南漢的政事日非，也走向衰亡之路。〔註7〕

二、朋黨傾軋

　　牛李黨爭是唐代規最大，歷時最久的黨爭。所謂牛李黨爭，牛指牛僧孺為首的牛黨；李指李德裕為首的李黨，這兩黨的爭鬥是牛李黨爭。牛李兩黨出身不同，政策面的差異亦大，有時甚至只是意氣之爭，但卻導至水火不容，互相排擠。這一場士大夫的鬥爭，從憲宗元和三年（808年），到宣宗大中三年（849年），四十餘年間，許多知識份子捲入其中，成為權力鬥爭的犧牲者。在黨爭的過程中，首先衝擊的是政治安定，身居政府要職的知識份子，相互傾軋，許多好的政策便在彼此意氣之爭中遭到封殺。太和七年，文宗與李德裕論朋黨事，李德裕說當時朝士三分之二為朋黨，可見其嚴重，文宗甚而有：「去此朋黨實難」〔註8〕的感歎。除了意氣之爭外，兩黨在政治上亦有不同，舉其大者有三：

　　　　一、人事組織理念不同：李吉甫於憲宗元和六年，精簡「冗官八
　　　　　　百員，吏千四百員」。〔註9〕

　　　　二、藩鎮割據政策各異：牛黨屬於溫和派，主張姑息容忍，李黨
　　　　　　屬主戰派，主張強力制裁消滅藩鎮。朝廷政策因而無法徹底
　　　　　　執行，人才的任用亦不能適得其所，因此，牛李黨爭對於國

〔註6〕趙翼：《二十二史箚記》，台北：世界書局，1980年8月5版，頁262。
〔註7〕陳致平：《中華通史》，台北：黎明出版社，1974年4月，第5冊，
　　　　頁323。
〔註8〕薛居正：《舊唐書》，台北：鼎文書局，1992年，卷176。
〔註9〕歐陽修：《新唐書》，台北：台灣中華書局，1981年，卷146，頁5235。

政的運作，確實造成了許多無謂的傷害。

三、擁佛滅佛主張不同：李黨於會昌年間大肆誅滅佛教，頗具成效。而牛黨於大中元年，一舉廢除對佛教的禁令，導致「僧侶之弊，皆復其舊」。〔註10〕

牛李黨爭，使朝廷政策無法徹底執行，造成諸多無謂的傷害，雙方多為官居朝廷要職的士大夫，卻不能同心協力，得勢則位極人臣，失勢則慘遭貶竄，不但朝廷政策無法賡續，紀律蕩然無存，加上與宦官勾結，政局焉得不墜？困擾朝政達四十餘年的黨爭，對李唐王朝禍害甚大。

三、藩鎮割據

唐代自安史之亂後，強藩逆亂，兵連禍結，藩鎮割據，雖不致影響唐王朝名義上的統一，但地方的實際權力已被藩鎮軍閥節度使等竊取，袁樞《通鑑紀事本末》記載：

> 唐肅宗時，平盧節度使王玄志薨，上遣中使往撫慰將士，且就察軍中所欲立者，授以旌節。高麗人李懷玉為裨將，殺玄志之子，推侯希逸為平盧軍使，朝廷因以希逸為節度副使，節度由軍士廢立，自此而始。因是姑息養奸爵祿廢置，生殺予奪，不出於上，藩鎮之禍遂成。〔註11〕

唐末藩鎮之間，喜則連衡而叛上，怒則以力而相拼，這些藩鎮對中央態度傲慢，稅賦也據為己有，不願上輸朝廷。他們自行招募軍隊，彼此爭戰，弄得天下烽火四起，造成政治的動亂，人民的浩劫。藩鎮各據一方在其控制的地區自立為王，對國家造成嚴重危害，《新唐書・兵制》記載：

> 天子顧力不能制，則忍恥含垢，因而撫之，謂之姑息之政，蓋姑息起於兵驕，兵驕由於方鎮，姑息愈甚，而兵將愈俱

〔註10〕司馬光：《資治通鑑》，北京：中華書局，1997 年 11 月，卷 284，頁 8030。

〔註11〕袁樞：《通鑑紀事本末》，北京：中華書局，1965 年 1 月，卷 33，頁 727。

> 驕，由是號令自出以相侵擊，虜其將帥，并其土地，天子
> 熟視不知所為，反為和解之，莫肯聽命。始時為朝廷患者，
> 號「河朔三鎮」。及其末，朱全忠以梁兵，李克用以晉兵更
> 犯京師，而李茂貞、韓建近據岐、華，妄一喜怒，兵已至
> 於國門，天子為殺大臣，罪己悔過然後去。及昭宗用崔胤
> 召梁兵以誅宦官而劫天子，天子奔岐，梁兵圍之逾年。當
> 此之時，天下之兵無復勤王者。〔註12〕

於此可見藩鎮跋扈之程度，也知道天子之無能。隨著政局變動，藩鎮
割據愈演愈烈，彼此交互吞併，黃巢亂後，形成朱全忠、王建、楊行
密、錢繆、王審知、馬殷、劉隱等強藩割據之勢，亦構成五代之雛型，
唐王朝已被瓜分殆盡。而昭宗利用當時擁有重兵的藩鎮，宣武節度使
朱全忠殺盡宦官，在宦官清除後，昭宗也為朱全忠所殺，唐朝隨即滅
亡。既起的五代十國，只不過是各個藩鎮首領的延續而已。

藩鎮之亂不僅使唐朝國家分裂，也破壞了唐朝的徵兵制度，國家
的綱常與軍事紀律蕩然無存，藩鎮據地自專，為了擴充自身的勢力，
縱容手下將士，養成驕兵悍將的惡習，五代十國就是在這種混亂、分
裂的政權下相互兼併、篡奪。反覆的的叛亂取得政權，使得國祚短促，
戰亂頻仍。

四、外患侵擾

正值唐末五代形勢衰頹之際，邊境蠻夷亦趁機興亂，時常入寇，
朝廷派兵鎮壓，百姓流離失所。據《新唐書》、《舊唐書》、《資治通鑑》、
《通鑑紀事本末》等史書記載，吐蕃、回紇、南詔、契丹皆曾入侵邊
關要地。唐末時外患主要有三：一、回紇，二、吐蕃，三、南詔，而
這三個外患，在唐朝崩潰之際也相繼滅亡，而五代時最重要的邊患乃
是契丹，以下就唐末五代時的外患加以說明。

吐蕃是西南高原地方的一個強悍民族，也就是西藏人，自高宗以

〔註12〕歐陽修：《新唐書》，台北：台灣中華書局，1981 年，卷 50，頁 821。

來，幾乎沒有一朝不受其進犯。在安史之亂時，唐朝因調發西北邊防軍，導致西方軍力的空虛。吐蕃乘機入寇，從隴右到河西之地，幾乎大部分淪陷於吐蕃。唐代宗時一度攻入京師長安，後被郭子儀收復。以後唐室與吐蕃兵戰不斷，時戰時和，文宗開成三年，吐蕃彝泰贊普（吐蕃號其王爲贊普）卒，弟達磨立，彝泰多病，委政大臣，由是僅能自守，久不爲邊患，達磨荒淫殘虐，國人不封，災異相繼，吐蕃益衰。〔註13〕武宗會昌二年時，達磨去世，繼而發生內亂。唐宣宗大中三年，吐蕃大將尙恐熱與鄙州節度使尙婢婢，在河西地方交戰而兩敗俱傷。尙恐熱請求歸降唐室，並要求作河渭節度使，宣宗不肯並乘機發兵，於是宣宗收復了淪陷近百年的河湟之地。大中四年，沙洲領袖張義潮趕走吐蕃，遣使獻河西十一州地圖。懿宗咸通七年，尙恐熱戰敗被殺，唐朝與吐蕃戰鬥暫告段落。然而宣宗雖收復河湟，並非唐朝兵力強盛，乃是吐蕃本身衰亂，故不久到懿宗時，國內流寇四起，無力西顧，河西之地又爲回紇所據。

回紇自太宗平突厥，破延陀，而興起。其與大唐關係，時好時壞，天寶末，肅宗誘回紇以復京畿，代宗朝誘回紇以平河朔，其雖有功，然索求無度，二帝此舉無異引外禍平內亂。文宗時，回紇境內逢饑荒疫疾，又大雪，羊馬多死，國勢大衰。開成初，將軍句錄莫賀與點戛斯合騎十萬攻回紇城，諸部潰散，一支奔葛邏祿，一支投吐蕃，一支投安西。（《舊唐書・回紇傳》）武宗會昌二、三年間，回紇一支寇橫水柵，略天德、振武軍，爲天德軍行營副使石雄所敗。宣宗朝，點戛斯悉收回紇殘部回磧北，自此，不再與中國有重大邊防之爭。

南紹在今雲南省內，安史之亂後，西南蠻族脫離中國建立南紹國。唐文宗太和三年南紹突然大學入寇，而唐朝內亂四起無暇兼顧。宣宗大中十三年酋龍繼位，自稱皇帝，國號大禮，與中國完全斷絕邦交，並攻陷播州（貴州遵義）。懿宗咸通初年，聯合安南土蠻進攻交

〔註13〕司馬光：《資治通鑑》，北京：中華書局，1997 年 11 月，卷 246，頁 8030。

阯,又攻陷邕州(廣西邕寧)。此後十餘年間,兩陷交趾,兩寇西川,終以國力疲憊,須休養生息,而不再入寇。(《通鑑紀事本末》卷三十六)南紹一連串進攻擴張,唐朝卻是不斷敗北。南紹向嶺南交阯一帶侵略,從宣宗到懿宗,使得嶺南一帶人民受盡戰禍,民生塗炭。世龍死,南紹自盛轉衰,中國也陷入大亂,南紹始終不復為唐所有。

契丹在唐朝東北隅(今熱河朝陽之北),在安史之亂後恢復獨立狀態,而且勢力日益擴大,到了唐末耶律阿保機,統一契丹諸部,成為東北方的一個新興國家。阿保機於後梁貞明二年稱帝建元,此後不斷寇擾中國北邊。後唐天成元年,阿保機去世,子耶律德光即位,契丹更加強盛,成為後唐北方嚴重威脅。後唐清泰三年(936年),石敬塘為求稱帝,乞援契丹,且以父禮事耶律德光,並不惜割燕雲十六州,從此中國邊境北方門戶大開,邊防盡失。契丹在後晉高祖天福二年(937年)建國號遼。周世宗時經「高平之役」阻遏了遼人勢力的南下。

第二節 經濟社會

唐宋五代由於軍事紛擾,政治混亂,導致經濟凋敝,百業蕭條,民生極其痛苦;尤以農業為國家經濟之命脈,生民之所繫,而一再遭受兵災,飽嘗乾旱、蟲害、黃河決口等重大天災之摧殘,加以丁壯從軍,老弱轉徙,農村生產制度全遭破壞,影響了唐末五代的經濟社會發展,致使經濟環境分為中原地方與江南地區,由於中原隸屬戰亂之區,民生經濟受到統治者強力剝削,賦稅苛斂,致使人民生活艱困。江南地區則由於較少受到戰禍的波及,土地富饒,加上沿岸通商便利,致使商業、農業快速發展,而南方也成為主要國家稅收來源。

一、中原賦稅趨苛重

唐初的均田制,自安史之亂後已徹底破壞,貴族、官僚、地主和富商,許多不當勢力都加入掠奪百姓的土地。元稹〈敘詩寄樂天書〉

記載：「京城之中，亭第邸店以曲巷斷；侯甸之內，水陸腴沃以鄉里計，其餘奴婢資財，生生之備稱之。」〔註14〕以上所揭發的是王公貴族侵占百姓良田美池的亂象。農民失去了土地，只好依附於地主之下，任其壓榨剝削。

　　在耕地不足下，民生的艱困可想而知。然而更可悲者，是賦稅的沈重。唐代稅制原本是租庸調法，但到中唐時已破壞殆盡。德宗時宰相楊炎奏行兩稅法，但實行未久，就出現額外加征，地方官吏不僅非法苛斂，甚且私吞稅收，《新唐書‧食貨志》記載：

> 文宗嘗召監倉御史崔虞問太倉粟數，對曰：「有粟二百五十萬石」，帝曰：「今歲費廣而所畜寡，奈何」？乃詔出使郎官、御史督察州縣壅遏錢穀者。時豪民侵噬產業不移戶，州縣不敢傜役，而征稅皆出下貧。至於依富爲奴客，役罰峻於州縣，長吏歲輒遣吏巡覆田稅，民苦其擾。〔註15〕

官吏私吞稅收，又不敢向權豪之家收取，專向一般貧苦百姓課徵，甚至重複收取，這些行爲，造成了廣大人民的負擔。晚唐由於國內戰爭頻仍用度日繁，藩鎮割據自雄，不納賦稅，君臣奢侈，揮霍無度，在財庫吃緊下，苛稅雜徵不可勝數，鹽稅、茶稅、酒稅、關市稅、青苗錢、進奉、轉運、屯田等種種苛捐雜稅，人民在現實的逼迫下，紛紛逃離家園，昭宗時人民逃亡情形，《資治通鑑‧昭宗景福元年》記載：

> 先是揚州富庶甲天下，時人稱揚一、益二。及經秦（彥）、畢（師鐸）、孫（儒）、楊（行密）兵火之餘，江、淮之間，東西千里掃地盡矣。王建圍彭城，久不下，民皆竄匿山谷。諸寨日出俘掠，謂之「淘虜」。〔註16〕

百姓的集體逃亡，甚者糾眾爲寇，四處劫掠，造成嚴重的社會問題，影響了晚唐的命脈。

〔註14〕元稹：《元稹集》，北京：北京中華書局，2000 年 6 月，卷 30，頁 351。
〔註15〕歐陽修：《新唐書》，台北：台灣中華書局，1981 年，卷 52，頁 1361。
〔註16〕司馬光：《資治通鑑》，北京：中華書局，1997 年 11 月，卷 259，頁 8431。

　　五代時這些奪得政權的統治者，爲了擴充他們的勢力與財力，完全不顧及人民的死活，反而更強行剝削。除正常田賦商稅外，往往政府頒布一種租稅，地方軍人又私自增斂，以致農商要繳納好幾重的賦稅。至於鹽酒方面，五代初年是公賣制度，私製鹽酒處死刑，鹽酒稅是五代時國家的最大收入，也是人民最大的負擔。後晉以後，改由商人買賣，鹽價高於米價，人民生活更爲艱苦，而當時統治者極聚斂之能事，爲了徵收賦稅，不惜重重剝削人民，不惜使用殘酷刑罰，人民爲了躲避稅收，甚至選擇逃亡的方式。

二、經濟重心在江南

　　安史亂後，北方多被藩鎮割據，在財力上主要依靠江、准一代的財賦收入，靠著運河補給洛陽、長安。唐末五代中原的經濟已殘破不堪，藩鎮各自出兵據地爲王，五代時期由於是藩鎮當權，爲了爭權，不顧秩序毫無理性地任由士兵燒殺搶掠，並且奴役農民，逼使大批農民當兵。苛重的賦稅有過之無不及，唐末政府控制和壟斷鹽的製造與買賣，人民買不起食鹽，榨取大量鹽稅，故鹽販與茶販聯合起來發動大規模暴動。五代時期，統治者對鹽稅的苛刻徵收更有過之，人民生活幾乎難以爲繼，北方經濟受到影響，包括戰爭不斷、災害連年、苛稅、酷刑與契丹的進擾搶掠，農業生產難以發展，民生經濟、社會治安受到阻礙與破壞。南方由於受到較少的戰事波及，經濟持續發展，社會較安定，而裘甫、黃巢作亂等爆發的民亂，使南方各地的地主勢力削落，反而促使南方經濟的發展。

　　五代南方地區，由於各國大致尚能相安無事，君主亦多來自民間，頗知輕徭薄斂，重視農業，發展水利，鼓勵工商，故民生較爲富庶；加上中原飽受戰禍騷擾之民眾紛紛南逃，使荒地日益開墾，生產力大幅提高，更促進經濟之繁榮發展；後蜀時期「百姓富庶，斗米三錢。」〔註17〕這是北方中原地區所無法想像的，不僅糧食豐產，其他

〔註17〕張唐英：《蜀檮杌》，杭州：杭州出版社，2004 年，頁 431。

經濟作物也日漸增加，如茶樹、棉花、桑樹的栽種，而南方商業貿易也日趨活躍，是以唐末五代中國經濟與文化重心逐漸向南方轉移，至為顯著。

三、社會風氣趨墮落

　　唐末五代政治混亂，攻伐不止，嚴刑峻法迭興，死亡之陰影處處籠罩，人命危淺，朝不保夕，故多著重眼前利益，貪圖聲色享樂，以麻醉自己；而無視於倫理道德。何況各國君臣又多為武人出身，未識聖賢書籍，不知廉恥為何，一旦以暴力得天下，擁權自重，便為所欲為，驕奢淫逸，遂導致君臣之義淡，父子之恩絕，篡逆殺戮，層出不窮。

　　驕奢淫逸之風，唐末已然，如唐末帝王文、武、宣、懿、僖、昭、哀七朝，除文宗外，皇位的繼承由宦官操縱，晚唐帝王登基年紀小，在位期又短，且受制於宦官的權勢，難有所作為。文、武、宣三帝雖有再創功業之企圖，但受困於時勢，懿宗、僖宗的昏庸，造成唐朝由衰而亂，由亂而亡。唐帝國本身政局不安，統治者又極其荒淫殘暴昏憒無能，呂思勉《隋唐五代史》云：

> 懿宗為荒淫之主。好音樂、燕遊。殿前供奉樂工，常近五百人。每月宴設，不減十餘，水陸皆備。聽樂、觀優，不知厭倦。賜與動及千緡。曲江、昆明、灞滻、南宮、北苑、昭應、咸陽，所欲遊幸即行，不待供置。有司常具音樂、飲食、幄帟，諸王立馬，以備陪從。每行幸，內外諸司扈從十餘萬人，所費不可勝紀。〔註18〕

懿宗在位十四年驕奢無度，喜好音樂宴遊，出遊巡幸所費不貲。而懿宗寵信的宰相路巖和韋保衡，是當時巨富，以致於君臣奢靡成風，賄賂公行，可謂無官不貪。

　　懿宗之後是僖宗，年僅十二歲，政事委由宦官田令孜，僖宗是一

〔註18〕呂思勉：《隋唐五代史》，台北：里仁書局，1977 年 12 月，頁 451～452。

個荒嬉的國君，田令孜一方面引誘僖宗嬉戲，僖宗在其引誘下，騎射、劍槊、法算、音律、無所不精，又好蹴鞠、鬥雞、擊球。另方面則專擅朝政、受賄賣官、濫殺朝臣而又肆意揮霍。懿宗、僖宗的昏庸驕奢，造成了國困民貧，民亂遂如野火燎原一般，加速了唐末政權的崩潰。

其次，民亂、兵亂不斷，唐末的土地兼併，賦稅繁苛，令人民無以維生，逼使百姓四處逃亡，鋌而走險，聚眾滋事，淪為盜賊，自懿宗以來，奢侈日甚，用兵不息，賦斂愈急。劉允章上懿宗書所說，民有「八苦」：

> 今天下蒼生，凡有八苦，陛下知之乎？官吏苛刻，一苦也。私債徵奪，二苦也。賦稅繁多，三苦也。所由乞斂，四苦也。替逃人差科，五苦也。冤不得理，屈不得伸，六苦也。凍無衣，肌無食，七苦也。病不得醫，死不得葬，八苦也。
> 〔註19〕

黎民百姓苦於苛稅，無衣無食，窘迫無告之苦，歷歷如在目前。百姓流殍，無所控訴，相聚為盜，所在蜂起。社會充斥著連綿不斷的大小民亂，其中較著者，有懿宗咸通元年（856 年）的裘甫之亂及咸通九年（868 年）龐勛領導的兵變，為李唐王朝種下敗亡的禍因。

僖宗乾符元年（874 年）王仙芝在長垣糾集數千群眾，次年攻下濮州、曹州等地，鄰近的災民多來歸附。此時黃巢也發動數千人響應，《資治通鑑》記載：「黃巢⋯⋯與仙芝攻剽州縣，橫行山東，民之困於重斂者爭歸之，數月之間，眾至數萬」。〔註20〕王仙芝與黃巢所以能迅速竄起，急速擴充，與苛政之下，民心思變有關。黃巢部隊成形後，向各處用兵。乾符五年，王仙芝兵敗，其殘餘部屬投效黃巢，勢力益盛。眾人推舉黃巢為王，廣明元年（880 年）十二月兵入長安，軍隊號稱六十萬人，「甲騎如流，輜重塞途，千里絡繹不絕。民眾夾

〔註19〕董誥等編：《全唐文》，北京：中華書局，1987 年 2 月，卷 804，頁 8450。

〔註20〕司馬光：《資治通鑑》，北京：中華書局，1997 年 11 月，卷 252，頁 8180。

道聚觀，尚讓歷論之曰『黃王起兵，本爲百姓，非如李氏，不愛汝曹，汝曹但安居無恐。』」〔註21〕黃巢入城後，僖宗隨即出走。黃巢於是在長安登甚，國號大齊。至僖宗中和三年（883 年），共歷時十一年。此時唐宗室在長安的，被殺無遺。後經李克用等多年征戰，於中和四年（884 年）李克用再度攻打黃巢，黃巢逃至袞州，此時部屬死傷殆盡。該年六月，黃巢逃至泰山東南狼虎谷，眼見大勢已去，遂自行了斷，此一亂事終告平定。

黃巢之亂雖告失敗，但廣大的農地，在十年戰亂後，已殘破不堪，生產因而停頓，從根本上動搖了李唐王朝的統治，使得這個腐朽的政權，從此分崩離析，離滅亡已不遠了。

第三節　詩壇概況

唐末五代文風漸漓，文格浸弱，以至卑靡不振，由於政治混亂，社會黑暗，文士消沉之餘，多遁而追求感官享樂，以致造成文學內容多半逃避現實，形式著重格律排偶，風格日趨綺靡；詩、詞、賦、駢文，莫不如此。就詩歌潮流的運行趨勢而言，是源於當代詩人共同的心理態勢，身在憂患深重的時代，襟抱難展，偃蹇困頓，幾乎是詩人們共同的命運寫照，翻開他們的詩文扉頁，確乎感到悲涼之霧，遍被華林。

唐末時期，政治黑暗、社會動盪、戰禍連年，原本富庶繁榮景象已不復可見。統治階級間複雜矛盾衝突，出現在朋黨之間的傾軋、朝臣和宦官的鬥爭、朝廷和藩鎮的對抗，這些情形對於知識份子，在生活、思想、情感及心理狀態等方面，都產生了深刻影響。

唐末雖然時代動盪社會混亂，但卻無法阻礙詩人對詩歌創作之熱忱，就詩人數量與創作活動而言，仍然保持著繁榮。有皮日休、陸龜蒙、羅隱、杜荀鶴、吳融、鄭谷、貫休、韋莊、司空圖、齊己、曹鄴、

〔註21〕王仲犖：《隋唐五代史》，上海：上海人民出版社，1988 年 6 月，頁794。

于濆、聶夷中、韓偓、劉駕、唐彥謙、秦韜玉、崔道融、徐鉉、黃滔
等較具特色之詩人。陳伯海論及晚唐詩壇云：

> 如李頻、方干、周朴、李洞學賈島的清苦，項斯、司空圖、
> 任蕃、章孝標學張籍的雅正、于濆、曹鄴、劉駕、邵謁學
> 元結的簡古，皮曰休與陸龜蒙學韓愈的博奧，杜荀鶴、羅
> 隱、胡曾、韋莊學白居易的通俗，而李群玉、唐彥謙、吳
> 融、韓偓諸人則學溫庭筠、李商隱的精工典麗。他們各就
> 性之所好，趨其一端，或淺切，或深奧，或平正，或奇僻，
> 或簡樸，或藻飾，或獨標古風，或專攻近體，從而造成了
> 詩界的大分裂。〔註22〕

依據陳氏的說法，晚唐詩歌創作發展方向，雖然分歧，但大抵可分為
兩類：一、纖麗綺靡：主要作家有溫庭筠、李商隱，詩風傾向唯美而
著重描寫艷情聲色，詩歌的創作不以實用為目的，注重形式藝術是純
粹的性靈抒發。二、經世教化：承續元稹、白居易的詩風，著重描寫
民間疾苦並指陳時政，詩歌的創作講求實用性，為濁世注入清流，起
世風於沉痾之中，期望能發揮移風易俗之治世效果。

　　唐末五代詩歌，「雖有華艷傾向，但現實主義創作，仍然是有力
的一面。于濆、曹鄴、劉駕諸人，對於當日拘束聲律、輕浮艷麗的詩
風表示不滿，所作富於比興，關懷民生疾苦。」〔註23〕因而在詩人普
遍落寞之心態中，實際上包含深刻憂患意識。他們身歷社會衰亂，目
擊政治窳敗，渴望朝廷中興，甚至大聲疾呼，奮力抗爭，亟盼挽救日
漸衰頹之國運。這類的詩作諸如皮日休、陸龜蒙、羅隱、杜荀鶴、鄭
谷、吳融、貫休、齊己、聶夷中、于濆等人為代表，本論文以下各章
將詳細分析。

　　綜上所述，可知唐末五代為歷史上一段極度動盪之黑暗時期，唐
末五代諷刺詩的繁盛，主要立基在時代背景、經濟社會風氣、詩壇概

〔註22〕陳伯海：《唐詩學引論》，上海：知識出版社，1990 年 11 月，頁 129。
〔註23〕劉大杰：《中國文學發展史》，上海：知識出版社，1984 年 2 月，中
　　　冊，頁 522。

況等因素。以上各節之敘述，旨在勾勒本期諷刺詩之創作背景輪廓，突顯其時代精神，展現其社會生活內容，藉以觀察作家對時代之迴響，作品與時代之關聯，以及文學伴隨時代遞嬗之演變規律，進而給予本期諷刺詩合理之解釋，與適當之評價。

第三章　唐末五代諷刺詩溯源與義界

　　「諷刺」在人類社會，最早存在於個體之間的生活中。隨著人類社會由個體的人到家、氏族再到國家，甚至全球化的國與國之間，個體生命對群體社會的依賴性越來越大，人的生存越來越依賴於群體。但是，人的群體意識和秩序感越強烈，人的個體意識和破壞慾也會成正比增長。特別是意識形態的壓迫，會使人的自我意識更加覺醒。在自我意識的作用下，個體與群體的矛盾就會產生。矛盾的結果隨著矛盾的程度，決定了個人，採用言語上的行動，或者是行爲上的行動，語言上只是發發牢騷，若行動上則可能是暴力革命。

　　如果個人對群體社會不滿，可能發牢騷來減輕群體社會對個人的壓力，這種牢騷可能是諷刺的語言，即怨、怒都可能產生諷刺。俗云：「憤怒出詩人」，因此出現了很多因怒而生諷刺的諷刺詩人，更有各種怨詩詩人，如苛政怨、貧賤怨、離別怨、閨閣怨、仕宦怨、後宮怨等，因怨而生的諷刺則更多。如果詩人是眞理的辯護者，或者理想的倡導者以及道德的守護者，都可能採用的諷刺的藝術，寓教於樂地完成他「自以爲是」的歷史使命，使自己成爲邪惡、愚蠢、虛假、僞善等社會不良傾向和軟弱、虛榮等人性弱點的揭露者和譴責者。諷刺行爲便是一項既有利於社會，又有益於道德，更有利於宣洩自己壓抑的情感。這就是中國詩人，特別是受儒家入世思想影響的詩人，所最熱

衷的事情。

　　中國早就在日常生活和藝術創作中使用諷刺，詩的諷刺功能也早就被意識到，並在詩歌創作中大量運用。不僅源遠流長具有群體教化和自娛功能，還具有獨特的藝術風格。諷刺詩人的社會責任感及使命意識強烈，對社會生活，特別是政治生活的關注遠遠大於對人，尤其是對個體生命的關注。由於在文人諷刺詩中，爲改造社會而作的社會諷刺詩，多於諷刺特定人物的個人諷刺詩。具有溫柔敦厚、止乎禮義、怨而不怒、謔而不虐的諷刺特色，常常具有隱趣和諧趣，是以「言志」和「緣情」爲主流形式的詩歌注入了重要內容。

　　唐末五代是一個軍閥混戰、社會動盪、政治黑暗的時代。經常處於戰亂之中，烽煙千里，哀鴻遍野，田園荒蕪，民不聊生。眞正能夠體現當時詩歌創作的成就，成爲精華的，是那些放射著現實主義光芒的諷刺詩篇。詩人以在野的立場發表議論，深刻的觀察社會，理性的剖析，反映社會眞象，其言語大多犀利，表現出知識份子的良心和風骨，詩作中揭示了軍閥混戰、政治黑暗、社會動盪以及由此爲社會經濟造成的嚴重破壞，爲人民帶來的深重災難；並對統治者及其爪牙，地方官吏的貪殘暴虐，給予無情的揭露和鞭撻；而對生活在水深火熱之中、掙扎在死亡線上的人民，則寄予憐憫和同情。這些詩的作者，繼承了前代傑出詩人的優良傳統，眞實地反映了唐末五代的社會現實，道出了人民的心聲，其描寫眞實，感情眞摯，藝術表現手法也有其可取之處。

第一節　唐末五代諷刺詩溯源

　　中國是一個歷史悠久的國家，也是一個詩的國度，從古典詩歌方面進行考察，每一種主題詩歌均有本身的發展歷程，朱光潛《詩論》云：「想明白一件事物的本質，最好先研究它的起源。」〔註1〕雖然說

〔註1〕　朱光潛：《詩論》，合肥：安徽教育出版社，1999 年 1 月 3 刷，頁 1。

諷刺詩至唐末五代達到繁盛的境地，其成熟絕非一蹴可幾。追溯它的源流，一方面可以明白諷刺詩歷史發展的來龍去脈，一方面可以詳審唐末五代諷刺詩如何變化前人之體，脫穎而出。

一、《三百篇》美刺的理論

追溯中國諷諭文學的發展起源，《詩經》是重要的起點，在理論的建立上，歷代有關詩歌諷諭理論的闡發，幾乎都來自於對《詩經》的詮釋與運用。《毛詩・大序》曰：

> 詩者，志之所之也，在心爲志，發言爲詩，情動於中而形於言，言之不足；故嗟嘆之，嗟嘆之不足；故詠歌之。詠歌之不足，不知手之舞之足之蹈之也。……治世之音安以樂，其政和；亂世之音怨以怒，其政乖；亡國之音哀以思，其民困。〔註2〕

詩歌因爲特有的抒情性與感染性，容易引起人們的共鳴，因此成爲言志、抒情最常使用的媒介，而詩歌所表現的情志，就不僅是詩人的懷抱，也具備著社會道德的情感。因此，將政治與詩歌聯繫起來，認爲詩歌與政府有關，把詩歌當作社會治亂的指標，經由詩歌觀察社會、政治的興衰。《毛詩・大序》又云：「國史明乎得失之跡，傷人倫之廢，哀刑政之苛，吟詠情性，以風其上。」〔註3〕其中「傷人倫之廢」即是所謂的諷刺詩；「哀刑政之苛」便是政治諷刺詩，多分佈於〈國風〉和〈二雅〉之中，例如：〈魏風・伐檀〉、〈魏風・碩鼠〉、〈邶風・新臺〉、〈鄘風・墻有茨〉、〈陳風・株林〉、〈齊風・雞鳴〉、〈大雅・桑柔〉、〈大雅・民勞〉、〈小雅・四牡〉、〈小雅・四月〉、〈小雅・何人斯〉等篇章，這些都是《詩經》中的刺詩。而刺詩之志是憂而愁的，刺詩之情是哀而傷的，詩人通常採用旁敲側擊，去實就虛的書寫方式，有力地揭露了統治階層，抨擊其施政缺失。

〔註2〕《詩經》，見《十三經注疏》，台北：藝文印書館1981年1月，第2冊，頁16。

〔註3〕同上註。

《毛詩·大序》以爲，詩歌影響到政治、社會、個人等層面，提出了《詩經》的「美」、「刺」兩大功能。在上位者以詩歌教導百姓，使民風趨向純厚，這是由上對下的「風化」，符合了〈詩大序〉「風，風也，教也；風以動之，教以化之」的說法。另一功能則是在下位者，藉著詩歌以勸諫國君，期使君王興禮義以扭轉政教之失，這是由下對上的「風化」。孔子認爲：「詩可以興，可以觀，可以群，可以怨。」〔註4〕邢昺加以解釋：「可以怨者，詩有君政不善則諷刺之，言之者無罪，聞之者足以戒，故可以怨刺也。」指出詩可以「怨」，也就是詩可以「刺」，而「可以怨」也正是由下對上的諷勸方面的功能。

　　「刺」詩應當具有含蓄委婉不直露的特點，〈詩大序〉曰：「上以風化下，下以風刺上，主文而譎諫，言之者無罪，聞之者足以戒，故曰風。」鄭玄加以註解：「風化、風刺，皆謂譬喻不斥言也。主文，主與樂之宮商相應也。譎諫，詠歌依違，不直諫也。」〔註5〕

　　藉著詩歌勸諫君王，使國君有所改善，〈詩譜序〉曰：「論功頌德，所以將順其美；刺過譏失，所以匡救其惡。各於其黨，則爲法者彰顯，爲戒者著明。」〔註6〕美、刺並舉，然其重點實在於「刺」，因爲具備了揭露、批判和抒發怨憤之詩歌，才能眞正達到匡正的功能，讓詩歌爲政治社會效力。

　　《詩經》的「美刺詩」發展到了後代，幾乎被「刺詩」這一名稱所取代，朱自清《詩言志辯》云：《三百篇》談到創作目的的有十二篇，這十二篇中，除三篇爲頌美外，其他九篇均爲諷諫、譏刺，「所謂『詩言志』最初的意義是諷與頌，就是後來美刺的意思。」〔註7〕

〔註4〕《論語》，見《十三經注疏》，台北：藝文印書館1981年1月，第8
　　　　冊，頁156。
〔註5〕《詩經》，見《十三經注疏》，台北：藝文印書館1981年1月，第2
　　　　冊，頁16。
〔註6〕同上註，頁4。
〔註7〕朱自清：《詩言志辯》，台北：漢京文化事業有限公司，1983年1月，
　　　　頁9～11。

由此可見「諷」與「頌」,「美」與「刺」實爲一體之兩面,而刺詩亦較美詩爲多。

二、漢賦樂府詩的開展

漢代的賦以及樂府詩中均呈現著「諷諭」的精神。漢賦雖常被批評爲「諷一勸百」、「勸而不止」。然而,漢代的賦家往往採行「以頌爲諷」的方式去寫作。至於漢代的「樂府詩」,是朝廷樂府機構的樂官們所採集的民間詩歌,這些詩人皆有所感而寫,因爲事而作,能夠眞實地反映民間疾苦與百姓感觸。

（一）漢賦的諷諭主張

漢賦受到詩經美刺理論的影響,在歌功頌德之餘,呈現出勸百諷一的諷諭精神,司馬遷認爲,辭賦的重要價值之一爲「諷諭」,其《史記・司馬相如列傳》曰:

> 太史公曰:《春秋》推見至隱,《易》本隱之以顯,《大雅》言王公大人而德逮黎庶,《小雅》譏小己之得失,其流及上。所以言雖外殊,其合德一也。相如雖多虛辭濫説,然其要歸引之節儉,此與《詩》之諷諫何異?

太史公以爲,辭賦的藝術技巧是爲了表現「諷諫」,而辭賦的重要特色也在於「諷諫」。班固主張辭賦應有「諷諭」精神,其〈兩都賦〉序云:「或以抒下情而通諷諭,或以宣上德而盡忠孝,雍容揚諭,著於後嗣,抑亦雅頌之亞也。」班固認爲賦在「諷諭」方面,應採取「婉言諭告」、「取譬婉諷」的方式,用語溫順,曲折婉轉,態度謙卑,不可觸犯統治者的尊嚴。

漢賦多採用隱微的方式進行諷諭,而其中諷諭之義通過歌頌來表達,這種「以頌爲諷」的方式,往往喪失了直諫的精神,故而對於實際產生的政治效用,君王的勸諫功能等均屬有限,因此,常被批評爲「諷一勸百」、「勸而不止」。然而,漢代的文人作家卻一直採行「以頌爲諷」的方式去實踐「諷諭」的精神。

（二）樂府的緣事而發

漢魏民間詩歌，真實地反映了社會情形，班固《漢書·藝文志》記載：「自孝武立樂府而採歌謠，於是有越、趙之謳，秦、楚之風，皆感於哀樂，緣事而發；亦足以觀風俗，知厚薄云。」〔註8〕樂府詩是朝廷樂府機構的樂官們採集到的民間的口頭歌謠，這些歌詩皆有所感而寫，因為事而作，「感於哀樂，緣事而發」是樂府的創作精神，以通俗質樸的語言，清新純樸的風格，將生活中喜怒哀樂，所見所感，發而為詩歌，真實地反映了民間疾苦與百姓的處境。

漢代詩人們藉著樂府詩的形式，直陳時事，或控訴戰爭的苦難，或嘲諷官吏，或寫窮婦孤兒的困苦病痛，或發洩憂國憂時之哀思。例如：描寫戰爭及行役之慘狀，如〈十五從軍征〉、〈戰城南〉、〈飲馬長城窟行〉、〈悲憤詩〉〈七哀詩〉、〈蒿里行〉等；譏刺政治的，如〈平陵東〉等；嘲諷官吏的，如〈陌上桑〉、〈羽林郎〉等，反映平民離恨、窮困的，如〈東門行〉、〈婦病行〉、〈孤兒行〉等。詩歌所反映的層面廣泛，與現實生活有著密切的關聯，而漢樂府中的民歌，除了反映社會現實外，更將社會內部的衝突與矛盾充分暴露。

樂府民歌在形式上多用敘事方式，有利於真實、廣泛地反映社會問題，皮日休有剴切的敘述，其〈正樂府十篇·序〉云：

> 樂府，蓋古聖王采天下之詩，欲以知國之利病，民之休戚者也。……詩之美也，聞之足以觀乎功；詩之刺也，聞之足以戒乎政。……由是觀之，樂府之道大矣。今之所謂樂府者，唯以魏晉之侈麗，陳梁之浮豔，謂之樂府詩，真不然矣。故嘗有可悲可懼者，時宣於詠歌，總十篇，故命曰：正樂府詩。〔註9〕

漢樂府繼承了《詩經》的諷諭精神，並向下開啟了以樂府為主要形式的現實主義詩歌創作的方式。自漢樂府「感於哀樂，緣事而發」肇其

〔註8〕 班固：《漢書》，台北：中華書局，1966年，卷30，頁1756。

〔註9〕 彭定求等編：《全唐詩》，北京：中華書局，2003年7月，卷608，頁7018。

端,經建安曹氏父子藉樂府古題寫古事。杜甫不採用樂府舊題,寫作「即事名篇,無復依傍」的新題樂府,元結、白居易提倡「歌詩合爲事而作」的元、白新樂府,以樂府寫作諷諭詩,爲詩歌反映政治社會問題開闢了廣闊的道路。

三、新樂府諷諭的精神

　　新樂府運動,是爲了因應中唐日益嚴重的社會問題,認爲詩歌要有關懷社會現實的諷諭精神,新樂府運動和古文運動,兩者基礎是一致的,陳寅恪認爲:

> 然則樂天之作樂府,乃用毛詩,樂府古詩,及杜少陵詩之體制,改進當時民間流行之歌謠。……由是言之,樂天之作新樂府,實擴充當時之古文運動,而推及之於詩歌,斯本爲自然之發展。〔註10〕

中唐時期,參與的文人,不論在散文、詩歌領域裡,都共同尊崇著傳統儒家思想及內涵,用以指導各自的文學理論和創作,中唐大歷前後詩人,如顧況、張籍、王建、李紳等人雖沒有明確的詩歌理論,但埋首於創作,用詩歌反映現實,以實際行動來響應新樂府運動。而新樂府之發展,至元稹、白居易達到極盛,擴大了杜甫等社會詩人的範疇。蕭滌非認爲:

> 所謂新樂府者,「因意命題,無復依傍」,受命於兩漢,取足於當時,以耳目當朝廷之采詩,以紙筆代百姓之喉舌也。
> 杜甫開其端,白居易總其成。〔註11〕

以新樂府寫作有關朝政民風的諷諭詩,是承襲杜甫。不僅道出了元、白諷諭詩的承襲關係,更將其寫作對象與「文章合爲時而著,詩歌合爲事而作」的宗旨標舉出來。

　　元稹的詩歌以反映現實爲宗旨,純粹就事件本身描寫,而不拘泥

〔註10〕陳寅恪:《元白詩箋證稿》,台北:里仁書局,1982年,頁121。
〔註11〕蕭滌非:《漢魏六朝樂府文學史》,台北:長安出版社,1981年11月
　　　　臺灣2版,頁24。

於題目，提出了「美刺」的理論，其〈樂府古題序〉云：

> 況自風、雅，至於樂流，莫非諷興當時之事，以貽後代之
> 人。沿襲古題，唱和重複，於文或有短長，於意咸爲贅賸。
> 尚不如寓意古題，刺美見事，猶有詩人引古以諷之義焉。
> 曹、劉、沈、鮑之徒，時得如此，亦復稀少。近代唯詩人
> 杜甫〈悲陳陶〉、〈哀江頭〉、〈兵車〉、〈麗人〉等，凡所歌
> 行，率皆即事名篇，無復倚傍。〔註12〕

他認爲詩歌與現實關係密切，所謂「寓意古題，刺美見事」與「即事
名篇，無復倚傍」說明詩歌以反映社會現實爲主，詩歌的創作必須諷
諭當時社會，元稹在其作品中，強調諷諭詩的價值居各類詩歌之首，
其文學思想，在當時的文學革新運動中具有突出的進步意義。

詩壇推尊白居易，在唐末五代就已蔚成風氣，張爲《詩人主客圖》
首列白居易，稱爲「廣大教化主」，可見其受推崇的情形。

白居易〈與元九書〉說明自己的詩歌，分爲諷諭、閒適、感傷、
雜律四類。其中白居易最重視的是諷諭詩；因爲它反映了國事民生，
對政治可以發生美刺作用，重視詩歌的實用價值，強調詩歌的政治、
社會功能，而摒棄一切爲文而文、不重諷刺、不重興寄的作品。白居
易文學主張是「文章合爲時而著，歌詩合爲事而作」，所以詩歌也要
能補察時政、洩導民情，因此他在〈與元九書〉與元稹討論寫作文章
時，有云：

> 人之文六經首之。就六經言，詩又首之。何者，聖人感人
> 心而天下和平，感人心者莫先乎情，莫始乎言，莫切乎聲，
> 莫深乎義。詩者：根情，苗言，華聲，實義。〔註13〕

以情爲根，以言爲苗，以華爲聲，以義爲實，如此才能文質並重，既
可不違文學使命，又可兼顧藝術價值；他在〈新樂府并序〉中也說：

> 其辭質而徑，欲見之者易諭也。其言直而切，欲聞之者深

〔註12〕元稹：《元稹集》，北京：中華書局，2000年6月，卷23，頁255。
〔註13〕朱金城：《白居易集箋校》，上海・上海古籍出版社，1992年12月，
卷45，頁2790。

誠也。其事覈而實，使采之者傳信也。其體順而肆，可以
播於樂章歌曲也。總而言之，爲君、爲臣、爲民、爲物、
爲事而作，不爲文而作也。〔註14〕

這種爲貫徹社會實用功能，只求內容充實與表現諷諭意義，而不求形
式宮律之美的態度，是非常明顯的。

　　白居易認爲詩歌的「美刺」作用，可以對政治及教化產生非常大
的影響，因此進一步提出詩歌的「美刺」需要與政治結合，其〈策林〉
六十八云：

且古之爲文者，上以紉王教，繫國風；下以存炯戒，通諷
諭。故懲勸善惡之柄，執於文士褒貶之際焉；補察得失之
端，操於詩人美刺之間焉。〔註15〕

詩歌中蘊含的「美刺」是爲了補察時政而作，有指陳政治得失，移風
易俗的功能所謂「紉王教」、「繫國風」，懲勸善惡，正是要造成風俗的
仁厚；而「存炯戒」、「通諷諭」、補察得失，也就是指陳政治的得失。
白居易「創作實踐亦全然成爲『救濟人病，裨補時闕』的另一種形式
的諫書。可見，發生於情感，指歸於義理，服務於現實，構成白居易
詩論的三大支點。」〔註16〕元、白新樂府在本質上，是一種政治社會
的諷諭詩，以反映現實問題爲其主要內容。所提出的諷諭理論，既是
對儒家傳統詩論的繼承和發揚，也是對於詩歌與現實、詩歌與政治、
詩歌與社會作用等，注入新內容，將諷諭詩理論提昇到另一個層次。

　　劉明宗在《宋初詩風體派發展之研究》中引用游國恩〈白居易及
其諷諭詩〉云：

白居易的諷諭詩從表現手法上分爲三類：（一）直說的，如
〈傷宅〉、〈買花〉等。（二）比較的，如〈觀刈麥〉、〈輕肥〉
等。（三）隱喻的，又可分爲二種，其一全篇用比喻并不點
破的，如〈感鶴〉；其一全篇未點明比喻正意的，如〈有木

〔註14〕同上註：卷3，頁136。
〔註15〕同上註：卷65，頁3547。
〔註16〕許總：《唐詩體派論》，台北：文津出版社，1994年，頁550。

名凌霄〉等。〔註17〕

綜合以上所言，白居易主張「詩歌合爲事而作」，爲貫徹社會實用功能，著重內容充實與表現諷諭意義，不求形式宮律之美的態度所影響，致使唐末五代產生了一些現實主義的詩人，曹鄴、于濆、皮日休、陸龜蒙、聶夷中、杜荀鶴、羅隱等人。這些詩人，身歷社會衰亂，目擊朝政窳敗，懷抱深廣的憂患意識，亟盼挽救日益衰頹的國勢，對社會、民生，表達他們的看法和見解，對君王、權貴、澆薄世風，表達他們的嘲笑、諷刺，摻合著大聲疾呼，奮力抗爭，使唐末五代詩歌進入寫實的蓬勃成熟時期。

第二節　唐末五代諷刺詩義界

諷刺，作爲文藝創作中的一種表現手法，就是「用比喻、誇張等手法對不良或愚蠢的行爲進行批評或揭露」，〔註18〕或「用譏刺和嘲諷來揭露挖苦醜陋的落後事物和荒謬行爲。」〔註19〕諷刺作爲群體社會生活中的個體之間的相處方式和生存方式，在社會生活中早已存在。諷刺最早存在於個體之間的生活中。如果某個體對其他個體不滿而需要表達，又不能使用暴力等極端手段，就有可能選用諷刺的方法，即用言語去有限度地打擊對方，這種言語就是諷刺性語言。

但是，隨著人類社會由個體的人轉變爲群體的人，個體生命對群體社會的依賴性越來越強，人的自我意識也越來越覺醒。在自我意識的作用下，如果個體的生命對群體社會不滿，即當他們不滿現實社會，又無法實施具體的暴力行動時，大多採用諷刺的手段完成他「自以爲是」的歷史使命。他們往往以道德的捍衛者自居，使自己成爲邪

〔註17〕劉明宗：《宋初詩風體派發展之研究》，國立高雄師範大學國文研究所博士論文，1994 年 6 月，頁 105。

〔註18〕李國炎等編著：《新編漢語辭典》，長沙：湖南出版社，1988 年 8 月，頁 154。

〔註19〕夏征農主編：《辭海》，上海：上海辭書出版社，1999 年，頁 472。

惡、愚昧、虛假、偽善等社會不良傾向和軟弱、虛榮等人性弱點的揭露者和譴責者。他們的諷刺行為便成為一項既有利於社會，又有益於道德，又有利於宣洩自己壓抑的情感的方式。這種行為經常是通過發「牢騷」或以怨、或用怒，並借由諷刺的語言，來釋放自己的不快。亦即是，諷刺多半是由怨、怒所導致。雖然中國古代因怨而生的諷刺非常多，如苛政怨、貧賤怨、仕宦怨等，諷刺意味有，但並不強烈，這和儒家傳統思想有密切關係。

　　古代的文人，特別是受儒家入世思想影響的文人，對於社會生活，尤其是對政治生活的關注程度，遠遠大於對個人生活的關注。他們大都願意充當改造社會者，以反映和表現社會生活，面對社會、為民請命，以立言為己任，因而造就了中國文學史上「諷刺」文學的興盛，但由於受到傳統「美頌」思想和粉飾太平的世風以及生存環境等影響，採用表達諷刺的方式往往是含蓄、謹慎、節制的。其諷刺通常是針對社會的，一般採用「諷與隱」、「諷與諧」相結合的方式對時弊進行諷刺，這是古代文人在兼濟天下的理想，又得面對生活的一種生存方式，具體地呈現於文學藝術之中。

　　約翰遜博士在《英語詞典》裏把諷刺分為一般諷刺和特指諷刺；「正當的諷刺（proper satire）以其批判的普遍性而有別於旨在攻擊某個特定的人的諷刺（lampoon）〔註 20〕主要是「嘲世」的諷刺。但是這種諷刺由於受傳統文化的影響，往往是諷而有怨、怨而不怒。其實可以給這種類型的諷刺冠以「諷諭」的名稱。

　　「諷諭」是漢語的傳統修辭格，最早見於班固〈兩都賦〉序：「或以抒下情而通諷諭，或以宣上德而盡忠孝。」〔註21〕謝楚發先生認為：「我國古代的文學家都有一個『兼濟天下』的宏願，參政議政、干預生活被認為是他們的職責和使命。他們一旦對目前的政策、制度與社

〔註20〕阿瑟・波拉德著，謝謙譯：《論諷刺》，北京：崑崙出版社，1992 年。
〔註21〕陳元龍輯：《歷代賦彙》，北京：北京圖書館出版社，1999 年 11 月，第 3 冊，頁 314。

會風氣有意見，便常常以諷諭爲手段，表明自己的態度。」〔註22〕由此可見，古人對於諷諭已有一些較爲明確的認識。以下是現代有關著述對「諷諭」的解釋：

> 「諷諭」：一稱「諷諫」。文論術語。指在下者用文學作品寄寓譏刺或箴規來警戒執政者。〔註23〕

> 修辭學上辭格之一。通常在本意不便明說或爲求說得形象、明白的情況下，借用故事來寄託作者諷刺教導的意思。〔註24〕

> 諷諭是造出一個故事來寄託諷刺教導意思的一種措辭法。〔註25〕

> 用委婉含蓄的手法表明對某些重大社會問題的意見，或諫阻，或勸說，或諷刺，或指責。〔註26〕

> 借用寓言、故事來說明道理，委婉地規勸、啓發別人或者進行諷刺譴責。〔註27〕

以上各家對於諷諭的解釋雖然互有出入，但大體上都認爲是借用寓言或故事等，採用委婉的說法來進行勸說、傳達警戒意味的修辭格。如此說來，諷諭和一般的修辭格是有所不同的。通常，修辭格一般除了句子或文章上的特定作用以外，不包括其具體用處。而諷諭不但是一種語句上的修辭方法，而且還包括特定目的或用處，即諷諭是專門爲傳達諷刺教導作用而採用的修辭格。

爲了更明確地理解諷諭的概念，試將「諷諭」與「諷刺」做一比較。《修辭通鑒》指出：

〔註22〕謝楚發：《散文》，北京：人民文學出版社，1994 年，頁 124。
〔註23〕錢仲聯等編：《中國文學大辭典》，上海：上海辭書出版社，2000 年，頁 1903。
〔註24〕夏征農主編：《辭海》，上海：上海辭書出版社，1999 年，頁 590。
〔註25〕陳望道：《修辭學發凡》，上海：上海教育出版社，1997 年，頁 122。
〔註26〕謝楚發：《散文》，北京：人民文學出版社，1994 年，頁 124。
〔註27〕唐松波、黃建霖主編：《漢語修辭格大辭典》，北京：中國國際廣播出版社，1994 年，頁 542。

諷諭和諷刺也不完全一樣，它們雖都有諷刺意味，但諷刺
主要是揭露性的，是直書其事，且具有貶責、指斥的意思。
諷諭則主要是寓理於故事之中，含蓄委婉，給人以啓迪和
誘導，有批評，但那是一種善意規勸。〔註28〕

「諷刺」是「以反語或含蓄的語言譏刺人。」〔註29〕對需要否定的對
象加以譴責、批判、抨擊等。而「諷」有「用委婉的語言暗示、勸告
或譏刺、指責」〔註30〕的意思。故而「諷」基本上已體現諷刺的意義。
因此，《修辭通鑒》根據諷刺常用的修辭手段，把諷刺分爲「誇張諷
刺」、「仿擬諷刺」、「比喻諷刺」、「反語諷刺」等。〔註31〕《修辭通鑒》
提到諷諭和諷刺的兩個主要差別，即作家的主要意圖和具體手法。而
這兩個差別就決定於「諭」和「刺」的不同。諷刺因「刺」而抨擊性
較強。諷諭因「諷」一方面具有批評、指責或諷刺等的意義，另一方
面，又因「諭」而較重視勸戒、勸說等教導的意義。諷諭所採用的具
體手法就是比喻，而諷刺的手法不必局限於比喻的方法，還可以採用
誇張、對照、仿擬、比喻、反語等多種多樣的手段。

在西方文學中「諷刺詩」（verse satire）屬於文學類別的種類之一，
約翰生（Johnson）在其所編《英語詞典》中，所下的定義是：「批評
邪惡與愚昧之詩作」（a poet in which wickedness or folly is
censured）」，爾後的學者更進一步加以說明，德萊登（Dryden）認爲：
「諷刺的眞正目的在於對惡習的修正。」另一學者笛福（Defor）則
認爲：「諷刺的目的在於改造，儘管作家本人懷疑此種改造工作是否
有大功告成之日，但他還是毅然行之。」〔註32〕因此，西方的諷刺詩，

〔註28〕成偉鈞等主編：《修辭通鑒》，北京：北京青年出版社，1991年，頁
482。
〔註29〕夏征農主編：《辭海》，上海：上海辭書出版社，1999年，頁590。
〔註30〕羅竹風主編：《漢語大辭典》，漢語大辭典出版社，1999年，第11冊，
頁347。
〔註31〕成偉鈞等主編：《修辭通鑒》，北京：北京青年出版社，1991年，頁
832～833。
〔註32〕阿瑟・波拉德著，謝謙譯《論諷刺》，北京：崑崙出版社，1992年，

其主題是對社會之缺失、不公、不平，人心之邪惡愚昧加以譴責，其作用在獎善懲惡以匡正世俗。

在中國古典文學中，如同西方這一類「批評邪惡與愚昧之詩作」，以反映社會不公、不平之缺失。雖然這類詩作出現甚早，但並未賦予特定之名稱，由於受到「詩言志」等傳統詩學理論和儒家「達則兼濟天下」等中國文人的傳統人生觀的影響，文人都願意當改造社會者，以反映和表現社會生活、直接面對社會、以爲民請願、代聖賢立言爲己任。但是又受到意識形態及政治的高壓等生態環境的限制，不得不壓抑自己的英雄夢。王珂認爲：「敢怨敢怒地『想』卻相當節制地持中庸之道『寫』諷刺詩，即使要冒天下之大不韙，也只能詩出側面地採用曲筆方式，將『諷與隱』、『諷與諧』相結合。」〔註33〕《論語‧陽貨》曰：「詩，可以興，可以觀，可以群，可以怨。邇之事父；遠之事君，多識於鳥獸草木之名。」〔註34〕詩可以怨，因爲怨而生諷刺。可見中國很早就意識到詩有怨刺上政、針貶時弊、改造社會的教化功能。《詩經》的十五國風中便有諷刺詩，其中以諷勸社會時弊的政治諷刺詩和怨刺詩居多。《毛詩‧大序》曰：「至於王道衰，禮義廢，政教失，國異政，家殊俗，而變風、變雅作矣。國史明乎得失之跡，傷人倫之廢，哀刑政之苛，吟詠情性，以風其上，達於事變而懷其舊俗者也。」〔註35〕這是繼「詩可以怨」之後，最早而有系統的諷刺詩理論，它進一步界定了中國諷刺詩的諷刺範圍是：「明乎得失之跡，傷人倫之廢，哀刑政之苛。」也界定了它的功能是：「以風其上」，更界定了它的方法：「吟詠情性」。唐代白居易〈與元九書〉中進一步提及：

頁 2。

〔註33〕王珂：〈論中西諷刺詩的文體特徵及差異〉，福建《福建師範大學陰山學刊》第 17 卷第 1 期，2004 年 1 月，頁 30。

〔註34〕《論語》，見《十三經注疏》，台北：藝文印書館 1981 年 1 月，第 8 冊，頁 156。

〔註35〕《詩經》，見《十三經注疏》，台北：藝文印書館 1981 年 1 月，第 2 冊，頁 16。

> 自拾遺以來，凡所適所感，關於美刺比興者，又自武德訖
> 元和，因事立題，題爲新樂府者，共一百五十首，謂之諷
> 諭詩。〔註36〕

白居易將自己的作品分爲諷諭詩、閒適詩、感適詩和雜體詩四類，而
其諷諭詩皆是有感於時事，反映現實，具有美刺精神的作品。而中國
的諷諭性詩作，就是以反映社會的不公不平作爲主題，並以改善社會
爲終極目的。

　　所謂諷刺詩，主要是指以現實社會爲主題的寫實詩歌，包含關懷
民瘼與諷刺時事之作。在傳統文學的討論上，「諷刺」、「諷諭」以及
「諷諫」三種用法經常出現。「諷者，誦也，從言，風聲。」（《說文》）
「諷」亦可釋爲「不用正言，託辭婉言勸說。」（《辭源》）或釋爲「不
用正言，以微言託意」（《辭海》）有婉言勸告之意。「刺」則有指責、
諷刺的目的，「刺，君殺大夫曰次。次，直傷也。」而「諭，告也，」
則有告曉、啓引的意思。

　　從字義的分析可知「諷諭」是一種比較溫和的態度，採用婉言勸
告的方式，在陳述事實、批評對象時，能讓讀者與作品保持適當的距
離。而「諷刺」則側重於「刺」，是一種較爲激烈的指責方式，常採
取較爲嚴厲的嘲諷、譏誚、諷罵等語氣，作者的態度是激烈的，因此
沒有辦法保持適當的距離。〔註37〕

　　齊裕焜認爲：「中國文論家也認識到諷刺有『治療與復元』的功用，
透過諷刺作品去責難邪惡、揭露愚行，以達改正惡行或革新社會的目
的。」〔註38〕可見透過「諷刺」，可達到改正惡行或革新社會的目的。

〔註36〕朱金城：《白居易集箋校》，上海：上海古籍出版社，1988 年 11 月，
　　　　頁 110。

〔註37〕案：諷刺理論，參見阿瑟・波拉德著，謝謙譯：《諷刺論》，北京：
　　　　崑崙出版社，1992 年。齊裕焜、陳惠琴：《境與劍——中國諷刺小說
　　　　史略》，台北：文津出版社，1995 年 9 月）。宋美：〈語調和說話人—
　　　　—諷刺詩的修辭藝術〉，《中外文學》，第 14 卷第 3 期），頁 4～45。

〔註38〕齊裕焜、陳惠琴：《境與劍——中國諷刺小說史略》，台北：文津出
　　　　版社，1995 年 9 月），頁 2。

　　諷刺原本就是對世事不平而鳴，但卻被要求不可以做激切的反映，羅根澤認為：

> 大概晚唐五代的詩人，雖躲在「象牙之塔」，創作消遣玩味的文藝，而社會喪亂的感發刺激，詩主美刺的傳統見解，使他們不能完全忘世，既不能全忘世，又懲於元白諷刺詩的遭忌受禍，由是想出種種微妙的諷刺法。〔註39〕

除了「主文譎諫」的詩學傳統外，懼亂避禍，也是身處亂世，人們自然的心理反應。在動盪不安的晚唐政局下，詩人對時政的諷諫，重點並不在於「聞之者足戒」，而要能「言之者無罪」，既抒發內在對時局的不滿，又可以保障身家性命安全。許總對晚唐諷刺詩的性質有一番精闢見解：

> 其時（晚唐）諷刺詩的大量出現及其激切程度則體現為屬於自身時代詩壇的一個重要特徵。當然，所謂諷刺，本屬追求美刺諷諭之旨的儒家詩教題內之義，且在元白等人諷諭詩中得到盡情的發揮。但是，傳統詩教力主溫柔敦厚表達方式，元、白諷諭也多著眼勸誡意義，體現出詩人對政治自新的期待心理。而唐末諷刺性質已與此判然有別，詩人往往將自身與時政有意識的分離，對立之中顯出空前激烈的批判鋒芒，體現出對時政的戰鬥性與否定性心理態勢，因此其諷刺的內容及程度也就顯得特別深刻而尖利。〔註40〕

許總認為，晚唐諷刺詩的激切與銳利，是詩人往往將自身與時政有意識地分離有著密切關係。

　　以社會現實為主題的詩歌，起源於《詩經》，其篇章如〈碩鼠〉、〈七月〉、〈採薇〉，漢魏時期詩人，以旁觀者的立場來描寫社會問題，不僅題材擴大，而且篇幅加長，如〈戰城南〉、〈東門行〉、〈孤兒行〉。

　　六朝時期，詩歌內容偏向男女言情，唐初國勢鼎盛，描寫社會問

〔註39〕 羅根澤：《晚唐五代文學批評史》，台北：臺灣商務印書館，1996年再版，頁48。

〔註40〕 許總：《唐詩史》，江蘇：江蘇教育出版社，1994年，頁437～438。

題的詩歌，沒有發展空間。安史亂後，國勢逆轉、社會動盪，用詩歌反映社會動亂，有杜甫〈兵車行〉、〈新安史〉，元結〈舂陵行〉、〈賊退示官吏〉，張籍〈傷歌行〉、〈築城詞〉，尤其元稹、白居易不僅提出了文學主張，更致力於新樂府的寫作，使詩歌肩負起諷諭譎諫的功能，並致力於發掘社會問題，無形中擴大了詩歌的題材與範圍。

　　唐末五代詩人不論被歸屬於那個詩風、派別，多少都會有一些諷刺之作。畢竟國勢動亂如此，即使想逃避現實，也不可能完全無感於心。諸如皮日休、陸龜蒙、羅隱、杜荀鶴、鄭谷、吳融、貫休、齊己、聶夷中、于濆等人。

　　綜上所述，本文所謂之「諷刺」可包含「諷諭」在內的。至於諷刺詩中的「諷刺」，有兩層含義：一、普通意義上的諷刺：即對於某種現象、行為、人物的言語攻擊。二、諷諭：借用彼事物來說明此事物，並在其中暗含諷刺或教導意味。

第四章　唐末五代諷刺詩重要作家與作品

　　唐末五代大多數作家的作品都因戰亂割據而散佚殆盡，即使流傳下來的詩文集亦多殘缺不全，顧懷三《補五代史藝文志・序》云：「唐末大亂，干戈相尋，海域寓鼎沸。……一時稱王稱帝者，狗偷鼠竊，負乘致戎，何暇馳驅藝文之林。……蓋圖書之危，至此極已。」〔註1〕的確，因作品的大量散失亡佚，對於後代欲瞭解唐末五代時期詩文創作的情形，造成極大的困難。

　　本文的討論也只能在現有的資料基礎上來進行，茲依據《崇文總目》、陳振孫《直齋書錄解題》、《郡齋讀書志》、《新唐書・藝文志》、《宋史・藝文志》及《通志・藝文略》諸書對宋代所存唐末五代作家的詩文集加以統計。為了釐清詩文卷數的多寡，有時並不能完全等同於作品的數量，亦即一卷之中所編入的詩文篇數並非皆一致的，復又根據彭定求等編《全唐詩》、王重民《補全唐詩》、孫望《全唐詩補逸》、童養年《全唐詩續補逸》、陳尚君《全唐詩續拾》、李調元編《函海叢書》、李調元編《全五代詩》等書，對該時期詩歌的現存數量進行了

〔註1〕　顧懷三：《補五代史藝文志》，見《叢書集成新編》總類第 1 冊，台北：新文豐出版社，1985 年，頁 1。

盡可能詳盡的統計。

　　唐末五代時期，政治黑暗、社會動盪、戰禍連年，原本富庶繁榮景象已不復可見。統治階級間複雜矛盾衝突，出現在朋黨之間的傾軋、朝臣和宦官的鬥爭、朝廷和藩鎮的對抗，這些情形對於知識份子，在生活、思想、情感及心理狀態等方面，都產生了深刻影響。

　　雖然時代動盪，社會混亂，理想業已破滅，現實又令人失望，但卻無法阻礙詩人對詩歌創作之熱忱，陳伯海論及唐末五代詩壇云：

> 如李頻、方干、周朴、李洞學賈島的清苦，項斯、司空圖、任蕃、章孝標學張籍的雅正、于濆、曹鄴、劉駕、邵謁學元結的簡古，皮日休與陸龜蒙學韓愈的博奧，杜荀鶴、羅隱、胡曾、韋莊學白居易的通俗，而李群玉、唐彥謙、吳融、韓偓諸人則學溫庭筠、李商隱的精工典麗。他們各就性之所好，趨其一端，或淺切，或深奧，或平正，或奇僻，或簡樸，或藻飾，或獨標古風，或專攻近體，從而造成了詩界的大分裂。〔註2〕

依據陳氏的說法，唐末五代詩歌創作發展方向，雖然分歧，但就詩人數量與創作活動而言，仍然保持著繁榮。

　　唐末五代與春秋戰國、漢末三國的情形非常相似，但是戰亂分裂的程度卻有勝於前者，詩人命運更加不幸。面對一個社會風氣敗壞，國家由衰弱趨向危亡的腐敗黑暗時代，雖然有一些詩人因看不到希望，便沉溺於自我世界，詩風傾向唯美，導致詩歌走向了纖麗綺靡注重形式藝術。但是，在社會大動亂中，卻有一些詩人，儘管仍然依照常規尋覓科舉出仕之路，但對唐王朝已喪失信心，對現實極為不滿，對前途感到悲觀與絕望，他們生活在這風雨飄搖的亂世中，皆有過不幸的遭遇，亦都敢於直言抗爭。在其詩作中直率地對黑暗社會現實作了揭露、斥責。其詩風有突出的共通性，注重質實、務求盡意。不論致力於古詩，還是專擅於近體詩者，皆長於白描，具有一種樸實暢快、

〔註2〕 陳伯海：《唐詩學引論》，上海：知識出版社，1990 年 11 月，頁 129。

明白盡情的作風，由此，亦可以看出他們和中唐時期白居易、元稹間的淵源關係，這種通俗化的傾向，與刺時憤世的創作宗旨是全然一致的。描寫民間疾苦並指陳時政，詩歌的創作講求實用性，爲濁世注入清流，起世風於沉痾之中，期望能發揮移風易俗之治世效果。這些詩人包括：皮日休、陸龜蒙、羅隱、杜荀鶴、吳融、鄭谷、韋莊、司空圖、齊己、貫休、韓偓、聶夷中、劉駕、于濆、曹鄴、唐彥謙、秦韜玉、徐鉉、黃滔等，是其中較具特色之詩人。

　　本文選錄的唐末五代詩人，率以其諷刺詩爲主，另外，一則以詩作的多寡；一則以作品雖不多，而具有其時代性及有特殊意義者取之，如曹鄴、于濆、聶夷中、劉駕、秦韜玉、唐彥謙、徐鉉、黃滔等即是。而孫光憲、徐鍇、花蕊夫人及其他唐末五代詩人，則或其諷刺詩作品太少；或其不具有時代性及特殊意義，均不在討論之列。

第一節　皮日休

一、生平概略

　　皮日休（約 834 至 883 年）生於唐末懿、僖戎馬之時代，道隱榛蕪而學競聲律的時代，先字逸少，後字襲美，襄陽人，生於唐文宗太和八年，卒於僖宗中和初。

　　皮日休雖負文名，但新、舊唐書均未替皮氏立傳，皮日休生平事蹟，可考證的資料不多，只在《新唐書·黃巢傳》提及黃巢曾任皮日休爲翰林學士，《資治通鑑·僖宗廣明元年》卷二五四亦有相同之記載，而其餘史籍未加以記載。故僅能就皮日休的詩文、皮氏與陸龜蒙的唱和詩，以及五代、宋代部分著作的輾轉抄錄中，去尋求其相關事蹟。皮日休的家世，其〈皮子世錄〉云：

> 日休之世，以遠祖襄陽太守，子孫，因家襄陽之竟陵，世世爲襄陽人。自有唐以來，或農竟陵，或隱鹿門，皆不抱冠冕，以至皮子。嗚呼！聖賢命世，世不賤，不足以立志；不卑，

　　　　不足以立名。是知老子產於厲鄉，仲尼生於闕里。〔註3〕

詩人自言其遠祖爲（晉朝）襄陽太守，因此世代定居襄陽之竟陵。唐
以後，家中無人在朝爲官，於竟陵耕種，隱居於鹿門。皮氏爲一尋常
農家子弟，然而門第卑微，反而激發皮氏的鬥志。性嗜酒，癖詩，號
「醉吟先生」，又自稱「醉士」，〔註4〕以文章自負，與陸龜蒙是金蘭
之交，日相贈賀。懿宗咸通八年（867 年）舉進士及第，約三十四歲。
次年，至蘇州，刺使崔璞辟爲軍事判官。僖宗乾符四年入朝，爲著作
郎，遷太常博士。僖宗廣明元年（880 年）東出關，擔任昆陵郡（即
常州，今江蘇省武進縣）副使，陷黃巢賊中。後黃巢入長安並稱帝，
以皮日休爲翰林學士。黃巢兵敗，爲唐朝所殺，皮日休也下落不明，
後人傳聞，或稱其爲官軍所誅；或言其爲黃巢殺害；也有認爲他入吳
越投靠了錢鏐而終。〔註5〕

　　皮日休著作甚豐。不過隨著歲月的流逝，許多著作亡佚。如今可
見者，只剩《文藪》、《松陵集》，及《全唐詩》、《全唐文》中若干散
篇。皮日休著有《皮子文藪》十卷，爲懿宗咸通七年皮氏所自編，屬
於前期作品，有《四部叢刊》影印本及中華書局排印蕭滌非整理本通
行。《全唐文》收皮日休文四卷，其中散文七篇，爲《文藪》所未收。
《全唐詩》編皮日休詩九卷，凡三百九十七首，後八卷詩均爲《文藪》
所未收，蕭滌非、鄭慶篤重校標點本《皮子文藪》，將皮日休自編《文
藪》以外的詩文附於書後，1981 年由上海古籍出版社出版。

　　皮日休生平事蹟，主要見於孫光憲《北夢瑣言》、錢易《南部新書》、
尹洙《大理寺丞皮子良墓誌銘》、陶岳《五代史補》、陳振孫《直齋書

〔註3〕皮日休：《皮子文藪》，蕭滌非整理，北京：中華書局，1959 年 6 月，
　　　頁 126。
〔註4〕辛文房：《唐才子傳校箋》，傅璇琮主編，北京：中華書局，1987 年
　　　5 月，第 3 冊，卷 8，頁 497；皮日休：《皮子文藪》，蕭滌非整理，
　　　北京：中華書局，1959 年 6 月，頁 64。
〔註5〕趙俊：〈晚唐思想界三傑〉，北京：《中國社會科學院研究生學報》，
　　　1999 年，第 6 期，頁 67。

錄解題》、計有功《唐詩紀事》、辛文房《唐才子傳》、《宿州志》等。
近人考訂有繆鉞〈皮日休的事蹟思想及其作品〉和〈再論皮日休參加
黃巢起義軍的問題〉、李菊田〈皮日休生平事蹟考〉、蕭滌非〈論有關
皮日休諸問題〉、張志康〈皮日休究竟是怎樣死的〉等，可資參考。

二、詩歌作品

　　探討皮日休之詩歌，必須兼顧其前、後期作品，在體裁、內容、
風格乃至於成就等方面都有明顯差異，其創作表現為一個轉型的過
程。這個過程與創作者的人生經歷尤其是生活轉折密切關聯。彭庭松
認為：「皮日休生活轉折帶來政治熱情的消長以及性格氣質的變化，
創作主體心態與此遙相呼應，互為表裡。兩者的互動關係，正是前後
期創作差異形成的關鍵所在。」〔註6〕
　　皮氏前期以《文藪》為代表，雖為行卷之作，但文氣磅礴，文意
無適不可，其內容思想，以國家民生為主，諸多體類之文章，不論採
取何種題材，均展現對社會的關懷之情。其〈文藪序〉一文，敘述此
書之要旨：

> 斯文也，不敢希楊公之歟，希當時作者一知耳。賦者，古
> 詩之流也。傷前王太佚，作〈憂賦〉；慮民道難濟，作〈河
> 橋賦〉；念下情不達，作〈霍山賦〉；憫寒士道壅，作〈桃
> 花賦〉。〈離騷〉者，文之菁英者，傷於宏奧，今也不顯〈離
> 騷〉，作〈九諷〉。文貴窮理，理貴原情，作〈十原〉。太樂
> 既亡，至音不嗣，作〈補周禮九夏歌〉。兩漢庸儒，賤我左
> 氏，作〈春秋決疑〉。其餘碑、銘、讚、頌、論、議、書、
> 序，皆上剝遠非，下補近失，非空言也。〔註7〕

本段序言已呈現《文藪》之內容大要。文中談到創作辭賦，以及碑、

〔註6〕彭庭松：〈生活轉折與創作轉型——試論皮日休創作差異形成的原
　　　因〉，浙江《中南大學學報（社會科學版）》，2003年10月，第9卷
　　　第5期，頁691。
〔註7〕皮日休：《皮子文藪》，蕭滌非整理，北京：中華書局，1959年6月，
　　　頁2。

銘等各類文章，用意在於：「慮民道難濟、念下情不達、憫寒士道壅、上剝遠非，下補近失」。這些文章皆與社會密切結合，所關懷的人事物，遍及生活各個層面，這樣的人性關懷，與皮氏出身中下階層社會有關。皮日休在看盡人生百態之後，對於百姓的苦難，社會的不公平，更增添了悲憫之心，皮日休希望透過文章達到興利除弊，以改善人民生活之目的。所以，《文藪》一書，是皮氏關懷現實的作品，其經世致用之思想，在書中具體展現。

後期作品大多集中於《松陵集》，在這本酬唱詩集中，以內斂的題材，吟詠閒適感傷的曲調，文字上呈現清新流麗和奧博險澀兩種風格。《松陵集》收錄詩六百餘首，分為十卷，其序文曰：

> 由是風雨晦冥，蓬蒿翳薈，未嘗不以其應而爲事。苟其詞
> 之來，食則輟之而自飫，寢則聞之而必驚。凡一年，爲往
> 體各九十三首，今體各一百九十三首，雜體各三十八首，
> 聯句問答十有八篇在其外，合之凡六百五十八首。〔註8〕

咸通十年（869年），皮日休氏結識陸龜蒙，兩人互相欣賞，往來唱和，一年之中，完成六百多篇作品。文中記載二人唱和時的心情，作品偏向個人情志的抒發，鮮少經世致用精神，其內容相當消極。不過，若從形式藝術的觀點來觀察《松陵集》仍有其特殊之處。例如：使用險韻、奇字以及修辭技巧的運用，如回文、離合、比喻、對比、雙聲、疊韻、嵌字…等，均極為精密。

在唐代詩學發展史上，皮日休的詩歌理論引人注目，與當時詩壇綺靡、感傷的主導傾向相悖，皮氏標舉詩的諷諭精神，希望提倡儒學以促進社會政治的改良，詩論中呈現強烈的社會責任心和深邃的理性精神。在詩歌理論方面，皮日休深受白居易影響，認為白居易敢於以詩抨擊政治、諷刺時弊的精神，所以皮氏於〈正樂府十篇〉序中主張：

> 樂府蓋古聖王采天下之詩。欲以知國之利病。民之休戚者

〔註8〕皮日休、陸龜蒙等著：《松陵集》，見《四庫全書珍本》，台北：台灣商務印書館，1982年，第12集，第195冊，頁3。

也。得之者。命司樂氏入之於塤箎。和之以管籥。詩之美也。
聞之足以勸乎功。詩之刺也。聞之足以戒乎政。故周禮太師
之職。掌教六詩。小師之職。掌諷誦詩。由是觀之。樂府之
道大矣。今之所謂樂府者。唯以魏晉之侈麗。陳梁之浮豔。
謂之樂府詩。眞不然矣。故嘗有可悲可懼者。時宣於詠歌。
總十篇。故命曰正樂府詩。(《全唐詩》卷 608)〔註9〕

在這篇序文中，包括皮日休對詩歌本質的觀念和意見，皮氏追溯了樂
府的性質作用，認爲樂府是具有美刺功能，通過它可以明瞭政教之得
失。所謂「觀乎功」、「戒乎政」，這些見解和白居易「新樂府」理論
是完全一致的。皮氏評論白居易的詩，就是推重他那寓意於「樂府」，
「所刺必有思」，可以發揮有益於世風的詩篇。

　　皮日休的諷刺詩歌內容，大略歸納爲四大類：第一類是反映人民
苦難；第二類是揭露官府剝削；第三類是抨擊官吏殘暴；第四類是批
判朝政弊端，茲分述如下：

（一）反映人民苦難

　　皮日休反映了社會底層人民貧苦生活情狀，其〈三羞詩〉第三首
詩云：

天子丙戌年，淮右民多飢。就中潁之汭，轉徙何纍纍。夫
婦相顧亡，棄卻抱中兒。兄弟各自散，出門如大癡。一金
易蘆蔔，一縑換梟鴟。荒村墓鳥宿，空屋野花籬。兒童醬
草根，倚桑空羸羸。斑白死路旁，枕土皆離離。……因茲
感知己，盡日空涕洟。(《全唐詩》卷 608)

以沉痛之筆，描寫淮右人民，遭受旱災蝗害而家破人亡，詩中呈現是
一幅饑民流徙之災民圖，家庭離散，骨肉相棄，一粟千金，農村荒廢，
羸弱百姓死於道路旁，使人強烈感受到整個時代的慌亂現象。皮日休
擅於用客觀冷靜之敘述；簡明強烈之對比來表達內心愛憎，可謂字字
寓針砭，語語寄同情。

〔註9〕彭定求等編：《全唐詩》，北京：中華書局，2003 年 7 月，頁 7018。

人禍之甚，莫過於戰爭兵災，皮氏《正樂府》十篇，第一首〈卒妻怨〉爲死難者之家屬，作了聲淚俱下的哭訴，反映民眾之苦難，其詩云：

> 河湟戍卒去，一半多不回。家有半菽食，身爲一囊灰。官吏按其籍，伍中斥其妻。處處魯人髽，家家杞婦哀。少者任所歸，老者無所攜。況當札瘥年，米粒如瓊瑰。累累作餓殍，見之心若摧。其夫死鋒刃，其室委塵埃。其命即用矣，其賞安在哉。豈無黔敖恩，救此窮餓骸。誰知白屋士，念此翻欷歔。（《全唐詩》卷 608）

丈夫被徵往河湟邊境作戰，「一半多不回」，卻苦了獨守空房的妻子。此詩寫戍卒之苦只用「死鋒刃」，其餘筆墨都極寫其妻在家的憂愁之狀，反映戰禍頻仍的悲劇，並抨擊統者，對出征士卒家屬的無情待遇，讀之令人心酸。

皮日休在其〈三羞詩〉第二首具體地描寫戍邊戰爭，帶給百姓毀滅性的災難，詩云：

> 南荒不擇吏，致我交阯覆。綿聯三四年，流爲中夏辱。懦者鬥即退，武者兵則黷。軍庸滿天下，戰將多金玉。刮則齊民癭，分爲猛士祿。雄健許昌師，忠武冠其族。去爲萬騎風，住作一川肉。昨朝殘卒回，千門萬戶哭。哀聲動閭里，怨氣成山谷。誰能聽畫鼙，不忍看金鏃。吾有制勝術，不奈賤碌碌。貯之胸臆間，慚見許師屬。自嗟胡爲者，得蹋前修躅。家不出軍租，身不識部曲。亦衣許師衣，亦食許師粟。方知古人道，陰我已爲足。念此向誰羞，悠悠潁川綠。（《全唐詩》卷 608）

詩人路過許州，目睹人民因政府用兵安南所受徵兵之苦，詩中敘述許州兵士戰歿於交阯：「昨朝殘卒回，千門萬戶哭。哀聲動閭里，怨氣成山谷。」家屬悲哭聲動城郭，邊疆戰禍犧牲了無辜的人民。

（二）揭露官府剝削

統治階層豪華奢侈的生活，造成貧富懸殊的嚴重社會不公，而過

份嚴苛的賦稅剝削，更造成了農村殘破、社會動盪的重大原因。皮日休把貪官狡吏敲詐、盤剝人民的盜賊行徑，淋漓盡致地揭穿，其〈橡媼歎〉詩云：

> 秋深橡子熟，散落榛蕪岡。傴傴黃髮媼，拾之踐晨霜。移時始盈掬，盡日方滿筐。幾曝復幾蒸，用作三冬糧。山前有熟稻，紫穗襲人香。細穫又精舂，粒粒如玉璫。持之納於官，私室無倉箱。如何一石餘，只作五斗量。狡吏不畏刑，貪官不避贓。農時作私債，農畢歸官倉。自冬及於春，橡實誑飢腸。吾聞田成子，詐仁猶自王。吁嗟逢橡媼，不覺淚霑裳。（《全唐詩》卷 608）

〈橡媼歎〉是皮日休《正樂府》十篇中之一。詩人透過「橡媼」這一老婦進而具體描寫，深刻揭示了唐末流寇亂前的社會。皮氏透過筆端不加修飾，不事雕琢地表達對人民的深刻情感。首先描寫老婦拾橡子為食的艱苦生活。開始詩人以四句詩勾勒出一幅老婦深山拾橡子的圖畫：深秋季節，正是橡子熟的時候，一個黃髮老婦人，爬上草木叢生的山崗，踏著晨霜，來拾橡子。接著描繪她拾橡子的過程，「移時始盈掬，盡日方滿筐」，由「盈掬」到「滿筐」，她要花費一整天的時間。為什麼黃髮老婦要以橡子充飢？詩人不作正面回答，他筆鋒一轉，接著用四句詩寫出豐收美景：「襲人香」三字，描寫了秋天送來陣陣稻香，令人欣喜的情景。「紫穗襲人香」，農民們用辛勤的汗水換來了稻穀的豐收。然而，眼前是豐收美景，卻要以橡子充飢的現實，這兩種截然不同的景象，怎會同時發生呢？詩人筆鋒又一轉，寫出了橡媼身受三種壓迫，一是租稅之苛重，農民全部收穫，除了「納於官」之外，竟一無所餘。二是貪官汙吏的勒索，「如何一石餘，只作五鬥量」官吏從中剝削之嚴重，這「如何」二字，寫出農民出乎意料之外的驚詫心理。三是「私債」的剝削，「狡吏不畏刑，貪官不避贓」，官吏利用「農時」以官糧放私債，國家的官糧竟變成官吏殘害人民，中飽私囊的本錢。這三重剝削下，農民只好「自冬及於春，橡實誑飢腸」了。

一個「誑」字，我們彷彿聽到了農民的飢腸轆轆。面對人民的悲慘境遇，面對統治者的殘酷剝削，詩人難掩激情。統治者竟然卸除假仁假義的偽裝，只想由人民身上刮取更多財富。透過橡媼的遭遇，詩人感到現實的可悲可懼，於是「不覺淚沾裳」了。在詩的結尾幾句，詩人用對比的手法，把批判的矛頭，直接指向當時統治者。竟然不如被人唾罵的田成子，時勢之險惡，生不如死，恍若人間地獄。

居上位者掌握權柄卻禍國殃民，將如何解民於倒懸呢？對於賦稅的繁重，詩人憂危慮深，作了沉痛的控訴，其〈農父謠〉詩云：

> 農父冤辛苦，向我述其情。難將一人農，可備十人征。如
> 何江淮粟，輓漕輸咸京。黃河水如電，一半沈與傾。均輸
> 利其事，職司安敢評。三川豈不農，三輔豈不耕。奚不車
> 其粟，用以供天兵。美哉農父言，何計達王程。(《全唐詩》
> 卷 608)

江淮一帶盛產稻米，官吏盡情地搜刮，轉運大量米糧至長安，轉運途中，其危險艱苦、浪費損耗，難以估計，甚至發生沉船事件，民間有「用斗錢運斗米」〔註10〕的說法。皮日休藉農父之口，建議政府當取三川、三輔等近畿之粟，以節省人力、物力之耗損。

農民的辛勤，卻被嚴重地剝削，其〈茶灶〉詩云：

> 南山茶事動，灶起巖根傍。
> 水煮石髮氣，薪然杉脂香。
> 青瓊蒸後凝，綠髓炊來光。
> 如何重辛苦，一一輸膏粱。(《全唐詩》卷 611)

茶農終年辛勤的工作，連吃飯都不得返回家中，然而茶葉收成之後呢？「如何重辛苦，一一輸膏粱」。反映了茶農的被剝削的無奈。

（三）抨擊官吏殘暴

〈正樂府十篇〉第十首〈哀隴民〉：

> 隴山千萬仞，鸚鵡巢其巔。窮危又極嶮，其山猶不全。虻

〔註10〕歐陽修：《新唐書》，台北：台灣中華書局，1981 年，卷 53，頁 1367。

> 蚩隴之民，懸度如登天。空中蜆其巢，墮者爭紛然。百禽
> 不得一，十人九死焉。隴川有戍卒，戍卒亦不閒。將命提
> 雕籠，直到金臺前。彼毛不自珍，彼舌不自言。胡爲輕人
> 命，奉此玩好端。吾聞古聖王，珍禽皆舍旃。今此隴民屬，
> 每歲啼漣漣。（《全唐詩》卷 608）

描寫官吏逼迫當地百姓捉鸚鵡以進貢皇帝，因爲捕捉鸚鵡相當困難，所以捉百次也難獲得一隻，不僅如此，捉捕者十人中有一人甚至可能墜淵慘死。因此詩人在同情隴地民眾之餘，更對唐朝皇帝只顧賞玩鸚鵡，卻不管百姓死活的惡劣行徑，表達出強烈的不滿及譴責。

晚唐市井小民除了戰爭、征戍之外，尚有力役之苦。唐代的驛站中設有路臣，在服役時遭到殘暴的對待〈路臣恨〉詩云：

> 路臣何方來，去馬眞如龍。行驕不動塵，滿轡金瓏璁。有人
> 自天來，將避荊棘叢。獰呼不覺止，推下蒼黃中。十夫掣鞭
> 策，御之如驚鴻。日行六七郵，瞥若鷹無蹤。路臣愼勿恝，
> 恝則刑爾躬。軍期方似雨，天命正如風。七雄戰爭時，賓旅
> 猶自通。如何太平世，動步卻途窮。（《全唐詩》卷 608）

路臣執行任務時，爲了追求速度，以至於疲憊不堪；但官吏卻如凶神惡煞一般，催促急迫，動輒加以鞭撻，詩人除抨擊官吏外，也說出了服役者心中之怨恨。

其〈喜鵲〉一詩，在比喻中夾雜著對當時諂媚佞人不滿的議論。

> 棄糧在庭際，雙鵲來搖尾。欲啄怕人驚，喜語晴光裡。何
> 況佞倖人，微禽解如此。（《全唐詩》卷 608）

詩人先細微地描寫鵲鳥的喜悅和動作，以喜鵲貪食，引吭搖尾擺出各種乞憐姿態，接著兩句轉而形容佞人的嘴臉，就如同鵲鳥這種禽鳥般，末兩句以議論出之，諷刺世間花言巧語，諂媚得寵的佞人，賦予這首詩深刻的內涵。

皮氏以樸拙的語言型態以彰顯諷刺之意，其〈蚊子〉詩云：

> 隱隱聚若雷，嘈膚不知足。
> 皇天若不平，微物教食肉。

> 貧士無絳紗，忍苦臥茅屋。
>
> 何事覓膏腴，腹無太倉粟。（《全唐詩》卷 608）

藉蚊子逞兇厲嚙貧士，反襯失意文人的窮困潦倒，以諷刺賢能、愚笨之顛倒和社會的不公。透過樸素淺白的文字，描寫動物習性以隱射諷諭對象，字裏行間寄託詩人不平而鳴之感慨。

（四）批判朝政混亂

晚唐朝政混亂，朝廷中彼此結黨營私，相互傾軋嚴重，貪贓枉法者任職要津，忠良見棄，皮日休目睹此況，悲憤難掩。

天子不重視賢才，皮日休〈鹿門隱書六十篇〉云：「如不行道，足以喪身；不舉賢，足以亡國。金貝珠璣，非能言而利物者也。至夫有國者，寶之甚乎賢，惜之過乎聖。如失道而有亂，國且輸人，況乎金貝珠璣哉！」〔註11〕諫誡君王當效法古代聖王重賢才、輕金玉。其〈賤貢士〉詩云：

> 南越貢珠璣，西蜀進羅綺。到京未晨旦，一一見天子。如何賢與俊，爲貢賤如此。所知不可求，敢望前席事。吾聞古聖人，射宮親選士。不肖盡屛跡，賢能皆得位。所以謂得人，所以稱多士。歎息幾編書，時哉又何異。（《全唐詩》卷 608）

用對比的手法批判最高統治者，只重視珠璣、綺羅等貢品，連參加考試各地的俊賢，尚得經過層層考試，方有機會蒙天子召見，皮氏對天子好珍品卻漠視人才的態度，有極深的感慨。

國君不重視賢才，貪官橫行，百姓飽受荼毒，其〈貪官怨〉詩云：

> 國家省閭吏，賞之皆與位。素來不知書，豈能精吏理。大者或宰邑，小者皆尉史。愚者皆混沌，毒者如雄虺。傷哉堯舜民，肉袒受鞭箠。吾聞古聖王，天下無遺士。朝庭及下邑，治者皆仁義。國家選賢良，定制兼拘忌。所以用此徒，令之充祿仕。何不廣取人，何不廣歷試。下位既賢哉，上位何如矣。胥徒賞以財，俊造悉爲吏。天下若不平，吾

〔註11〕皮日休：《皮子文藪》，蕭滌非整理，北京：中華書局，1959 年 6 月，頁 103。

當甘棄市。(《全唐詩》卷608)

抨擊朝廷選官制度弊端,當時官吏汲汲於功名,殘民以逞,愚昧凶毒,剝下媚上,飽食終日卻無所作為。皮氏抨擊因濫賞官吏而造成貪官遍地,百姓遭殃的嚴重惡果,導引出天子應當選擇賢良為官吏的見解。對於尸位素餐之庸臣,加以諷刺,其〈頌夷臣〉詩云:

夷師本學外,仍善唐文字。吾人本尚捨,何況夷臣事。所以不學者,反為夷臣戲。所以尸祿人,反為夷臣忌。吁嗟華風衰,何嘗不由是。(《全唐詩》卷608)

詩人藉外夷官員,能知曉唐朝文字之事例,作出明顯對比:「所以不學者,反為夷臣戲。所以尸祿人,反為夷臣忌」。譏刺那些不學無術的官僚,尸位素餐的情形,可謂入木三分。

此外,詩人對君王沉緬於酒色,亦多所抨擊,有〈館娃宮懷古〉及〈館娃宮懷古〉五言絕句五首,其〈館娃宮懷古〉五絕第一首云:

綺閣飄香下太湖,亂兵侵曉上姑蘇。

越王大有堪羞處,衹把西施賺得吳。(《全唐詩》卷615)

館娃宮以西施得名,是春秋時期吳王夫差建造的宮殿,夫差和西施的故事,見《吳越春秋》和《越絕書》。此詩是皮日休在蘇州任職時,因尋訪館娃宮遺跡而作。「綺閣飄香下太湖」,從側面著筆。從「綺閣」裏散溢出來的麝薰蘭澤,由山上直飄下太湖,那位迷戀聲色的吳王沉溺其中,不能自拔,就不言而喻了。「亂兵侵曉上姑蘇」,吳王志得意滿,全無戒備。越軍出其不意進襲,到了姑蘇台,吳人方才察覺。這是多麼令人心悸的歷史教訓!前二句對比,揭示了吳、越的不同,鮮明對比中,蘊含著對吳王夫差荒淫誤國的不滿。然而詩人不去指責吳王,卻把矛頭指向了越王。三、四兩句就句踐亡吳一事,批評句踐只送去一個美女,便消滅吳國,難道吳、越的興亡真就是由西施一個女子來決定的麼?顯然不是。詩人故意運用指桑罵槐的曲筆。仔細玩味全篇的構思、語氣,詩人有意造成錯覺,明的嘲諷句踐,暗地裏諷刺夫差,使全詩蕩漾著委婉含蓄的弦外之音,發人深思。

三、詩歌評價

綜上所述，在晚唐詩人中，皮日休是頗負盛名的，《十國春秋》、《吳越備史》均稱其「父日休有盛名」。在五代、宋代的詩話、筆記、野史，多記載其軼事，而大多以是否追隨黃巢及擔任翰林學士為主，有關詩歌方面的評論反而少見，茲舉其重要者敘述如下：

金人王若虛認為：「楚辭自是文章一絕，後人固難追攀，然得其近似可矣。如皮日休擬九歌有云：

> 王孫何處兮碧草極目，公子不來兮清霜滿樓，汀邊月色兮曉將曉，浦上蘆花兮秋復秋。」此何等語邪！（《滹南遺老集》卷 36）

王若虛對皮日休〈九諷〉的評價極高，稱其近似楚辭，並舉〈端憂〉為例而推崇倍至。明代胡震亨對皮日休詩歌評曰：

> 皮襲美日休未第前詩，尚樸澀無采。第後遊松陵，如太湖諸篇，才筆開橫，富有奇豔句矣。律體刻畫堆垛，諷之無音，病在下筆時，先詞後情，無風骨為之幹也。（《唐音癸籤》卷 8）〔註 12〕

胡震亨的批評指出了皮日休詩歌的優缺點，皮氏及第之前的詩歌不多，主要記載於《文藪》，其特色為文句不尚修飾，標榜諷諭，其詩歌最引人注目的是批判現實、反映民瘼的作品。〔註 13〕但從詩歌的鍊字、修辭而言卻被評為「樸澀無采」。而後期作品則是實踐其不拘一格的詩歌理論，由於前、後期取材與方法之不同，呈現迥異之風貌。至於律體指的是皮、陸之間的唱和詩，有些以次韻方式寫成的詩作，難免流於堆垛。

清人沈德潛認為皮日休：「另開僻澀一體」（《唐詩別裁》卷 4），指出皮、陸唱和詩為刻意求奇，而採用冷僻的字詞。字雖奇僻，句雖

〔註 12〕胡震亨：《唐音癸籤》見周維德集校《全明詩話》，濟南：齊魯書社，2005 年 6 月，卷 8，頁 3638。
〔註 13〕王茂福：〈末世志士的吶喊與低吟——皮陸派詩人的理論與創作〉，寧夏《寧夏大學學報（人文社會科學版）》，2001 年，第 23 卷第 4 期，頁 65。

梗澀，然而其另闢蹊徑的努力，卻值得肯定。

清代袁枚認爲：「初唐一變中唐，再變至皮陸，已浸淫乎宋氏矣」。袁枚發覺皮日休、陸龜蒙詩中的特色，與初唐、盛唐詩明顯不同，至於有什麼特色，雖未明確指出，但這正是後來宋詩所極力發展的方向。

皮日休的詩歌可分爲前、後兩期，前期的作品包括〈正樂府十篇〉、〈三羞詩〉、〈七愛詩〉等，收錄於《皮子文藪》中，皮氏繼承白居易「補察時政」、「洩導人情」的詩歌主張，提出：「詩之美也，聞之足以勸乎功。詩之刺也。聞之足以戒乎政。」（〈正樂府十篇〉序）的論點。其詩言語質樸，議論激切，採用白描的手法以淺白的文字，反映當時人民的悲慘生活，對改革社會弊病的熱切期盼。後期作品包括皮日休的詩作，皮氏與陸龜蒙等人的唱和詩，收錄於《松陵集》和《全唐詩》中，大量出現寫景詠物詩，以生活中微小事物，瑣碎事情爲題材，以平淡之詩風出之。講求對仗、用典、體制，追求詩歌的形式，諸如，近體詩的律詩、絕句，古體詩的四言、五言、七言、雜言、樂府，實踐了其作品《松陵集》序言的主張：「夫才之備者，猶天地之氣乎？氣者止乎一也，分而爲四時……夫如是，豈拘於一哉，亦變之而已。人之有才者，不變則已，苟變之，豈異於是乎。」〔註14〕皮日休反對六朝聲律論，有意突破「永明體」的規律，由原先避諱之處去尋求新的發展空間，可謂用心良苦而成就非凡。

第二節　陸龜蒙

一、生平概略

陸龜蒙字魯望。長洲（今江蘇吳縣）人。生年不詳；卒於中和初，此說法最早出現於五代王定保所著《唐摭言》。〔註15〕姜亮夫《歷代

〔註14〕董誥等編：《全唐文》，北京：中華書局，1987 年 2 月，卷 796，頁 8352。

〔註15〕王定保：《唐摭言》，見《叢書集成初編》，北京：中華書局，1985 年

名人年里碑傳總表》遂據此定其卒年爲唐僖宗中和元年（881 年）。陸龜蒙出身官僚世家，其父陸賓虞曾任御史之職。「龜蒙少高放，通六經大義，尤明春秋。」〔註16〕早年的陸龜蒙熱衷於科舉考試。在進士考試中，他以落榜告終。此後，陸龜蒙跟隨湖州刺史張博遊歷，並成爲張的助手。後來回到了故鄉松江甫裏（今江蘇吳縣東南角直鎮），過起了隱居生活，自稱「江湖散人」、「甫里先生」，號「天隨子」。

陸龜蒙主要活動於朝政敗壞、貪腐無能的懿宗、禧宗二朝。生性不同流俗，不阿權貴，以致於終生窮愁潦倒，懷儒家之志，修身持家、治國平天下的理想每見於筆端，詩人雖胸懷天下，飲譽文壇，卻能將歷來不爲文人和士大夫所重視的農具，進行細緻的研究，爲中國古代農具發展史留下寶貴的文字記載，這與他的性格是分不開的，喜愛品茗，在顧渚山下闢一茶園，耕讀之餘，則喜好垂釣。陸龜蒙長期隱居松江甫里，讀書耕田，自比爲涪翁、漁父、江上丈人，因此，《新唐書》將他列入隱逸之列。與皮日休交往甚密，時常在一起遊山玩水，飲酒吟詩，兩人詩文齊名，胡震亨認爲「皮、陸以萍合，唱和吳中，因而齊稱。」〔註17〕時稱「皮陸」。後以高士召，不至。僖宗乾符元年至五年當國，曾召拜左拾遺。六年，臥病笠澤，卒於中和初。昭宗光化三年贈右補闕。現存《笠澤叢書》四卷、《松陵集》十卷。《全唐詩》錄詩五九九首。又《補編》三首，計存詩六〇二首。

二、詩歌作品

陸龜蒙是晚唐有名隱士，儘管如此，他並沒有忘懷時事，往往藉助於詩來排遣內心苦悶。他說：「且詩者，持也。謂持其情性使不暴去。」關於「暴去」兩字，錢鍾書認爲：「『暴去』者，『淫』、『傷』、

北京第 1 版，第 2740 冊，卷 10，頁 97。
〔註16〕歐陽修：《新唐書》，台北：台灣中華書局，1981 年，卷 196。
〔註17〕胡震亨：《唐音癸籤》見周維德集校《全明詩話》，濟南：齊魯書社，2005 年 6 月，卷 25，頁 3773。

『亂』、『愆』之謂，過度不中節也。」〔註18〕觀陸龜蒙之意，它渴望
以詩去消釋內心情感的激憤，從而達到心理上的平衡。〔註19〕其躬耕
生活之飢寒交迫，對貧富不均社會，所造成的民生疾苦，感受深刻，
因而爲農民懷抱不平，進而關切政治。文學上他主張眞實性，反對追
求形式，反對虛浮不實，對於當時文壇上充斥著聲律辭藻的時文，深
惡痛絕。爲文作詩，志在「扶荀孟」、「守道」、「通古聖」，著眼於文
學「懲勸」和「化下諷上」之作用，因此，雖身處江湖，隱居不仕，
卻沒有忘記國家。

　　陸龜蒙的諷刺詩歌內容，大略歸納爲四大類：第一類是反對繇役
繁重；第二類是關懷百姓生活；第三類是抨擊官吏殘暴；第四類是批
判朝政弊端，茲分述如下：

（一）反對繇役繁重

　　唐初的均田制，自安史之亂後已徹底破壞，貴族、官僚、地主和
富商，許多不當勢力都加入掠奪百姓的土地。農民失去了土地，只好
依附於地主之下，任其壓榨剝削。盧攜是唐僖宗時門下侍郎兼兵部尚
書在其〈乞蠲饑租賑給疏〉中，說明晚唐賦稅之沉重：

> 陛下初臨大寶，宜深念黎元。國家之有百姓，如草木之有
> 根柢。若秋冬培溉，則春夏滋榮。臣竊見關東去年旱災，
> 自虢至海，麥纔半收，秋稼幾無，冬菜至少。貧者磑蓬實
> 爲麵，蓄槐葉爲齏。或更衰羸，亦難收拾。常年不稔，則
> 散之鄉境，今所在皆飢，無所依投，坐守鄉閭，待盡溝壑。
> 其蠲免餘稅，實無可徵，而州縣以有上供及三司錢，督趣
> 甚急，動加捶撻。雖撤屋伐木，雇妻鬻子，止可供所由酒
> 食之費，未得至於府庫也。或租稅之外，更有他徭。朝廷
> 儻不撫存，百姓實無生計。（《全唐文》卷792）〔註20〕

〔註18〕錢鍾書：《管錐編》，北京：中華書局，1979 年，第 1 冊，頁 57。
〔註19〕高林廣：〈陸龜蒙詩學思想略論〉，內蒙古：《集寧師專學報》，2000
　　　年第 3 期，頁 42。
〔註20〕董誥等編：《全唐文》，北京：中華書局，1987，年 2 月，卷 792，頁

在奏疏中盧攜直陳廣大的華北地區，因天災而民生凋弊，而各地州官橫徵暴斂的凶惡卻變本加厲，致使人民生活陷入艱苦之困境。陸龜蒙諷刺當時官府剝削的無所不至，其〈新沙〉云：

渤澥聲中漲小堤，官家知後海鷗知。

蓬萊有路教人到，應亦年年稅紫芝。（《全唐詩》卷 629）

這首詩反映當時尖銳的社會政治問題。敘述官府對農民敲骨吸髓的賦稅剝削，詩人選取了渤海邊上新淤積起來的一片沙丘地作為描寫對象。第一句，描繪的是這樣的一幅圖像：渤海岸在經年累月的漲潮落潮聲中，逐漸淤壘起一線沙堤，堤內形成了一片沙丘地。這短短七個字，反映的是一個長期、緩慢不易察覺的大自然的變化過程。這裡的慢，與下句的快；這裡的難以察覺，與下一句的纖毫必悉，形成了鮮明的對照，使詩的諷刺意味特別強烈。

對海邊情形最熟悉的海鷗，卻敵不過貪婪等待剝削的「官家」，他們竟搶在海鷗前面盯住了這片新沙。這當然是極度的誇張，這誇張既匪夷所思，卻又那樣合乎情理。當官府第一個發現新沙，並打算搾取賦稅時，這片新沙還是人跡未到的不毛之地呢！連剝削對象尚不存在，就興起搾取賦稅的如意算盤，這彷彿很可笑，但對官家本質的揭露，卻又何等深刻！

「蓬萊有路教人到，應亦年年稅紫芝」，蓬萊仙境是神仙樂園，那裡的紫芝，可任憑仙家享用，無須納稅。但在詩人看來，蓬萊仙境之所以還沒有稅吏的足跡，是由於煙濤微茫，仙凡路隔，如果有路可達，那麼官家想必會去收那裡的稅！這種假設推想，似乎純屬荒謬，但官家搜括的觸鬚無處不到，根本就不可能有什麼逃避賦稅的淨土樂園。這首詩採用高度誇張，尖刻的諷刺方式。輕鬆、平淡中卻絲毫不減其深刻、冷峻之諷諭本質，使人們感受到鄙視諷刺對象的醜惡本質。

陸龜蒙對繇役之深重，作出沉痛的指控，其〈築城詞〉二首之一云：

8302。

城上一培土，手中千萬杵。

築城畏不堅，堅城在何處。(《全唐詩》卷627)

詩中所述是僖宗乾符二年初，王郢叛亂，張搏令百姓重修羅城的情景。對百姓築城之辛苦，表達同情。其〈築城詞〉二首之二云：

莫歎將軍逼，將軍要卻敵。

城高功亦高，爾命何勞惜。(《全唐詩》卷627)

詩人譴責武將不顧人民性命，卻貪圖功勞的醜惡行為，正話反說，顯得更加沉痛有力。其〈村夜〉之二詩云：

世既賤文章，歸來事耕稼。伊人著農道，我亦賦田舍。所悲勞者苦，敢用詞為詫。祇效芻牧言，誰防輕薄罵。嘻今居寵祿，各自矜雄霸。堂上考華鐘，門前伫高駕。纖洪動絲竹，水陸供膾炙。小雨靜樓臺，微風動蘭麝。吹噓川可倒，眒眜花爭姹。萬戶膏血窮，一筵歌舞價。安知勤播植，卒歲無閒暇。種以春雇初，獲從秋隼下。專專望種稑，撏撏條桑柘。日晏腹未充，霜繁體猶裸。平生守仁義，所疾唯狙詐。上誦周孔書，沈湎至酳藉。豈無致君術，堯舜不上下。豈無活國方，頗牧齊教化。蛟龍任乾死，雲雨終不借。羿臂束如囚，徒勞誇善射。才能誚箕斗，辯可移嵩華。若與虻蟁量，飢寒殆相亞。長吟倚清瑟，孤憤生遙夜。自古有遺賢，吾容偏稱謝。(《全唐詩》卷627)

詩人返鄉耕種，卻不得溫飽，「萬戶膏血窮，一筵歌舞價。安知勤播植，卒歲無閒暇。」反映人民辛苦的勞動和悲慘的生活。而官吏催繳稅賦，卻無所不用其極，其〈南涇漁父〉云：

予方任疏慵，地僻即所好。江流背村落，偶往心已嫪。田家相去遠，岑寂且縱傲。出戶手先笮，見人頭未帽。南涇有漁父，往往攜稚造。問其所以漁，對我真蹈道。我初籍魚鱉，童卝至於耄。窟穴與生成，自然通壺奧。孜孜戒吾屬，天物不可暴。大小參去留，候其擧養報。終朝獲魚利，魚亦未常耗。同覆天地中，違仁辜覆燾。余觀為政者，此意諒難到。民皆死搜求，莫肯興愍悼。今年川澤旱，前歲

山源潦。牒訴已盈庭，聞之類禽噪。譬如死雞鷟，豈不容乳抱。孟子譏宋人，非其揠苗躁。吾嘉漁父旨，雅協賢哲操。倘遇採詩官，斯文誠敢告。(《全唐詩》卷627)

詩人以南涇漁父了解大自然生生不息道理，「大小參去留，候其孳養報。終朝獲魚利，魚亦未常耗。」不作涸澤而魚的事，反諷官吏索租催賦，如毒蛇糾纏，猙獰橫行，連潦災、旱災全不放過。作者對朝廷急歛民力加以批判，諷刺統治者如揠苗助長的宋人，只知索求無度，卻完全不給百姓休養生息機會，豈不是自絕於民？

（二）關懷百姓生活

黎民百姓苦於苛刻賦稅，無衣無食，窘迫無告之苦，歷歷如在目前。陸龜蒙〈丁隱君歌〉詩云：

華陽道士南遊歸，手中半卷青蘿衣。自言逋客持贈我，乃是錢塘丁翰之。連江大抵多奇岫，獨話君家最奇秀。盤燒天竺春筍肥，琴倚洞庭秋石瘦。草堂暗引龍泓溜，老樹根株若蹲獸。霜濃果熟未容收，往往兒童雜猿狖。去歲猖狂有黃寇，官軍解散無人鬥。滿城奔迸翰之間，只把枯松塞圭竇。前度相逢正賣文，一錢不直虛云云。今來利作採樵客，可以拋身麋鹿群。丁隱君，丁隱君，叩頭且莫變名氏，即日更尋丁隱君。(《全唐詩》卷621)

「去歲猖狂有黃寇，官軍解散無人鬥。滿城奔迸翰之間，只把枯松塞圭竇。」詩人寫出當時社會的背景，是那麼的昏亂及腐敗，嚮往山林田野之間的隱居生活。其〈五歌：刈獲〉詩云：

自春徂秋天弗雨，廉廉早稻才遮畝。芒粒希疏熟更輕，地與禾頭不相掛。我來愁築心如堵，更聽農夫夜深語。凶年是物即為災，百陣野鳧千穴鼠。平明抱杖入田中，十穗蕭條九穗空。敢言一歲困倉實，不了如今朝暮舂。天職誰司下民籍，苟有區區宜析析。本作耕耘意若何，蟲豸兼教食人食。古者為邦須蓄積，魯饑尚責如齊糴。今之為政異當時，一任流離恣徵索。平生幸遇華陽客，向日餐霞轉肥白。

欲賣耕牛棄水田，移家且傍三茅宅。(《全唐詩》卷 621)

詩人關切人民生活的困境，以熱切的淑世情懷，對現實政治提出批評。具體地描述了災荒之年農民的苦難，充滿悲憫。「平明抱杖入田中，十穗蕭條九穗空」，農民辛苦一年卻得挨餓受凍，然而爲政者不能體恤，專營一己之私，究其根本，依然在於「古者爲邦須蓄積，魯饑尚責如齊糴。今之爲政異當時，一任流離恣徵索。」揭露了權貴剝削之魔爪無孔不入，天下百姓實難以苟活。

（三）抨擊官吏殘暴

晚唐地方官吏腐敗，肇因於地方藩鎮的選任條件，多由賄賂禁軍中尉而得，若賄賂時缺少資本，則多以舉債爲之，待上任後加以償還，如何償還。《舊唐書·高瑀傳》記載：

> 自大歷以來，節制之除拜多出禁軍中尉，凡一命帥，必廣輸重賂，禁軍將校當爲帥者，自無家財，必取資於人，得鎮之後，則膏血疲民以償之。〔註21〕

官場風氣敗壞，官吏們更是無所不用其極搜括民脂民膏，陸龜蒙〈藥魚〉詩云：

> 香餌綴金鉤，日中懸者幾。盈川是毒流，細大同時死。
> 不唯空飼犬，便可將貽蟻。苟負竭澤心，其他盡如此。(《全唐詩》卷 620)

憤懣之情，充斥於筆鋒；血淚之痛，滿溢於言表。天災人禍，百姓已苦不堪言，苛刻的賦稅，凶悍的官吏，橫徵暴歛之下導致百姓衣不蔽體，食不果腹，其〈奉酬襲美苦雨見寄〉則是揭發軍隊的殘酷：

> 松篁交加午陰黑，別是江南煙靄國。頑雲猛雨更相欺，聲似虓虢色如墨。茅茨裏爛簷生衣，夜夜化爲螢火飛。螢飛漸多屋漸薄，一注愁霖當面落。愁霖愁霖爾何錯，滅頂於余豈所作。既不能賦似陳思王，又不能詩似謝康樂。昔年嘗過杜子美，亦得高歌破印紙。慣曾掀攪大筆多，爲我才

〔註21〕劉昫等編：《舊唐書》，台北：鼎文書局，1992 年，列傳第 112，卷162。

情也如此。高揖愁霖詞未已，披文忽自皮夫子。哀弦怨柱
合爲吟，宅我窮棲蓬藋裡。初悲涅翼何由起，未欲箋天叩
天耳。其如玉女正投壺，笑電霏霏作天喜。我本曾無一稜
田，平生嘯傲空漁船。有時赤腳弄明月，踏破五湖光底天。
去歲王師東下急，輸兵粟盡民相泣。伊予不戰不耕人，敢
怨烝黎無糝粒。不然受性圓如規，千姿萬態分毫釐。唾壺
虎子盡能執，舐痔折枝無所辭。有頭強方心強直，撐挂頹
風不量力。自愛垂名野史中，寧論抱困荒城側。唯君浩歎
非庸人，分衣輟飲來相親。橫眠木榻忘葦薦，對食露葵輕
八珍。欲窮玄，鳳未白。欲懷仙，鯨尚隔。不如驅入醉鄉
中，只恐醉鄉田地窄。（《全唐詩》卷 630）

詩中敘述「去歲王師東下急，輸兵粟盡民相泣。」戰亂造成了民窮財
盡的惡果，揭露唐王朝軍隊屠殺無辜百姓的血腥暴行，概括地寫出了
武力鎮壓帶給人民的災難，「不如驅入醉鄉中，
只恐醉鄉田地窄。」是不可能逃避的。而朝廷官員對利祿貪得無厭，
其〈雜諷〉之一：

紅蠶緣枯桑，青繭大如甕。人爭掞其臂，羿矢亦不中。微
微待賢祿，一一希入夢。縱操上吉言，口噤難即貢。蛟龍
在怒水，拔取牙角弄。丹穴如可遊，家家蓄孤鳳。凶門尚
兒戲，戰血波溳溶。社鬼苟有靈，誰能過秋慟。（《全唐詩》
卷 619）

詩人尖銳地諷刺官吏的貪婪，撈取起來不擇手段，錙銖必較，不顧性
命，甚至敢「蛟龍在怒水，拔取牙角弄。」他們只知聚斂財富，其〈雜
諷〉之二云：

童麋來觸犀，德力不相及。伊無恇心事，祇有碎首泣。況將
鵬蝨校，數又百與十。攻如餓鷗叫，勢若脫兔急。斯爲朽關
鍵，怒舉抉以入。年來橫干戈，未見拔城邑。得非佐饔者，
齒齒待啜汁。羈維豪傑輩，四駮方少縶。此皆乘時利，縱舍
在呼吸。吾欲斧其吭，無雷動幽蟄。（《全唐詩》卷 619）

官吏尸位素餐，無拯救災荒，補救朝政缺漏之術，平亂無方，卻視戰

爭爲兒戲，致使「年來橫干戈，未見拔城邑。」在盜賊橫行之下，百姓飢寒交迫，甚至暴屍野外，如其〈江湖散人歌〉所云：「四方賊壘猶占地，死者暴骨生寒飢」。（《全唐詩》卷 621）令人慘不忍睹。陸龜蒙對地方官吏爲了考績，對賦稅的追索無度，在〈蠶賦〉一文中提出控訴：「藝麻絹繡，官初喜窺。十奪四五，民心乃離。」、「官涎益饞，盡取後已。」〔註22〕陸氏明言其文有「碩鼠」之刺，對於官吏之貪、官吏之害，溢於言表。

（四）批判朝政弊端

晚唐賢相能臣寥寥無幾，特別是到了末代懿宗、僖宗、昭宗幾個末代君主，朝廷之中多屬貪官庸才。僖宗即位，年僅十二歲，政事委以宦官田令孜，呼爲「阿父」，田令孜專擅朝政，引誘僖宗遊戲，其荒唐行徑，《資治通鑑》記載：

> 上好騎射、劍槊、法算，至於音律、蒱博，無不精妙；好蹴鞠、鬥雞，與諸王賭鵝，鵝一頭至值五十緡。尤善擊球，嘗謂優人石野豬曰：「朕若應擊球進士舉，須爲狀元。」對曰：「若遇堯、舜作禮部侍郎，恐陛下不免駁放。」上笑而已。〔註23〕

僖宗自詡：「朕若應擊球進士舉，須爲狀元。」其嬉戲遊樂之行徑，造成朝政腐敗。陸龜蒙抨擊朝中讒邪小人，其〈雜諷〉之四：

> 赤舌可燒城，讒邪易爲伍。詩人疾之甚，取俾投豺虎。長風吹竅木，始有音韻吐。無木亦無風，笙簧由喜怒。女媧鍊五石，天缺猶可補。當其利口銜，螻漏不復數。元精遺萬類，雙目如牖戶。非是既相參，重瞳亦爲瞽。（《全唐詩》卷 619）

詩人痛恨小人如豺狼般，巧弄簧舌，製造是非，其利口難以防堵，「非是既相參，重瞳亦爲瞽。」無怪乎國君被其矇蔽了。在〈感事〉中再

〔註22〕董誥等編：《全唐文》，北京：中華書局，1987 年 2 月，卷 800，頁 8402～8403。

〔註23〕司馬光：《資治通鑑》，北京：中華書局，1997 年，僖宗廣明元年條，卷 253。

次提及：

> 將軍被鮫函，衹畏金石鏃。豈知讒箭利，一中成赤族。古來
> 信簧舌，巧韻淒鏘曲。君聞悅耳音，盡日聽不足。初因起毫
> 髮，漸可離骨肉。所以賢達心，求人須任目。(《全唐詩》卷 619)

陸氏對小人讒言殺人，設計陷害忠良的卑劣行徑提出諫言，「君聞悅
耳音，盡日聽不足。初因起毫髮，漸可離骨肉。」復對國君聽信讒言
的昏庸，感慨不已。其〈鶴媒歌〉有：「而況世間有名利，外頭笑語
中猜忌。」的警語，而〈離騷〉更是感歎深重：

> 天問復招魂，無因徹帝閽。
>
> 豈知千麗句，不敵一讒言。(《全唐詩》卷 627)

整個晚唐社會充斥著荒淫、失序、不安和絕望的氣氛，詩人以屈原的
不幸來比況自身的遭遇，因爲「天問復招魂，無因徹帝閽。」昏庸的
君王，小人的讒言，詩人不禁感慨，縱使屈原復生又奈何。

三、詩歌評價

　　陸龜蒙，應進士試不中，出仕無門，隱居以終。從其現存的近六
百首詩來看，多村居閒逸，優遊山林，品茶垂釣，讀書觀稼之作，這
類詩表現了詩人隱居生活的諸多方面，格調清新，淡泊醇古，意境優
美，充溢著濃厚的幽閒之趣。

　　陸氏尚有關心民瘼，批判現實，憤世嫉俗的作品，深刻而犀刊。
最著名的如前所述，〈村夜〉、〈築城詞〉、〈雜諷〉九首、〈五歌〉五首
等篇章。

　　陸龜蒙早年的詩歌創作，受韓愈的影響，其五言古體長篇，洋洋
灑灑百韻千言，爲避淺熟而逞奧博，艱澀峻險，以奇僻詩句敷衍而成。
七言律詩，也有填塞古事之弊。晚年則博採眾長，造語平淡自然，流
轉細膩，詩風爲之一變。其五七言絕句，質直激切，如七絕〈懷宛陵
舊遊〉、〈白蓮〉等作，甚受清代神韻派詩人稱道，有樂府民歌風調，
或雅懷深致，超妙悠遠，表現出詩人深厚功力和藝術獨創性。小品文
成就甚高。如〈田舍賦〉、〈野廟碑〉等篇，對統治者及迷信作了辛辣

的諷刺，具有獨特的光采和鋒芒。有關詩歌方面的評論正、反不一，
茲舉其重要者敘述如下：

　　韋莊〈奏請追贈不及第人近代者〉一文，稱讚陸龜蒙：「名振江左。
居於姑蘇，藏書萬餘卷；詩篇清麗，與皮日休爲唱和之友。」〔註24〕
舉出「詩篇清麗」爲其詩作特色。而「平淡」正是陸氏追求的最高理
想，其〈甫里先生傳〉云：「少攻歌詩，欲與造物者爭柄。遇事則變化
不一，其體裁始則凌鑠波濤，穿穴險固，囚鎖怪異，破碎陣敵，卒造
平淡而後已。」〔註25〕

　　陸氏早年詩作爭奇好險，經過艱苦的錘鍊，後來詩風趨於平淡，
與陸龜蒙晚年的隱居生活，淡泊閒適的思想情趣有關。在平淡的詩風
下，其表現手法清新自然，內容上純樸明白，意境上優雅醇厚以及情
趣上靜謐宜人。作者將生活中的感知和認識，巧妙地融會在簡單明白
寫作形式上，這正是陸龜蒙的創作風格。

　　陸龜蒙主張詩歌應講求和諧，注重聲律，能產生動人的藝術力
量，方才具有意義。其〈復友生論文書〉云：

　　　又曰：聲病之辭非文也。夫聲成文謂之音，五音克諧，然
　　　後中律度。故〈舜典〉曰：「詩言志，歌詠言，聲依詠，律
　　　和聲。」聲之不和，病也；去其病則和。和則動天地，感
　　　鬼神。反不得謂之文乎？（《笠澤叢書》卷二）

晚唐詩人往往藉著雕琢細緻，詩律精緻的詩歌，以寄託其苦寂、落魄
之情緒，陸龜蒙受到晚唐文化氛圍之影響，故主張詩歌應講求聲音之
和諧、合律。

　　陸氏詩歌多喜發表議論，胡震亨批評其「墨采反覆黯鈍」，復批
評其「多學爲累，苦欲以賦料入詩耳。」〔註26〕指出其寫作技巧拙劣，

〔註24〕王定保：《唐摭言》，見《叢書集成初編》，北京：中華書局，1985 年
　　　　北京第 1 版，第 2740 冊，卷十，頁 97。
〔註25〕陸龜蒙：《甫里先生文集》見《四部叢刊正編》，台北：台灣商務印
　　　　書館，1979 年，第 37 冊，頁 133。
〔註26〕胡震亨：《唐音癸籤》見周維德集校《全明詩話》，濟南：齊魯書社，

甚至弄巧反拙，以寫作賦的方式來作詩，此批評難免流於空疏之嫌。蓋「詩固有賦，以述情切事爲快，不盡含蓄也。」〔註27〕雖不盡含蓄，但敘事明快，抒情率眞，正是採用賦法爲詩的特色。陸龜蒙的某些小詩，諷刺尖銳。如〈築城詞〉諷刺將軍們不顧民命以求高功，提出沉痛有力的批判。又如〈新沙〉諷刺統治階級剝削的無孔不入，新穎而尖刻。此外如〈村夜〉、〈刈獲〉等詩，反映廣大農民的悲慘生活。陸龜蒙客觀上繼承了杜甫、白居易批判現實、針砭時弊的詩風，從各方面描述了唐末百姓之痛苦並反映其願望。陸氏的好友皮日休嘗曰：「其才之變，眞天地之氣也。近代稱溫飛卿、李義山爲之最，俾陸生參之，未知其孰爲後先也。」細觀其詩作，實屬允當之詞。

陸氏終其一生，並未獲得名位。然而在他死後，韋莊表奏，朝廷追贈，「陸龜蒙及孟郊等十人，皆贈右補闕。」〔註28〕名位來得雖晚，總是表達了對陸龜蒙學問德行的肯定。

第三節　羅　隱

一、生平概略

羅隱，字昭諫，新城人（今浙江省新登縣），唐文宗太和七年癸丑（833 年）生，後梁太祖開平三年己巳（909 年）卒，年七十七歲。羅隱的祖父羅知微，曾經當過福唐縣令；父親羅修古，曾參加開元禮的考選。

羅隱生平事蹟，史料記載有限，新、舊唐書均未替羅隱立傳，而《吳越備史》、《舊五代史》、《十國春秋》、《唐才子傳》、沈崧〈羅給事墓誌〉等各本傳記，記載簡略，縣志與宗譜又缺少記述，近人汪德

2005 年 6 月，卷 8，頁 3638。

〔註27〕王世貞：《藝苑巵言》，見何文煥、丁福保編《歷代詩話統編》，北京：北京圖書館出版社，2003 年 5 月，第 3 冊，卷 4，頁 402。

〔註28〕歐陽修：《新唐書》，台北：台灣中華書局，1981 年，卷 196。

振所編《羅隱年譜》、李之亮《羅隱年譜補正》，收集了有關的事實材料，可供參考。今根據史書、詩話、筆記等有關史料，對羅隱生平事蹟略作探討。

　　羅隱一生，大致以東歸錢鏐爲界，可劃分爲前後兩個階段：前一階段爲浪跡時期，此時期的羅隱，一方面積極準備科舉考試，自宣宗大中以來（847～860 年），羅隱參加科舉考試，在窮困潦倒，看人變化的痛苦境況中飽受煎熬，卻屢試不第，另一方面窮愁潦倒，四處投奔，求入幕爲客以圖溫飽。後一階段爲仕宦時期，此時期的羅隱，因屢試不第，乃歸新登，獲吳越王錢鏐賞識，至七十七歲歿於新闕舍。

　　茲分述如下：

（一）浪跡時期

　　羅隱秉賦極高，在年少求學時期，在文學上就有卓越表現，沈崧〈羅給事墓誌〉記載：「齠年夙慧，稚齒能文，建木初萌，迥是干霄之榦；玠圭在璞，已彰揭璽之光；泉湧詞源，雲橫筆陣；國僑博物，舌肸多知。」又云：「弱冠舉進士，高文善價，籍甚廣場，才了十人，學殫百氏。」〔註29〕可見文采甚高，其文才學識，備受時人推崇。當時任左補闕的韋莊，奏請聖上，「唯羅隱一人，亦乞特賜科名，錄升三級，便以特敕，顯示優恩。」〔註30〕雖然有這些好的風評，但卻未獲考官青睞，以致多次落第。

　　羅隱自二十八歲至三十五歲，七年之中考過六次試，其〈投秘監韋尚書啓〉記載：「…十年索米於京都，六舉隨波而上下。永言浮世，堪比多歧。」〔註31〕其中「十年」應是舉其成數，而「六舉」；則是考了六次。在這段考試的歲月，羅隱是在寒餓相接的環境中度日。觀

〔註29〕汪德振：《羅隱年譜》，上海：商務印書館，1937 年 3 月初版，中國史學叢書，頁 77。

〔註30〕王定保：《唐摭言》，見《叢書集成初編》，北京：中華書局，1985 年北京第 1 版，第 2739 冊，卷 10，頁 98。

〔註31〕董誥等編：《全唐文》，北京：中華書局，1987 年 2 月。卷 894，頁 9338。

其三十歲所作〈投所思〉詩云：

> 憔悴長安何所爲，旅魂窮命自相疑。
> 滿川碧嶂無歸日，一榻紅塵有淚時。
> 雕琢只應勞郢匠，膏肓終恐誤秦醫。
> 浮生七十今三十，從此淒惶未可知。（《全唐詩》卷 655）

其羈旅之窮困，於此可見，詩中「浮生七十今三十，從此淒惶未可知。」對於落第之辛酸、徬徨與失望，多所著墨。這期間作品有〈下第作〉、〈下第寄張坤〉、〈西京崇德里居〉、〈西京道德里〉、〈思歸行〉、〈東歸〉、〈東歸途中作〉等。

（二）仕宦時期

唐僖宗光啓三年（887 年）羅隱五十五歲，投效當時的吳越王錢鏐，開始其仕宦生涯，《吳越備史》記載：

> 乃歸新登。及來謁王，懼不見納，遂以所爲夏口詩標于卷末云：「一個禰衡容不得，思量黃祖謾英雄」之句。王覽之大笑，因加殊遇。復命簡書辟之，曰：「仲宣遠託婁荊州，都緣亂世；夫子辟爲魯司寇，只爲故鄉。」隱曰：「是不可去矣！」〔註32〕

羅隱在十舉不第，備嚐艱辛後，離開長安，返回家鄉，希望能獲得吳越王錢鏐青睞，乃有「一個禰衡容不得，思量黃祖謾英雄」之句。誰知時來運轉，竟獲得重用，至於武肅王錢鏐是否愛才，有不同的說法，《西湖遊覽志餘》云：

> 武肅王招收賢雋，然忍禍多譴斥，獨新城羅隱，以詼捷親昵。先是，隱與桐廬章魯風齊名，武肅召章魯鳳司筆札，魯風不就，執而殺之。……召隱爲錢塘令，隱懼而受命，然亦時有督過。一日侍宴，獻詩云：「一個禰衡容不得，思量黃祖謾英雄。」武肅始悔悟，加禮于隱。〔註33〕

〔註32〕范坰：《吳越備史》，見《叢書集成初編》，北京：中華書局，1985 年北京第 1 版，卷 1，頁 121。

〔註33〕田汝成：《西湖遊覽志餘》，台北：木鐸出版社，1982 年 6 月，卷 21，

但是錢鏐對羅隱是殊禮有加，前後賜與無數，歷任錢塘令，鎮海軍掌書記、節度判官、鹽鐵發運副使，著作佐郎，司勳郎中，諫議大夫給事中，賜金紫。

羅隱追隨錢鏐期間，因具有官職，乃得以一展長才，對於素負大志的羅隱而言，無疑是如魚得水。此時，他一方面用實際事功來造福百姓，另一方面仍以文章來匡正世風。

唐昭宗景福二年（893 年），羅隱六十一歲，是年九月，朝廷以錢鏐為鎮海節度使。據《吳越備史》記載：

> 鏐命沈崧草謝表，盛言浙西繁富，成以示隱；隱曰：「今浙西兵火之餘，日不暇給，朝廷執政切於賄賂，此表入奏，執政豈無意要求耶？」乃請更之。其略曰：「天寒而麋鹿常遊，日暮而牛羊未下。」朝廷見之曰：「此羅隱辭也。」及為〈賀昭宗更名表〉曰：「左則虞舜之全文，右則姬昌之半字。」當時京師稱為第一。〔註34〕

既說明了錢鏐治理有方，也道出當地貧瘠，羅隱如此妥貼之說明，實乃內外皆宜，既省去百姓賦役之苦；又避免朝廷無端需索，展現其人道主義之精神。羅隱允文允武，嫻熟軍旅之事，六十一歲有〈杭州羅城記〉，六十七歲作〈東安鎮新築羅城記〉，六十八歲作〈鎮海軍使院記〉。據《吳越備史》記載：

> 王初成西府，命賓僚巡覽，顧謂左右曰：「百步一敵樓，足以言金湯之固。」隱徐曰：「敵樓不若內向。」及徐、許之亂，人皆以為先見。〔註35〕

羅隱能洞察先機，勸錢鏐將抵禦外敵之機關向內擺設，即時弭平亂事，既保住了錢鏐的爵位，又減輕了內亂對百姓的傷害，由此可知，羅隱具有卓越才識，對軍事謀略，確有獨到見解，故能洞燭機先。

頁 378。

〔註34〕范坰：《吳越備史》，見《叢書集成初編》，北京：中華書局，1985 年北京第 1 版，卷 1，頁 120。

〔註35〕同前註，卷 1 頁，120～121。

梁太祖開平三年（909年）春，羅隱寢疾，武肅王錢鏐親臨撫問，因題其壁云：「『黃河信有澄清日，後代應難繼此才。』隱起而續末句云：『門外旌旗屯虎豹，壁間章句動風雷。』隱由是以紅紗罩覆其上。」〔註36〕是年多天，羅隱病情加重，據沈崧〈羅給事墓志〉記載：「冬十二月十三日歿於西關社，享年七十七歲。以開平四年，正月二十三日，歸靈於杭州錢塘縣定山鄉居山里，殯於徐村之穴，禮也。」〔註37〕

綜觀羅隱一生，早期雖熱中仕途，但從他拒絕梁朝徵召，並且勸錢鏐討伐梁，可見其絕非愛慕榮華，無是非道德之輩，清·李慈銘云：「昭諫詩格雖未醇雅，然峭直可喜，晚唐中之錚錚者；文亦嶄然有氣骨，如其詩與人也。」〔註38〕這種具有骨氣，忠臣不事二主之志節，在動盪不安的唐末亂世中實屬難得，可謂是才德兼備之文人。

二、詩歌作品

《舊五代史·羅隱傳》云：「詩名於天下，尤長於詠史，然多所譏諷。」，〔註39〕《唐才子傳》亦云：「少英敏，善屬文，詩筆尤俊拔，養浩然之氣……詩文凡以諷刺爲主，雖荒祠木偶，莫能免者。」〔註40〕羅隱以詩作來反映民生疾苦、抨擊時政、譏諷當道，可知羅隱的詩歌以諷刺爲主，而其詩歌題材，大多取自於現實社會、經濟、政治各層面，並經由其思想、人格以及詩觀的整體運作而形成。

羅隱的詩集以《全唐詩》收錄的最多，最爲齊全。羅隱以淺近通俗之語言與白描手法，反映民生疾苦，抨擊上位統治者之驕奢及政治之腐敗。同時，伴隨著詩人對困厄生活體驗之深入，對災禍根源認識之深化，在揭露民生疾苦的作品中，主觀意識上，更傾向於抨擊時政，

〔註36〕同前註，卷1，頁121。

〔註37〕汪德振：《羅隱年譜》，上海：商務印書館，1937年3月初版，頁78。

〔註38〕李慈銘：《越縵堂讀書記》集部，上海：上海書店出版社，2000年7月，頁900。

〔註39〕薛居正：《舊五代史》，台北：中華書局，1981年6月，卷24，頁4。

〔註40〕辛文房：《唐才子傳校箋》，傅璇琮主編，北京：中華書局，1987年5月，第4冊，卷9，頁114。

譏諷當道，加重了其詩作中議論化色彩與批判性成分。

　　羅隱的諷刺詩歌內容，可大略歸納爲四大類別：第一類是諷刺人才進退失據；第二類是諷刺社會黑暗；第三類是諷刺民生疾苦；第四類是諷刺統治者，茲分述如下：

（一）批評人才進退失據

　　溯自中唐以後，科場競爭愈演愈烈，晚唐科舉制度更腐敗到了極點，竟爲權豪所把持，士子及第，或依恃門第高貴，或靠親友援引，或賴顯宦提攜，或事先內定，更有甚者以賄賂請託，甚至賣身投靠，然而，冰凍三尺，非一日之寒，以上這種種情況，早在玄宗開元時期就已發生。一般寒士投效無門，仕途斷絕，羅隱出身寒微，仕宦之途自是坎坷，前已言及羅隱「十上不中第」，以至於窮愁失意。

　　羅隱的坎坷遭遇，是當時大多數知識份子的共同命運，詩人傾吐了他們的痛苦和不幸，對晚唐社會，人才進退用捨的不合理，透過寥落、感慨、哀傷憤懣之言，加以揭發、批判和抗爭。羅隱〈黃河〉詩云：

> 莫把阿膠向此傾，此中天意固難明。
> 解通銀漢應須曲，纔出崑崙便不清。
> 高祖誓功衣帶小，仙人占斗客槎輕。
> 三千年後知誰在，何必勞君報太平。（《全唐詩》卷 655）

這首〈黃河〉，不是真要賦詠黃河，而是借事寓意，抨擊和諷刺唐代的科舉制度。詩人對唐王朝的揭露，痛快淋漓，切中要害。整首詩雖然句句明寫黃河，卻又是句句都在暗射專制王朝，對科舉制度和上層貴族集團加以抨擊，罵得非常尖刻，比喻也十分貼切。這和羅隱十次參加科舉，失敗的痛苦經驗有著密切關係。

　　羅隱一生懷才不遇。屢次科場失意，其〈偶題〉一詩諷刺科舉制度，詩云：

> 鍾陵醉別十餘春，重見雲英掌上身。
> 我未成名君未嫁，可能俱是不如人。（《全唐詩》卷 662）

詩人因為「雲英」的問題，而引發了不平之鳴，所諷刺的是科舉制度，而不是諷刺「雲英」和自我貶抑，表面委婉幽默，實在內心激憤。

羅隱意識到，個人的進退用捨、成敗榮辱，和社會原因關係密切，因為出身寒賤，想在唐末官場爭得一個席位，當然會四處碰壁，因為科舉制度腐敗已到極點。在〈東歸〉詩云：

> 仙桂高高似有神，貂裘敝盡取無因。
> 難將白髮期公道，不覺丹枝屬別人。
> 雙闕往來慚請謁，五湖歸後恥交親。
> 盈盤紫蟹千厄酒，添得臨岐淚滿巾。（《全唐詩》卷 658）

科舉制度的腐敗，種種的不公不平，讓羅隱意識到「難將白髮期公道」，功名既不可得，遂有歸隱之念頭，欲借酒澆愁，卻落得「淚滿巾」的地步。不禁懷疑，朝廷，為何不重視人才選拔，在〈寄三衢孫員外〉詩云：

> 小敷文伯見何時，南望三衢渴復飢。
> 天子未能崇典誥，諸生徒欲戀旌旗。
> 風高綠野苗千頃，露冷平樓酒滿厄。
> 盡是數旬陪奉處，使君爭肯不相思。（《全唐詩》卷 657）

由「天子未能崇典誥，諸生徒欲戀旌旗。」羅隱意識到李唐王朝的統治者，已自生難保，根本就顧不得選拔人才，羅隱似乎大夢初醒，徹底對科舉制度絕望了。

這類為人才的進退用捨而抗爭的作品，尚有〈七夕〉詩云：「銅壺漏報天將曉，惆悵佳期又一年。」（《全唐詩》卷 656）又〈寄黔中王從事〉詩云：「今日舉觴君莫問一，生涯牢落鬢蕭疏。」（《全唐詩》卷 662）及〈過廢江寧縣〉詩云：「漫把文章矜後代，可知榮貴是他人？」（《全唐詩》卷 665）其餘如〈江邊有寄〉（《全唐詩》卷 658）、〈東歸途中作〉（《全唐詩》卷 658）、〈西京道德里〉（《全唐詩》卷 655）、〈出試後投所知〉（《全唐詩》卷 656）、〈所思〉（《全唐詩》卷 655）、〈送顧雲下第〉（《全唐詩》卷 663）、〈書懷〉（《全唐詩》卷 663）等，俱是諷刺人才進退失據之作。

（二）揭露社會黑暗

晚唐社會風氣十分腐敗，朝廷有宦官專擅、奸佞弄權，造成無良將可用，而各地藩鎮亦鮮忠良之輩。朝廷重內輕外，直接影響到地方吏治，對於地方刺史縣令選任的不重視，導致地方吏治日見敗壞，地方上貪官污吏橫行於鄉里，在吏治大壞之下，官僚士大夫驕奢淫逸，貪婪成性，以至於趨謁權門，鑽營拍馬的宵小之徒，到處橫行。

對宦官的紊亂朝政，羅隱加以激烈諷刺，其〈中秋不見月〉詩云：

　　陰雲薄暮上空虛，此夕清光已破除。

　　只恐異時開霽後，玉輪依舊養蟾蜍。（《全唐詩》卷 665）

用託物以言方式，諷刺宵小幸佞之輩，從自然景緻著手，藉烏雲、蟾蜍以喻小人，「此夕清光已破除」，說出烏雲蔽日的政壇亂象，而更令人憂愁的是，即使烏雲散去，「玉輪依舊養蟾蜍」，月亮內部的黑暗面又當如何根除？末句對於宦官權高勢大，無法剷除而憂心，語雖婉轉，但諷刺意味甚為深切。

羅隱不斷於詩中傳達對於奸宦亂國的激憤與憂心，其〈螢〉詩云：「不思因腐草，便擬倚孤光。若道能通照，車公業肯長。」（《全唐詩》卷 661）又〈詠史〉詩云：「未必片言資國計，只應邪說動人心。」（《全唐詩》卷 662）〈鎮海軍所貢（題不全）〉詩云：「他日丁寧柿林院，莫宜恩澤與閒人。」（《全唐詩》卷 665）〈北邙山〉詩云「何必更尋無主骨，也知曾有弄權人。」（《全唐詩》卷 664）等，這些詩作都是羅隱有感於朝政日非，而屢發諷諫，對弄權人的戲謔和警告。

晚唐君主昏庸無能，朝政掌握在宦官手中，唐室又以宦官為監軍，以制各地藩鎮，但宦官卻與藩鎮勾結，一意資助頑凶，摧折良將。黃巢亂中，不少藩鎮擁兵自重，保境不戰，自求多福。羅隱諷刺這些割地自雄的藩鎮，其〈塞外〉詩云：

　　塞外偷兒塞內兵，聖君宵旰望升平。

　　碧幢未作朝廷計，白梃猶驅婦女行。

　　可使御戎無上策，只應憂國是虛聲。

漢王第宅秦田土，今日將軍已自榮。(《全唐詩》卷 662)

不管天下烽火迭起，將軍只是固守一己之封地，謀取個人榮華，那管
「聖君宵旰望昇平」，「只應憂國是虛聲」，不管職責所在，在此情況
下，朝廷無論是對外戰爭，或是對內平亂的用兵，領兵者皆是窮兵黷
武，駑才下駟之輩。他們無法保衛國家的尊嚴，卻無恥地將和親奉爲
上策，把國家安危託付在婦女身上，而另一方面，卻拼命地搜括民脂
民膏，聚斂財物。

唐末官僚驕奢淫逸，貪婪成性，士大夫，重視門第與宦途，整個
社會瀰漫著一種重利之風，這種澆薄風氣，一直延續到晚唐，而唐代
由進士出身的官僚士大夫，有相當多的人，都曾久困名場，歷盡坎坷，
一旦顯達，便拼命享受。對於官僚貴族的奢侈和貪婪，羅隱在〈金錢
花〉詩云：

占得佳名繞樹芳，依依相伴向秋光。

若教此物堪收貯，應被豪門盡斸將。(《全唐詩》卷 656)

辛辣地諷刺豪門大肆搜括民脂民膏，凡有收藏價值，無不搜括殆盡，
如果金光閃閃的金錢花，能像金錢一樣被收藏起來，勢必將被豪門貴
族砍盡採光，充分呈現其貪得無饜的骯髒嘴臉。

其餘如〈貴遊〉詩云：「館陶園外雨初晴，繡轂香車入鳳城。八
尺家僮三尺箠，何知高祖要蒼生。」(《全唐詩》卷 663) 又〈錢〉詩
云：「朱門狼虎性，一半逐君回。」(《全唐詩》卷 659)〈塞外〉詩云：
「漢王第宅秦田土，今日將軍已自榮。」(《全唐詩》卷 662) 等作品，
對官僚士大夫進行批判。

羅隱對於依附權貴的庸碌之輩，進行了有力的針砭，其〈鷹〉詩
云：

越海霜天暮，辭韜野草乾。

俊通司隸職。嚴奉武夫官。

眼惡藏蜂在，心粗逐物彈。

近來脂膩足，驅遣不妨難。(《全唐詩》卷 659)

羅隱剖析那些爬上高位既得利益者，那些司隸、武夫在「脂足」之後，就不肯盡職，諷刺社會上，那些大擺架子的庸臣俗僚。在〈香〉詩云：

　　沈水良材食柏珍，博山煙暖玉樓春。

　　憐君亦是無端物，貪作馨香忘卻身。（《全唐詩》卷 655）

詩人不禁嘲笑那些為求得權豪貴人的歡心，甚至連自己身家性命，均可棄之不顧了。

　　這類對黑暗社會的揭露和批評作品，尚有〈圍城偶作〉詩云：「自從郭泰碑銘後，只見黃金不見文。」（《全唐詩》卷 660）又〈塚子〉詩云：「未能慚面黑，只是恨頭方。」（《全唐詩》卷 659）及〈隴頭水〉詩云：「自古無長策，況我非深智。」（《全唐詩》卷 660）其餘如〈定遠樓〉（《全唐詩》卷 663）、〈鷺鷥〉（《全唐詩》卷 664）等，俱是此類諷刺之作。

（三）關懷民生疾苦

　　唐末戰爭頻仍，造成了當時國家殘破、人民塗炭的社會現實，羅隱〈即事中元甲子〉詩云：「三秦流血已成川，塞上黃雲戰馬閒。」（《全唐詩》卷 660）、〈送王使君赴蘇臺〉詩云：「兩地干戈連越絕，數年麋鹿臥姑蘇。」（《全唐詩》卷 663）、〈秋江〉詩云：「兵戈村落破，饑儉虎狼驕。」（《全唐詩》卷 659）等詩，描寫戰禍之慘，戰亂帶給人民災難和痛苦，百姓遭受屠戮和折磨，許多農民棄鄉逃亡，造成土地兼併日益嚴重，在那種民生凋弊的社會中，貧者無立身之地、安身之計，而富者卻是田連千畝，日日歌舞昇平。在貧富差距日益懸殊，經濟資源分配不均情況下，造成晚唐種種民生問題，這些都是羅隱詩歌所關懷的議題。

　　羅隱將諷刺矛頭，直接指向豪門貴族，在〈秦中富人〉詩云：

　　高高起華堂，區區引流水。糞土金玉珍，猶嫌未奢侈。

　　陋巷滿蓬蒿，誰知有顏子。（《全唐詩》卷 660）

描寫富人奢華、舒適的生活，揮金如土卻意猶未盡的心態，「陋巷滿蓬蒿，誰知有顏子。」詩人以寒士作對比，寫出了這種不合理現象。

對平民百姓，飢餓卻不得食，寒冷卻不得衣，而豪門巨室肆無忌憚地橫徵暴歛，羅隱發出了不平之鳴，其〈蜂〉詩云：

> 不論平地與山尖，無限風光盡被占。
>
> 采得百花成蜜後，爲誰辛苦爲誰甜。（《全唐詩》卷 662）

前兩句寫蜜蜂的辛勞，無論是平原田野，還是崇山峻嶺，凡是鮮花盛開的地方，都有蜜蜂辛勤勞動的身影。後兩句則巧妙設問：爲誰的甜蜜而自甘辛勞呢？甜蜜屬別人，而辛苦歸自己之意，是極其明顯的。此詩緊扣蜜蜂的特點來寫，引發出令人深思的問題：爲誰辛苦爲誰甜？辛勤採蜜的蜂，不正是千千萬萬平民百姓的化身，他們終年辛勤所得，卻被權貴巧取豪奪，這是多麼不公平的現實。

在人民飽經戰亂，飢寒交迫的情況下，羅隱希望官吏能照顧百姓，關心民間疾苦。其〈送溪州史君〉詩云：

> 兵寇傷殘國力衰，就中南土藉良醫。
>
> 鳳銜泥詔辭丹闕，雕倚霜風上畫旗。
>
> 官職不須輕遠地，生靈只是計臨時。
>
> 灞橋酒釅黔巫月，從此江心兩所思。（《全唐詩》卷 662）

在朋友走馬上任時，他勸告朋友要清明正直，不要考慮偏遠地方任職條件差，所要考慮的是百姓的生計問題。羅隱甚至對提拔自己的恩人錢鏐，強使西湖漁人，每天繳納鮮魚數斤，名曰「使宅魚」，苛刻剝削勞苦百姓，強烈地抨擊，其〈題磻溪垂釣圖〉詩云：

> 呂望當年展廟謨，直鉤釣國更誰如。
>
> 若教生在西湖上，也是須供使宅魚。（《全唐詩》卷 665）

羅隱這一首詩，致使錢鏐不得不立刻停止徵收這種魚稅，使西湖漁人，免除了每日數斤魚的沉重負擔，真正幫助了貧苦漁民。

這類爲民生疾苦而抱不平之鳴，尚有〈雪〉詩云：「盡道豐年瑞，豐年事若何。長安有貧者，爲瑞不宜多。」（《全唐詩》卷 659）又〈錢〉詩云：「朱門狼虎性，一半逐君回。」（《全唐詩》卷 659）及〈所思〉詩云：「長恐病侵多事日，可堪貧過少年時。」（《全唐詩》卷 659）其餘如〈鸚鵡〉（《全唐詩》卷 656）、〈寄侯博士〉（《全唐詩》卷 659）、

等，俱是此類諷刺之作。

（四）諷刺最高統治者

晚唐君王失政敗德，詩人面對衰頹的國勢，紛紛將矛頭指向最高統治者，他們歸納歷史上，導致朝代滅亡的原因，作為對在位者的勸誡諷諭，或直接指出昏庸君王時政的敗壞，或認為統治者，應對政治、社會動盪不安，負起全部責任。

對最高統治者，加以嘲諷和批判，是羅隱詩歌中最引人注目的部分。羅隱從歷史事件中，總結出許多興亡治亂的經驗，對昏庸國君加以抨擊，其〈春日登上元石頭故城〉詩云：

> 萬里傷心極目春，東南王氣只逡巡。
> 野花相笑落滿地，山鳥自驚啼傍人。
> 謾道城池須險阻，可知豪傑亦埃塵。
> 太平寺主惟輕薄，卻把三公與賊臣。（《全唐詩》卷 662）

昏庸的太平寺主孫皓，相信巫祝之言，招致亡國，連國家大臣都淪為俘虜。至於南北朝的陳後主，好色昏瞶，羅隱在〈江南〉詩云：

> 玉樹歌聲澤國春，纍纍輜重憶亡陳。
> 垂衣端拱渾閒事，忍把江山乞與人。（《全唐詩》卷 665）

羅隱對於陳後主好色昏瞶以及荒嬉奢靡作直切的諷刺，在今昔對比的景物中，不斷地提出這樣的疑問：南朝諸國既據有山川之險，龍盤虎踞之勢，卻為什麼就這樣把好好的江山拱手讓人呢？

安史之亂，是李唐王朝由鼎盛走向衰落轉折點，後代評論者、詩人，在回顧這段歷史時，大多把滿腔怨忿指向楊貴妃，有意無意地為最高統治者開脫罪責，但羅隱卻認為應歸罪於明皇，這在當時，確屬高人一籌之見解，其〈華清宮〉詩云：

> 樓殿層層佳氣多，開元時節好笙歌。
> 也知道德勝堯舜，爭奈楊妃解笑何。（《全唐詩》卷 664）

羅隱在「也知道德勝堯舜，爭奈楊妃解笑何」二句，諷刺玄宗的不知振作，雖然明知為政之道在於勤政愛民，卻自恃太平，不僅無勵精圖

治的念頭，反而一頭栽進溫柔鄉中，好色誤國，語氣甚爲尖銳。其另一首〈帝幸蜀〉詩曰：

> 馬嵬山色翠依依，又見鑾輿幸蜀歸。
>
> 泉下阿蠻應有語，這迴休更怨楊妃。（《全唐詩》卷 664）

羅隱記述其事，諷刺唐皇的治國無方，不能怨怪他人，貴妃更是非戰之罪。《全浙詩話》引《剔齒閑思錄》說羅隱〈帝幸蜀〉一詩：「雖有風人諷刺之義，而忠厚不足也。」〔註41〕可見羅隱在質疑「女色禍水」的傳統觀點。其〈感弄猴人賜朱紱〉詩云：

> 十二三年就試期，五湖煙月奈相違。
>
> 何如買取胡孫弄，一笑君王便著緋。（《全唐詩》卷 665）

在國家殘破、民不聊生的時候，唐僖宗竟然因爲喜愛一隻馴善，能跟朝臣們一起上班的猴子，而賜給玩猴伎人一件五品緋袍，這對「十上不中第」的羅隱，刺激實在太深了，遂寫出充滿尖銳諷刺和強烈憤懣的〈感弄猴人賜朱紱〉詩篇。

三、詩歌評價

綜上所述，在晚唐詩人中，羅隱是聲名卓著的，《一瓢詩話》云：「羅昭諫爲三羅之傑，調高韻響，絕非晚唐瑣屑，當與韋端己同日而語。」〔註42〕他以一生坎坷的經歷寫下了四百七十八首詩歌，不論是詠懷詩、詠物詩、詠史詩，均呈現「諷刺」的主題思想，這些詩是唐末黑暗社會的反映，是羅隱強烈的揭露現實、批判現實的具體展現，以辛辣語言，犀利筆鋒，猛烈地抨擊腐朽的官場社會，昏庸禍國的統治者，豪貴的貪掠成性，表達對掙扎在社會最低層人民的關懷，並抒發自己遭時不遇，滿腔憤慨的情緒。羅隱詩作，採取「以詩議政」的態度來寫作文學，他思考晚唐衰頹原因以及社會問題的癥結所在，再

〔註41〕陶元藻：《全浙詩話》，見《續修四庫全書》，上海：上海古籍出版社，1995 年，第 1703 冊，卷 8，頁 140。

〔註42〕薛雪《一瓢詩話》，見何文煥、丁福保編《歷代詩話統編》，北京：北京圖書館出版社，2003 年 5 月，第 5 冊，頁 212。

加上羅隱以平民出身，因而更能夠觀察入微而剖析深刻了。

　　羅隱不想用文章去沽名釣譽及消愁解悶，而是以一種鮮明的態度、強烈的情感去揭露和批判現實，辨是非、明善惡，期使後人知所警惕，羅隱的創作態度是明確的，對於文學的社會作用有積極的認識，從上位者昏庸荒佚、用人不公、吏治敗壞、權貴豪奢、迷信盛行、世風澆薄等，舉凡世間的不公、不平、不善，都成爲羅隱嘲諷、批判的對象。

　　關於羅隱詩歌之評價，自唐五代以來，肯定者，以其善於諷刺有浩然之氣，風格雄健且語言通俗，如清代洪亮吉《江北詩話》云：「七律至唐末造，惟羅昭諫最感慨蒼涼，沈鬱頓挫，實可以遠紹浣花，近儷玉谿，蓋由其人品之高，見地之卓，迴非他人所及。」〔註43〕而持否定態度者，如清代翁方綱《石洲詩話》云：「方干、羅隱皆極負詩名，而一望荒蕪，實無足採。」〔註44〕至於羅隱詩歌對後世的影響，其與宋詩特徵貼近者，加以對照，呈現多議論、言理不言情、詩體散文化、俚俗而不典雅等四部分。愚以爲，羅隱詩歌雖淺切、語俗，卻自然。淺切便易讀，自然則親切，而詩句中使用俗語，更往往被後人引用，所以不論在當世或後代，羅隱的詩作都受到認同。

第四節　杜荀鶴

一、生平概略

　　杜荀鶴，字彥之，池州石埭人（今安徽貴池）。生於唐武宗會昌六年（846 年），卒於唐哀帝天祐四年（907 年），年輕時長期在九華山苦讀，因此自號「九華山人」，池州石埭（今安徽貴池）人。昭宗

〔註43〕洪亮吉：《北江詩話》，見《叢書集成初編本》，北京：中華書局，1985年，第 2598 冊，頁 47。

〔註44〕翁方綱：《石洲詩話》，見郭紹虞編《清詩話續編》，上海：上海古籍出版社，1999 年 6 月，卷 2，頁 1397。

大順二年（891年）進士。天復三年（903年），赴大梁通好朱溫，爲溫所喜，表授翰林學士。生長農村，遭逢亂離，善用近體詩反映民間疾苦、抨擊社會黑暗，語言通俗、風格清新，後人稱「杜荀鶴體」。

杜荀鶴自序其文爲《唐風集》十卷。唐代顧雲《唐風集・序》、元・辛文房《唐才子傳》及宋代計有功《唐詩紀事》、周必大《二老堂詩話》，都說他是杜牧的妾懷孕以後嫁給杜筠所生的。周必大還寫詩曰：「千古風流杜牧之，詩材猶及杜筠兒。向來稍喜《唐風集》，今悟樊川是父師。」〔註45〕《全唐詩》編杜荀鶴詩三卷，補遺一首，錄詩三二七首。又《補編》三首，杜荀鶴現存詩三三○首。全爲五、七言近體詩，其中以七律爲最多。現存杜荀鶴的詩集，有兩種不同的版本，一是北宋本，題名爲《杜荀鶴文集》，一是南宋末，名爲《唐風集》。兩書前面都有杜荀鶴的友人顧雲所做的序，此外，《全唐詩》亦有〈唐風集序〉。

杜荀鶴出身寒微，在其〈郊居即事投李給事〉嘗自謂：「江湖苦吟士、天地最窮人」。青年時多次應科舉不第，雖自認懷荊山之玉，握靈蛇之珠，但仍無法蟾宮折桂，金榜題名，其〈投從叔補闕〉詩云：「空有篇章傳海內，更無親族在朝中」。杜荀鶴自負才華，堅守清白。四十八始舉進士，曾爲宣州田從事。唐亡，依附梁太祖朱溫，爲翰林學士，五天而卒。詩主諷刺，把兵荒馬亂的社會大背景濃縮於筆下，似是漫不經心卻又飽經滄桑地書寫唐王朝衰亡史，對那個荒淫無恥的帝國社會進行血淚的控訴，流露出反抗精神，是一個敢於直接面對社會苦難的詩人，杜荀鶴以其「傷時」、「濟物」的時事詩、政治詩奠定了諷諭詩人的地位。

二、詩歌作品

杜荀鶴詩就其創作題材和思想內容而言，不只反映民生疾苦，其

〔註45〕周必大：《二老堂詩話・杜荀鶴事》，見何文煥、丁福保編《歷代詩話統編》，北京：北京圖書館出版社，2003年5月，第1冊，頁427。

它有關國計民生等議題，作者無論是遊覽各地，還是隨軍邊塞，往往擇取其中對於國家、人民有較大影響的題材落筆，其創作視野廣闊而含義深刻。熱衷於政治，關心民瘼，詩寫政治，語涉國計民生，以律詩寫時事，以通俗的語言煉字煉句，這些都是「杜荀鶴體」在創作題材和思想內容上的重要特徵。

杜荀鶴詩作中，經常將「官家」、「縣宰」當作抨擊的對象，展開激烈的批判。從這些作品看來，杜荀鶴真正看到了天下蒼生的疾苦，並奮起與之抗爭。杜荀鶴諷刺詩約三十多首，反映了黃巢起義後，兵連禍接、戰亂流離、殘破蕭條的社會面貌，從唐宋迄今均受到人們高度的重視。晚唐顧雲《杜荀鶴文集‧序》中指稱其詩：「能使貪吏廉，邪臣正，父慈子孝，兄良弟悌，人倫之紀備矣。」〔註46〕不用典故，不尚詞采，將淺近通俗融入聲律對偶之中，達到既平易委婉，又蘊藉深沈的境界。杜荀鶴的詩全是近體詩，從其題材內容而言，既有揭露社會黑暗、同情民生疾苦的作品，又有詠懷、酬唱、題贈和投獻之作，詩歌從不同的側面，展現了晚唐社會真實的面貌和失意士子真實的人生。

杜荀鶴諷刺詩歌內容，可大略歸納為四大類別：第一類是描述百姓疾苦；第二類是揭露統治惡行；第三類是描寫戰爭悲劇；第四類是吟詠生活坎坷，茲分述如下：

（一）描述百姓疾苦

唐末五代長期的軍閥混戰，為了爭權奪利，拚命擴張軍隊，加強剝削，橫徵暴斂，帶給人民很大的災難，杜荀鶴〈贈秋浦張明府〉詩中寫著：「農夫背上題軍號，賈客船頭插戰旗」（《全唐詩》卷 692），戰火波及下，致使田無禾麥，邑無煙火。干戈擾攘，使得「四海十年人殺盡」（〈哭貝韜〉，《全唐詩》卷 693）、「幾州戶口看成血」（〈將入關安陸遇兵寇〉，《全唐詩》卷 692），滿目瘡痍，十室九空，白骨遍地，戰禍慘烈恐怖之狀，已到了無可復加的地步，人民求生不能，求死不

〔註46〕杜荀鶴：《杜荀鶴文集》，上海：上海古籍出版社，1994 年 9 月，頁 2。

得。表現同一主題的尚有：〈長林山中聞賊退寄孟明府〉（《全唐詩》卷 691）、「兵戈到處弄性命，禮樂向人生是非。」（〈亂後逢李昭象敘別〉，《全唐詩》卷 692）、「遍搜寶貨無藏處，亂殺平人不怕天」（〈旅泊遇郡中叛亂示同志〉，《全唐詩》卷 692）、〈塞上〉（《全唐詩》卷 691）、〈塞上傷戰士〉（《全唐詩》卷 691）等，皆反映戰亂所帶給人民的沉重苦難。

農民生活困難，只得廢棄耕稼，逃往山中避禍，可是統治者的魔爪，卻仍不放過，最具代表性的〈山中寡婦〉詩云：

夫因兵死守蓬茅，麻苧衣衫鬢髮焦。

桑柘廢來猶納稅，田園荒後尚徵苗。

時挑野菜和根煮，旋斫生柴帶葉燒。

任是深山更深處，也應無計避征徭。（《全唐詩》卷 692）

此詩刻劃出這位山中寡婦的形象，她是當時苦難百姓的一個縮影，詩人不下斷語，卻任憑事實證明。詩的前六句從兵役、賦稅、無衣無食三個生活側面，詳盡描述了山中寡婦的悲慘遭遇，深刻揭露了晚唐百姓貧苦的根源。詩中第三、四兩句：「桑拓廢來猶納稅，田園荒後尚徵苗」，可以看出繁重的捐稅，使百姓苦不堪言，求死不得，戰爭的結果，使農業生產嚴重破壞。「時挑野菜和根煮，旋斫生柴帶葉燒」，只見她挖野菜，連菜根都一起煮來吃，平時燒柴也很困難，燃生柴還要「帶葉燒」。這兩句採用了加倍強調的手法，透過這種強調手法，渲染出山中寡婦那難以想像的困苦狀況。最後兩句是沉痛的控訴，寫出貧苦人民沒有活路，無處可躲的悲慘情形。深山是有毒蛇猛獸的，對人的威脅很大。但寡婦不堪忍受苛歛重賦的壓榨，迫不得已逃入深山。然而，剝削的魔爪是無孔不入的。即使逃到「深山更深處」，也難以逃脫賦稅及縣役的羅網。詩歌是緣情而發，以感情撥動讀者心弦的。詩人把寡婦的苦難寫到了極致，造成一種濃厚的悲劇氛圍，從而使人民的苦痛，詩人的情感，都透過生活情況的描寫自然地流露出來，產生了感人的力量。不僅使人看到了一個山中寡婦的苦難，也讓

人想像到和山中寡婦同命運的更多人的苦難。從更大的範圍，更深的程度上揭露了殘酷的剝削，刻畫了主題。

〈山中寡婦〉寫賦稅之重，有敘述、描寫和議論，三者緊密地結合，可謂字字血淚。《鑑誡錄》一書，記述此詩諷刺朱溫的本事，既提供了詩篇的創作背景，也顯示了詩人思想性格發展的一個側面。〔註47〕在〈亂後逢村叟〉也有這種沉痛的描述：

　　　　經亂衰翁居破村，村中何事不傷魂。
　　　　因供寨木無桑柘，爲著鄉兵絕子孫。
　　　　還似平寧徵賦稅，未嘗州縣略安存。
　　　　至於雞犬皆星散，日落前山獨倚門。（《全唐詩》卷692）

此詩通篇直陳，描述戰亂後得以倖存的老翁，家破人亡的不幸遭遇，不僅反映晚唐農村經濟破產，民生凋敝的悲慘現實，而且揭露了統治者絲毫不體恤民情，村中只剩下一個衰老的老頭，一個殘破的村莊，居然以繁重的賦稅剝削人民。末兩句寫到如今連雞犬都已零星散去，日落前山時，只有孤寂無依的老翁獨自倚門而立，老翁還能如何？只有在日落時獨自倚門悲傷罷了。作者表現了對人民的深厚同情心和對社會現實的深刻觀察。在〈田翁〉對農民生活的艱難困苦，表達深切的同情：

　　　　白髮星星筋力衰，種田猶自伴孫兒。
　　　　官苗若不平平納，任是豐年也受飢。（《全唐詩》卷·693）

詩中的老農，滿頭白髮仍得帶著小孫兒種田，他的兒子或許去服徭役或是服兵役，也可能已戰死沙場。末兩句更進一步指出，在繁重賦稅的剝削下，人民挨餓受凍的苦況。

杜荀鶴對於被壓迫、被剝削，生活悲慘，內心悲痛的下層百姓，給予深沉的憐憫，在〈蠶婦〉詩云：

　　　　粉色全無飢色加，豈知人世有榮華。

〔註47〕何光遠：《鑑誡錄》，見《叢書集成初編》，北京：中華書局，1985年北京第1版，第2843冊，卷9曰：「梁朝杜舍人爲詩愁苦，悉干教化……在梁朝獻朱太祖時世行十首，欲令太祖省徭役，薄賦。是時方當征伐，不洽上意，遂不見遇。」

年年道我蠶辛苦，底事渾身著苧麻。(《全唐詩》卷 693)

蠶婦臉上全無粉色，卻呈現著因飢餓而日益增加的憔悴，整年無休止地勞動，卻仍得忍受飢餓，又怎能相信人間尚有富貴榮華呢？末兩句以「蠶婦」的語氣書寫，為自己打抱不平，年年辛苦養蠶，但為什麼卻全身上下不見一寸絲綢，只穿粗麻布衣？詩人雖沒有回答原因，但讀者已十分清楚，詩人控訴醜惡不合理的社會現實，表達了憤怒的抗議和質問。

以上這些悲痛的哭泣，也是震天的控訴。連年戰禍，田園荒盡，產業蕩然，家徒壁立，而賦稅不減，人民將何以維生呢？「亂世人多事，耕桑或失時，不聞寬賦斂，因此轉流離。」(〈送人宰德清〉，《全唐詩》卷 691)述說百姓多流離失所，淪為民賊，道盡了人民求生不能，求死不得的慘狀。

（二）揭露統治惡行

晚唐朝廷官僚貪污腐敗，特權驕橫殘暴，藩鎮飛揚跋扈，長期的軍閥混戰，百姓皆不得倖免而苦不堪言。杜荀鶴〈旅泊遇郡中叛亂示同志〉有沉痛的描述：

握手相看誰敢言？軍家刀劍在腰邊。
遍搜寶貨無藏處，亂殺平人不怕天。
古寺拆為修寨木，荒墳開作甃城磚。
郡侯逐出渾閒事，正是鑾輿幸蜀年(《全唐詩》卷 692)

從詩題可知這是作者旅途中之見聞，但與一般羈旅行役之作不同，詩中以一則實況報導，並未抒發感懷。杜荀鶴帶著憤恨，以極為辛辣的筆墨，勾勒出「軍家」不可一世的囂張惡行，起首四句，將叛軍仗恃擁有鋒利的刀劍等武器而大肆搶奪，殺人無數，在百姓面前作威作福，搜括珠寶以中飽私囊，濫殺無辜以示功勞，以致於百姓在叛軍面前，面面相覷卻噤不敢言的驚恐神態表露無遺。接著具體指控叛軍，為修寨木而拆除古寺廟，為求城磚而拆除荒墳等喪失天理的荒謬行徑。「軍家」是統治者（地方軍閥）的鷹犬，有統治者撐腰，才膽敢

胡作非爲。此詩通篇諷刺，以白描之筆忠實反映亂軍的殘暴，搜括掠奪的惡劣行徑。

　　杜荀鶴對於地方官吏的憎恨，對百姓的憐憫，類似的題材最具代表性的是〈再經胡城縣〉詩云：

　　　去歲曾經此縣城，縣民無口不冤聲。

　　今來縣宰加朱紱，便是生靈血染成。（《全唐詩》卷 693）

富壽蓀評曰：「此詩揭露唐末地方官吏虐民邀功，筆鋒銳利，抨擊有力，以其痛快淋漓，故不嫌直致。」〔註48〕詩題說「再經」，描寫過去與現在兩次路過胡城縣的經驗，吏治的黑暗，官軍之凶殘，卻總以老百姓的鮮血，染紅他們的「朱紱」；以群眾的頭顱，奠定他們的功勳。這首詩揭露官場的黑暗，官僚對百姓的殘酷壓迫。詩人看清其眞面目，以銳利的筆鋒發出憤怒號呼。揭露了官吏立功加官的內幕。去年來到縣城，但聞百姓怨聲載道，今年再經過這裡，卻看到縣宰升官晉級，去年到今年，時間雖然短暫，人民卻從「冤聲」到「血染」，詩人不作具體描述，亦不發表議論，只列舉兩年之中兩次經過胡城縣之見聞，由淺及深，逐漸增強，詩人感慨因而迸發，縣官身上的紅袍，不正是生民鮮血染紅的。詩人將縣宰的「朱紱」和縣民的「鮮血」，這兩種顏色雖相同，性質卻相反的事物，巧妙地結合在一起，構成一種血淋淋的意象，而將縣宰爲非作歹的行徑，巧妙地引出，使讀者自能想像。《資治通鑑》記載：官軍每與盜遇，軍家大敗，恐無功獲罪，多持村民爲俘，朝廷不加審查，便行殺戮，因而獲賞金帛爵祿。」〔註49〕「軍家」的作威作福，無法無天，草菅人命，詩人揭露官吏的殘暴無恥，社會的黑暗腐朽以及對統治者的痛恨皆寓於其中。

　　杜荀鶴歷經人世滄桑，卻不願作一個庸庸碌碌之人，它具備儒家

〔註48〕劉拜山、富壽蓀評解：《唐人千首絕》，上海：上海古籍出版社，1985年，頁 896。

〔註49〕司馬光《資治通鑑》，北京：中華書局，1997 年 11 月，卷 252，〈唐紀 68〉，頁 8108。

淑世濟民的精神，自云：「酒甕琴書伴病身，熟諳時事樂於貧。寧爲宇宙閒吟客，怕作乾坤竊祿人」（〈自敍〉，《全唐詩》卷692）但詩人手中並無實權，只好轉而要求當官執政者不要蹂躪百姓，壓迫人民，其〈送人宰吳縣〉詩云：

> 海漲兵荒後，爲官合動情。
> 字人無異術，至論不如清。
> 草屨隨船賣，綾梭隔水鳴。
> 唯持古人意，千里贈君行（《全唐詩》卷691）

在寫給朋友的詩中，囑託要關心百姓生活，要體諒民生疾苦。其〈送人宰德清〉詩云：

> 亂世人多事，耕桑或失時。
> 不聞寬稅斂，因此轉流離。
> 天意未如是，君心無自欺。
> 能依四十字，可立德清碑。（《全唐詩》卷691）

官吏的「清」也許也不能挽救苦難中的百姓，但卻能暫時獲得一絲喘息的機會，因此，詩人對於那些能行仁政的官吏倍加讚揚。

官軍兇惡殘忍，被迫害的可憐百姓，在杜荀鶴筆下呈現著不同形象：有形容憔悴，顏色枯槁的蠶婦；「底事渾身著苧麻」，「麻苧衣衫鬢髮焦」，「粉色全無饑色加」，悽苦無告的寡婦；筋力衰竭、負重怨深，仍竭盡殘餘力量辛苦耕種的田翁；伶仃孤苦、無子無孫，朝不保夕的病叟等人物。讀之如見其愁容聞其悲鳴，爲其一灑同情之淚。

（三）描寫戰爭悲劇

晚唐局勢紛擾，杜荀鶴生逢亂世，對於紛擾的社會、動盪的時局、滿目的瘡痍、不安的民心、百姓的困苦等感受深刻。當廣明元年（880年），黃巢作亂，攻陷了長安，詩人耳聞目睹唐代歷史上最慘烈的一次戰禍，其傷痛、震撼及驚懼是刻骨銘心的，而詩人終其一生幾乎都在兵荒馬亂中度過，時局之影響至深且巨，故其詩中經常有「戰亂」、「兵災」等字，其〈題所居村舍〉詩云：

　　家隨兵盡屋空存，稅額寧容減一分。

　　衣食旋營猶可過，賦輸長急不堪聞。

　　蠶無夏織桑充寨，田廢春耕犢勞軍。

　　如此數州誰會得，殺民將盡更邀勳。（《全唐詩》卷 692）

詩人具體描述戰亂後農村殘破景象，戰爭導致田地的荒蕪廢耕，沉重的兵役使農家十室九空，然而賦稅卻變本加厲，名目多得「不堪聞」，砍伐桑樹去充當寨木以備戰，蠶無桑葉可吃，不能吐絲，紡織因而作罷；而耕牛也被抓去勞軍，沒有牛耕田，造成田園荒廢，在男耕女織的農村社會，戰亂造成了無衣無耕。在民不聊生，稅收無著之下，士兵竟濫殺無辜的百姓以邀功。百姓失去了賴以生存的物質、精神依靠，這是多麼悲慘的情形？另一首〈自江西歸九華〉詩云：

　　他鄉終日憶吾鄉，及到吾鄉值亂荒。

　　雲外好山看不見，馬頭歧路去何忙。

　　無衣織女桑猶小，闕食農夫麥未黃。

　　許大乾坤吟未了，揮鞭回首出陵陽。（《全唐詩》卷 692）

詩人難掩思鄉之愁，千里迢迢返抵家鄉，卻適逢兵荒馬亂，家鄉好景不再，雖男耕女織勤奮工作，仍然無衣無食挨餓受凍，悲憤無奈之情，寓於字裡行間。

　　詩人所處的時代是唐代分崩離析，日趨滅亡之時，黃巢之亂所造成的時局動盪，令杜荀鶴不能逃避，也無法逃避。「社會存在決定社會意識」〔註50〕「詩」是當時社會文學的主要表達形式，充分反映了動亂時局下的社會情形。在晚唐紛亂時局，塞上邊防不時出現緊張，杜荀鶴關心政治，對邊塞戰士展現極大的同情心，有〈塞上〉兩首、〈塞上傷戰士〉等作品，其〈塞上〉詩云：

　　旌旗颭颭漢將軍，閑出巡邊帝命新。

　　沙塞旋收饒帳幕，犬戎時殺少煙塵。

　　冰河夜渡偷來馬，雪嶺朝飛獵去人。

〔註50〕S‧鮑爾斯，H‧金蒂斯撰，王佩雄等譯：《美國經濟生活與教育改革》，
　　　上海：上海教育出版社，1990 年 12 月，頁 7。

　　　　獨作書生疑不穩，軟弓輕劍也隨身。(《全唐詩》卷 692)
唐皇頒布巡邊的命令，從「旌旗獵獵」可見軍容之壯盛；然而敵軍猖
獗，不時騷擾唐軍，杜荀鶴當時以書生身分隨軍，面對「時殺」之敵
人犬戎，為防意外，也只得「軟弓輕劍也隨身」嚴加戒備了。另一首
〈塞上傷戰士〉詩云：

　　　　戰士說辛勤，書生不忍聞。
　　　　三邊遠天子，一命信將軍。
　　　　野火燒人骨，陰風捲陣雲。
　　　　其如禁城裡，何以重要勳。(《全唐詩》卷 691)

此詩敘述防守邊塞的戍卒苦況，用律詩「三邊遠天子，一命信將軍」以
及「野火燒人骨，陰風捲陣雲。」的對句，鮮明生動地表達，呈現了杜
荀鶴邊塞詩的另一特色。外有征夫，內必有怨婦，其〈望遠〉詩云：

　　　　門前通大道，望遠上高台。
　　　　落日人行盡，窮邊信不來。
　　　　還聞戰得勝，未見敕招回。
　　　　卻入機中坐，新愁織不開。(《全唐詩》卷 691)

此詩描述婦女思念遠戍邊塞的丈夫。他登上高台遠望，只見黃昏落
日，行人斷絕，親人音訊仍然渺茫，無奈地回到織布機旁，
停梭追憶，千愁萬緒湧上心頭。

　　對於戰爭的悲慘造成了「九土如今盡用兵，短戈長戟困書生。」
(〈亂後書事寄同志〉，《全唐詩》卷 692)，「四海十年人殺盡，似君
埋少不埋多。」(〈哭貝韜〉，《全唐詩》卷 693) 多年戰亂，帶給廣大
社會的傷痛「生靈寇盜盡，方鎮改更貧」、「幾州戶口看成血。」(〈將
入關安陸遇兵寇〉，《全唐詩》卷 692) 而上位者的仕途卻是「皇澤正
霑新將士，侯門不是舊公卿。」(〈亂後書事寄同志〉，《全唐詩》卷
692) 在如此沒有正義公理的社會對比下，使晚唐出現了反戰聲浪。

　　（四）吟詠生活坎坷
　　文學作品，即使所表現的是個人情志，但或多或少也反映出時代

的眞實面貌。杜荀鶴詩中有關其個人際遇的悲吟愁唱作品甚多，這些作品既是其人生的寫實，也是典型唐末中、下層失意文人共同的情感和心路歷程。

溯自中唐以後，科場競爭愈演愈烈，晚唐科舉制度更腐敗到了極點，竟爲權豪所把持，冰凍三尺，非一日之寒，杜荀鶴爲了求取功名，希冀仕途有成，「求名日辛苦，日望日榮親」（〈入關歷陽道中卻寄舍弟〉，《全唐詩》卷 691），又說：「一名一宦平生事，不放愁侵易過身」（〈登城有作〉，《全唐詩》卷 692），雖有遠大的抱負，但卻仕途失意，在作品中反映著複雜的感慨。爲求進士及第，謀得官職而朝夕用功，詩中敘述對於仕途之嚮往。杜荀鶴〈行次滎陽卻寄諸弟〉詩云：

> 難把歸書說遠情，奉親多闕拙爲兄。
> 早知寸祿榮家晚，悔不深山共汝耕。
> 枕上算程關月落，帽前搜景嶽雲生。
> 如今已作長安計，祗得辛勤取一名。（《全唐詩》卷 692）

唐代士人，在參加科舉考試前，爲達到目的，往往投詩文於當世顯達，請求推薦於主考官，或直接上書主考官請求拔擢。杜荀鶴只得到處奔波，遍訪公卿。其〈江下初秋寓泊〉詩云：

> 濛濛煙雨蔽江村，江館愁人好斷魂。
> 自別家來生白髮，爲侵星起謁朱門。
> 也知柳欲開春眼，爭奈萍無入土根。
> 兄弟無書雁歸北，一聲聲覺苦於猿。（《全唐詩》卷 692）

這首詩書寫詩人離開家人，入關應試，抱著滿腔熱望，恨不得立刻奔赴長安。然而，考場失利，功名未遂的痛苦，呈現在其詩作中，「上國獻詩還不遇，故園經亂又東歸」（〈下第東歸將及故園有作〉，《全唐詩》卷 692）、「擬離門館東歸去，又恐重來事轉書疎」（〈下第投所知〉，《全唐詩》卷 692）、「年華落第老，歧路出關長」（〈下第東歸別友人〉，《全唐詩》卷 691）、「馬壯金多有官者，榮歸卻笑讀書人」（〈下第東歸道中作〉，《全唐詩》卷 692）。

杜荀鶴既非顯宦子弟，又是孤寒士子無人薦引，在屢試不第之

後，有著無限的感傷與悲歎，在〈寄從叔〉詩云：

> 三族不當路，長年猶布衣。
>
> 苦吟天與性，直道世將非。
>
> 雁夜愁痴坐，漁鄉老憶歸。
>
> 為儒皆可立，自是拙時機。（《全唐詩》卷 692）

詩人雖苦心鑽營，但仰望青雲仍遙不可及，在窮愁潦倒之時，抒發心情，「無況青雲有恨身，眼前花似夢中春」（〈感春〉，《全唐詩》卷 693）、「丈夫三十身如此，疲馬離鄉懶著鞭」（〈離家〉，《全唐詩》卷 693）、「男兒三十尚蹉跎，未遂青雲一桂科」（〈辭鄭員外入關〉，《全唐詩》卷 692）等作品。

杜荀鶴一再考試落第，在中進士之前經常貧病交加，為了生活，只得到處奔波，因此、旅懷客思的作品有：「江上數株桑棗樹，自從離亂更荒涼。」（〈維揚冬末寄幕中二從事〉，《全唐詩》卷 692）、「暗算鄉程隔數州，欲歸無計淚空流。」（〈旅寓〉，《全唐詩》卷 692）、「濛濛煙雨蔽江村，江館愁人好斷魂。」（〈江下初秋寓泊〉，《全唐詩》卷 692）等。

杜荀鶴更常將個人的惆悵落魄與「秋」聯繫在一起而相互寫照，豐富了傳統「悲秋」的題材，這類具代表性的有：〈感秋〉

> 年年名路謾辛勤，襟袖空多馬上塵。
>
> 畫戟門前難作客，釣魚船上易安身。
>
> 冷煙黏柳蟬聲老，寒渚澄星雁叫新。
>
> 自是儂家無住處，不關天地窄於人。（《全唐詩》卷 692）

另一首〈館舍秋夕〉詩云：

> 寒雨蕭蕭燈焰青，燈前孤客難為情。
>
> 兵戈鬧日別鄉國，鴻雁過時思弟兄。
>
> 冷極睡無離枕夢，苦多吟有徹雲聲。
>
> 出門便作還家計，直至如今計未成。（《全唐詩》卷 692）

詩中杜荀鶴對於「秋」的感悟，非常的細膩，關於「悲秋」的詩作尚有：「不堪吟罷西風起，黃葉滿庭寒日斜」（〈秋日臥病〉，《全唐詩》

卷 692）、「風驅早雁衝湖色，雨挫殘蟬點柳枝。」（〈秋日閑居寄先達〉，
《全唐詩》卷 692）、「木葉落時節，旅人初夢驚。」（〈秋晨有感〉，《全
唐詩》卷 691）、「吟盡三更未著題，竹風松雨共淒淒。」（〈秋夜苦吟〉，
《全唐詩》卷 693）、「荒涼客舍眠秋色，砧杵家家弄月明。」（〈秋夜
聞砧〉，《全唐詩》卷 693）等。「秋」時時觸發著作者的愁思，杜荀
鶴將身世之感與悲涼的秋色、秋意巧妙地融合為一體。

三、詩歌評價

綜上所述，在晚唐詩人中，杜荀鶴歷經戰亂，卻努力挽救日趨衰
落的國家，他以「傷時」、「濟物」為創作宗旨，創作了一系列的時事
詩、政治詩，奠定了諷諭詩人的地位。杜荀鶴自稱「苦吟士」，堅持
苦吟的創作態度和方法，精心煉字度句，使其詩歌創作呈現「苦吟」
的特色。

杜荀鶴面對晚唐萎靡衰弱的詩風，競相追逐辭藻綺麗、音韻工巧
的形式主義，提出反駁，主張詩歌的創作原則是：「言論關時務，篇
章見國風。」（〈秋日山中寄李處士〉，《全唐詩》卷 691）認為詩歌應
該緊密與現實生活連結，不可無病呻吟；要繼承風雅的傳統，肩負導
正得失、移風易俗的責任。因此，杜荀鶴繼承且發揚了杜甫、白居易
的現實主義創作傳統，其詩歌內容多為揭露黑暗現實，深刻地描繪出
動亂時代的社會面貌。

唐代詩人大多採用「樂府」或「古詩」體裁，反映社會矛盾，到
了唐末五代，漸多以律體形式呈現，而杜荀鶴是其中傑出者。他把複
雜的內容濃縮到短小的篇幅之中，使得近體詩樂府化，開拓了近體詩
的運用範圍，提高其抒情敘事功能。杜荀鶴又擅長以口語入詩，其語
言通俗淺近，絕少用典，不事雕琢，將聲律對偶與淺近通俗的語言巧
妙結合為一體。用白描的手法自然地描敘現實，透過形象的勾勒，顯
示出事物的本來面目，反映世事既典型又全面。宋代嚴羽將杜荀鶴的
詩視為自成一體之作，其《滄浪詩話・詩體》，從李陵、蘇武一直到

楊誠齋，備列了三十六體，其中唐人有二十四體。而杜荀鶴是僅有的晚唐三體之一，可見嚴羽對其重視。顧建國認爲「荀鶴體」詩的主要內涵是：

> 內容上著意寫眞、寫實，風格上清寒苦淡，語言上大量地以俗語、口語入詩。它最顯著的形式特徵，就是以近體詩寫時事、寫人生，將近體詩樂府化、通俗化。杜荀鶴在晚唐詩壇的歷史地位和對唐詩發展的貢獻，就是由此確立的。〔註51〕

從當時「荀鶴體」詩被接受的情況來考察。就可了解杜荀鶴在文學史上的地位，詩人描述自己詩歌傳播的情形：「世間何事好，最好莫過詩。一句我自得，四方人已知」（〈苦吟〉，《全唐詩》卷691）又云：「多慚到處有詩名，轉覺吟詩僻性成。度水卻嫌船著岸，過山翻恨馬貪程。」（〈敍吟〉，《全唐詩》卷 692）。其詩名遠播四方贏得不少讚譽，《舊五代史》本傳，稱杜荀鶴：「善爲詩，辭句切理，爲時所許。」〔註52〕元人辛文房《唐才子傳》認爲：「荀鶴苦唫，平生所志不遂，晚始成名，況丁亂世，殊多憂惋思慮之語，於一觴一詠，變俗爲雅，極事物之情。足丘壑之趣，非易能及者也。」〔註53〕杜荀鶴以樸素的語言，描繪重大題材；以激切的心情，寫出平民呼聲，其詩命意深刻而陳義甚高。其好友顧雲爲杜荀鶴《唐風集》作序，謂「可以左攬工部袂，右拍翰林肩。」〔註54〕而大加褒揚。

　　然而批評者亦所在多有，大多針對杜荀鶴詩句的鄙俗、俚淺加以貶抑，吳聿《觀林詩話》認爲：「詩句鄙惡」，吳師道《吳禮部詩話》

〔註51〕顧建國：〈以俗爲雅枯筆寫眞──「荀鶴體」詩簡論〉，江蘇《淮北煤師院學報（社會科學版）》第 4 期，1995 年，頁 52。

〔註52〕薛居正：《舊五代史》，台北：台灣中華書局，1981 年 6 月，卷 24，〈杜荀鶴傳〉，頁 325。

〔註53〕辛文房：《唐才子傳校箋》，傅璇琮主編，北京：中華書局，1987 年 5 月，第 4 冊，卷 9，頁 275。

〔註54〕杜荀鶴《唐風集三卷》，見《四庫全書》集部 22，台北：臺灣商務印書館 1986 年，頁 584。

稱其「鄙露已甚」，胡仔《苕溪漁隱叢話》後集卷十五云：「《唐風集》中詩極低下」，楊慎《升庵詩話》評爲「晚唐之下者」。杜荀鶴和大多數苦吟詩人一樣，著重於鍊字鍛句，呈現出偶有佳句卻絕少佳篇的情形。他又喜歡以俗字入詩，以致出現一些鄙俗的文句，然而詩人以切身之痛，身受之苦，孕育而成的詩篇，情感的豐富眞切，彌補了其詩句俚淺之缺失。杜荀鶴在創作觀念上，大膽地以俗爲雅，以近體詩反映現實、抨擊時弊、描寫人生，呈現了通俗冷峻的風格。胡震亨認爲：「杜彥之俚淺，以衰調寫衰代，事情亦自眞切。」〔註55〕應是公允之評論。

第五節　司空圖

一、生平概略

司空圖（837～908 年）字表聖，河中虞鄉（今山西省永濟縣）人，自號耐辱居士、知非子，其先爲臨淄人。唐文宗開成二年（837 年）生，梁太祖開平二年（908 年）卒，享年七十又二。

司空圖出生於仕宦世家，曾祖父名遂，曾任密令；祖父名象，曾任水部郎中；父親名輿，是一位有風骨才幹、精史術、具備行政才能，曾任司門員外郎、戶部郎中等職。

司空圖少年時代隨其祖父、父親出入京師長安，受到了良好的家庭教育，天資聰穎、機敏過人。年少時曾對出仕懷抱著極大的信心，並積極遊走於達官貴族之門，結交權貴，以加重自己入仕爲官的籌碼。司空圖年少即有文采，卻未爲鄉里所稱；至三十歲依然是未功成名就。而立那年下第時，曾作「牓下」詩：

三十功名志未伸，初將文字競通津。

春風漫折一枝桂，煙閣英雄笑殺人。（《全唐詩》卷 633）

〔註55〕胡震亨：《唐音癸籤》見周維德集校《全明詩話》，濟南：齊魯書社，2005 年 6 月，卷 8，頁 3640。

此詩爲表聖三十三歲登進士述懷之作。以凌煙閣英雄自期，亦可見其經國濟世之豪情壯志。司空圖在唐懿宗咸通十年（869 年），三十三歲才登進士第，由當時主司禮部侍郎王凝的賞識提拔。及王凝知責舉，圖第四人捷，同年鄙薄者謗曰：「此司空圖得一名也。」公頗聞，因宴全榜，宣言曰：「凝叨參文柄，今年榜貼，專爲司空先輩一人而已。」由是名益振。〔註56〕司空圖此時積極進取，希望大展宏志，有所作爲，其〈寄考功王員外〉詩云：

> 喜聞三字耗，聞客是陪遊。
> 白鳥聞疏索，青山日滯留。
> 琴如高韻稱，詩愧逸才酬。
> 更勉匡君志，論思在獻謀。（《全唐詩》卷 632）

此時的司空圖可謂年輕氣盛，滿懷濟世報國之豪情，儒家積極入世的思想，縈繞於其心中。司空圖敬重其恩師，王凝也稱讚司空圖，爲感念知遇之恩，並尋求仕進之路，當王凝被貶爲商州刺史時，他也追隨王凝來到秦嶺山區的商州。司空圖正當「三十而立」之年，進士及第，春風得意，在恩師稱賞下，躍躍欲試，試圖成就一番事業，報效社稷。其詩〈商山〉二首之一：

> 清溪一路照贏身，不似雲臺畫像人。
> 國史數行猶有志，只將談笑繼英塵。（《全唐詩》卷 633）

咸通十五年至乾符五年（874～878 年），王凝先後出任宣歙觀察使、宣州刺史，空圖也到了宣州，充當王凝的幕僚。後來多半是由於王凝的引薦，司空圖被召爲殿中侍御史。此時，唐王朝已面臨崩潰，內有宦官專權，外有藩鎮割據，上層統治者窮奢極欲，橫徵暴斂，災荒遍地，民不聊生，引發了黃巢之亂。王凝因勞成疾，亡於任所。此時朝廷召司空圖爲殿中侍御史，因不忍離開王凝的幕府，竟延遲報到上任，因而被彈劾，左遷光祿寺主簿。〔註57〕此時他建功立業之志已

〔註56〕辛文房：《唐才子傳校箋》，傅璇琮主編，北京：中華書局，1987 年5 月，第 3 冊，卷 8，頁 519。

〔註57〕歐陽修：《新唐書》，北京：中華書局，1997 年，卷 194 頁 5573；辛

開始淡薄，內心充滿著憤激與感慨。其〈洛中〉三首其二云：

> 不用頻嗟世路難，浮生各自繫悲歡。
>
> 風霜一夜添羈思，羅綺誰家待早寒。（《全唐詩》卷 633）

司空圖後來受到宰相盧攜的提拔，官運大轉，升遷至禮部員外郎。《舊唐書》記載：

> 乾符六年，宰相盧攜罷免，以賓客分司，圖與之遊，攜嘉其高節，厚禮之。嘗過圖舍，手題於壁曰：「姓氏司空貴，官班御史卑。老夫如且在，不用念屯奇。」明年，攜復入朝，路由陝虢，謂陝帥盧渥曰：「司空御史，高士也，公其厚之。」渥即日奏爲賓佐。其年，攜復知政事，召圖爲禮部員外郎，賜緋魚袋，還本司郎中。〔註58〕

由此可知盧攜是多麼禮遇和賞識司空圖。此時仕途上可謂一帆風順，如處於風調雨順之太平盛世，應該會有所作爲，實現其經世濟民之理想。但黃巢作亂，攻陷京城長安，唐僖宗逃亡四川成都，時局的動盪不安，國勢日衰，使司空圖開始萌生退隱之心，於光啓二年（886 年）五十歲時就隱約的透露了這個心意，其「五十」詩云：

> 閒身事少只題詩，五十今來覺陡衰。
>
> 清秩偶叨非養望，丹方頻試更堪疑。
>
> 髭鬚強染三分折，弦管遙聽一半悲。
>
> 漉酒有巾無黍釀，負他黃菊滿東籬。（《全唐詩》卷 632）

其另外一首〈光啓四年春戊申〉

> 亂後燒殘數架書，峰前猶自戀吾廬。
>
> 忘機漸喜逢人少，覽鏡空憐待鶴疏。
>
> 孤嶼池痕春漲滿，小蘭花韻午晴初。
>
> 酣歌自適逃名久，不必門多長者車。（《全唐詩》卷 632）

詩中明顯刻劃出戰亂帶給他的災害，以及他急欲逃離官場，無意於政

文房：《唐才子傳校箋》，傅璇琮主編，北京：中華書局，1987 年 5月，第 3 冊，卷 8，頁 520。

〔註58〕劉昫等編：《舊唐書》，台北：鼎文書局，1992 年，卷 190 下，列傳第 140。

事的心意。

眼看唐王朝大勢已去，具備詩人氣質而又有作官經驗的司空圖，知道再居於官場，很難保全自己，便躲到王官谷隱居了。歸隱固然曠達瀟灑，但司空圖終究不能純然忘懷於國事，心中有苦而又不能吐露，昭宗龍紀元年（889 年）朝廷恢復司空圖中書舍人的舊職，但沒多久，他因又因病辭職。之後，又曾進京為官。昭宗天復三年（903年）因唐昭宗被朱全忠挾持到東都洛陽，司空圖對仕途產生絕望，又重新回到中條山隱居。昭宗天佑四年（907 年）朱全忠廢唐帝，即位大梁，唐亡。次年，司空圖聞知唐朝末代皇帝李柷（哀帝）被殺的消息後，極度悲痛，為了向唐王朝表示忠心不渝，竟以七十二歲高齡絕食殉國。

「達則兼善天下，窮則獨善其身」，司空圖從積極濟世到消極歸隱，而後期生活，似乎是與世無爭、飄然欲仙的隱士。其實，司空圖一生在出仕和歸隱之間搖擺，充滿了矛盾和痛苦，其人生經歷可以說是當時晚唐文人生活的縮影。

二、詩歌作品

司空圖是唐代的忠臣、節操之士，也是唐末詩壇重要的詩人及文學史上傑出的詩歌理論者，司空圖留下的作品有詩文集三十卷，是他在僖宗光啓三年（887 年）親自編定的，名《一鳴集》，內有詩十卷，見〈中條王官谷序〉（註59）並自撰有《密史》單行。現今將詩文分纂，《全唐文》收有司空圖文四卷（卷 807～810），《全唐詩》收司空圖詩三卷（卷 632～634），《四庫全書》收有《司空表聖文集》十卷（集部，別集類四）。現行詩文合纂之《司空表聖文集》有《嘉業堂叢書》本（叢書 160～161 冊），搜羅較為完備。在司空圖的許多作品中，以與人論詩書的一些散文及《二十四詩品》最為有名，也最具價值。

〔註59〕董誥等編：《全唐文》，北京：中華書局，1987 年 2 月，卷 807，頁 8489。

今存《司空表聖詩集》，有《唐詩百名家全集》本、《乾坤正氣集》本、《四部叢刊》影印《唐音統籤》本；《司空表聖文集》有《四庫全書》本；《四部叢刊》影舊鈔本。《嘉業堂叢書》本文集與詩集附有繆荃蓀等撰校記。《二十四詩品》不載於今存的《司空表聖文集》和《司空表聖詩集》，但收於《全唐詩》，別有單行本多種，通行的有《津逮秘書》本、《學津討原》本、《說郭》本、《歷代詩話》本、《四部備要》本等。

司空圖出身於世代爲官的家庭，因而建立了忠君、報國的理想，堅定了出仕的決心，而根深蒂固的儒家思想，則自始自終貫穿於其內心。司空圖的歸隱是一種不得已而的退讓，可以歸納爲時運不濟。但是，唐末許多詩僧在其詩篇中，大多讚許司空圖的隱退，甚至描繪成對人世了無牽掛的活神仙，其實這些描述是相對的；是比較下的司空圖，可以說是司空圖的表面、外在之風采，然而司空圖晚年的隱逸生活是其內在原因。司空圖在自己的詩文裡深刻地表達了「退隱」與「報國」的矛盾。其〈退棲〉詩云：

> 宦遊蕭索爲無能，移住中條最上層。
> 得劍乍如添健僕，亡書久似失良朋。
> 燕昭不是空憐馬，支遁何妨亦愛鷹。
> 自此致身繩檢外，肯教世路日兢兢。（《全唐詩》卷 632）

司空圖棄官歸隱卻又不忘報國，內心充滿矛盾，其〈漫書〉詩云：

> 樂退安貧知是分，成家報國亦何慚。
> 到還僧院心期在，瑟瑟澄鮮百丈潭。（《全唐詩》卷 634）

在天下大亂的情況下，要「報國」就有喪失生命的危險。司空圖於是棄官歸隱，他既「樂退安貧」，卻又不能忘情於世事，司空圖的後半生，經常陷於這種矛盾之中。

隱居於王官谷期間，寫作詩、欣賞詩、評論詩似乎成爲司空圖最重要的事，對於詩歌有一份執著的喜愛，三百八十餘首詩歌作品中，有將近一百次提及「詩歌」、「詩人」，更有許多討論詩的篇章。在王官谷裏，司空圖似乎也找到了亂世中相對的安寧，非常滿意於這種山

林生活,其〈山居記〉云:「愚其不佞,猶幸處於鄉里,不侵不侮,處於山林,物無夭伐,亦足少庇子孫。」從其與僧侶之間諸多的酬贈作品,以及描述風景、風俗的詩篇中,呈現出隱於山林、隱於詩、隱於大自然的快樂體驗,這就是司空圖呈現在世人面前的外在風神。

然而具備儒家思想的司空圖,本有經世濟民之志,其內心卻不平靜,動亂的現實壓抑了他平生志向。在迫不得已的隱居生涯,始終未嘗忘懷世事,所以並不具備釋迦牟尼那種四大皆空的超脫,亦不似道士般榮辱皆忘的隱逸,雖然司空圖的山林詩可作為當時歸隱一派的代表,其隱逸詩,具有安貧樂道,與世無爭的情操,其詩作中流露佛禪、老莊思想,但這只是生活表層境界之追求,卻非其精神信仰之認同。因此,「身在江海之上,心存魏闕之下」〔註60〕的司空圖,形貌上是個超塵出世之隱者,內心卻有著末世儒者深沉的悲哀。

司空圖有儒家思想,滿懷濟世救民的熱情和宏願,認為詩歌創作應反映社會現實,關心民生疾苦,司空圖深受戰亂殺伐之苦,因而在許多詩文中,反映出唐代末期,廣大人民生活在水深火熱之中的社會現實,這類的詩歌有三十多首,約占司空圖詩歌總量的十分之一,這樣的比重是應該重視的。縱觀唐代三千多詩人的作品,其中反映戰亂、關注現實的詩人並不多的,即使重要的現實主義詩人杜甫,其現實性強,反映喪亂的作品,所占其全部詩作之比例也大略如此。司空圖此類詩歌作品,試分析如下:

司空圖生於唐代末葉,其時綱紀廢弛,強藩互相攻伐,故禍亂頻仍,民不聊生,表聖不僅耳聞目睹且躬逢災難,故於傷心悲痛之餘,意欲振衰起敝,以拯斯民於水火,故論政之見,時見於詩文。其論祖述道統,以弘其見者,有興利除弊,有利眾生者,亦有感憤而發者。司空圖的政治理想是發揚儒家學說,然而在風雨飄搖的唐末,宦官專權、藩鎮割據,朱溫篡位的黑暗現實橫梗於眼前,朝廷與藩鎮,農民

〔註60〕郭慶藩:《莊子集釋》見《古典學術叢刊新編》,台北:莊嚴出版社,1984年10月,頁979。

和地主的尖銳複雜的鬥爭中，竟然找不到實現理想的濟世途徑。其〈有感〉二首之二云：

> 古來賢俊共悲辛，長是豪家拒要津。
>
> 從此當歌唯痛飲，不須經世爲閒人。（《全唐詩》卷633）

詩人尖銳地揭露了政治的黑暗，發出慨歎，表聖認爲自古以來，豪家常位據要津，使賢俊之士同悲，然其悲並非爲己之屈居下位，蓋悲豪家弄權徇私，攪亂國故，而使生民塗炭。表聖眼見權豪之專恣，知朝政必亂，故發爲浩歎，並謂自己今後，只須痛飲高歌，作個閒人，不須再抱濟世之志。其語看似平易，然喟歎實深。表聖意欲經國，而無法如願，內心愁悶，故藉酒以澆愁，高歌以忘憂。其〈效陳拾遺子昂感遇〉二首之一云：

> 高燕飛何捷，啄害恣群雛。
>
> 人豈玩其暴，華軒容爾居。
>
> 強欺自天稟，剛吐信吾徒。
>
> 乃知不平者，矯世道終孤。（《全唐詩》卷633）

表聖感於奸臣弄權誤國，殘害生靈，故直陳其弊以警之，其不畏強權，憂國憂民之心，於此可見。首句以「高燕」喻權臣之居高位而勢盛。二句權臣欺壓，人民幽怨之聲，隱約可聞。三四兩句言彼等養尊處優，以華軒代步，苦等尚可容忍，然豈可以殘暴之法，對待人民？五六兩句謂以強欺弱，然而吾人堅信，由憤怒起而抗暴，乃勢所必然。末二句言矯世道而使民不平者，終將自陷孤單，拈出強臣窮途末路之悲。

在司空圖的詩文中反映戰亂、避亂、逃難和亂後社會現實的詩文很多，唐昭宗龍紀年間，河北大亂，司空圖〈華下〉詩云：

> 日炎旱雲裂，併爲千道血。
>
> 天地沸一鑊，竟自烹妖孽。
>
> 堯湯遇災數，災數還中輟。
>
> 何事姦與邪，古來難撲滅。（《全唐詩》卷632）

比詩是司空圖避亂華陰時所作。當時戰亂不已，旱災嚴重，奸邪爲禍，許多黎民百姓處於饑餓之中，困苦地掙扎於死亡邊緣，處境慘不忍

睹。而戰爭禍亂，迫使人民背井離鄉。其〈浙上〉詩云：

> 西北鄉關近帝京，煙塵一片正傷情。
> 愁看地色連空色，靜聽歌聲似哭聲。
> 紅蓼滿村人不在，青山繞檻路難平。
> 從他煙棹更南去，休向津頭問去程。（《全唐詩》卷632）

詩人以逃難者的身份而親受其苦，從另一個側面反映戰爭的災禍，詩歌裏的「煙塵一片正傷情」、「紅蓼滿村人不在」、「青山繞檻路難平」等悽慘場景，使得人們「靜聽歌聲似哭聲」。若非詩人親身經歷戰亂、飽受顛沛流離之苦，是不容易有如此深刻的體驗。其〈避亂〉詩云：

> 離亂身偶在，竄跡任浮沈。
> 虎暴荒居迥，螢孤黑夜深。（《全唐詩》卷632）

正如同詩中所言：「虎暴荒居迥，螢孤黑夜深」整首詩生動地呈現了戰亂頻仍對生產的破壞，也導致了人口銳減的社會現實。又如〈南至〉四首之一云：

> 今冬臘後無殘日，故國燒來有幾家。
> 卻恨早梅添旅思，強偷春力報年華。（《全唐詩》卷633）

此詩反映戰亂對社會人口的巨大破壞，「故國燒來有幾家」，一個昔日繁華的國都，經過戰亂的摧殘，僅剩下寥寥可數的幾戶人家。透過悽涼凋敝現實的描繪，顯現出他詩人的憂時傷世之情。其〈丁巳重陽〉詩云：

> 重陽未到已登臨，探得黃花且獨斟。
> 客舍喜逢連日雨，家山似響隔河砧。
> 亂來已失耕桑計，病後休論濟活心。
> 自賀逢時能自棄，歸鞭唯拍馬鞴吟。（《全唐詩》卷632）

戰亂使得詩人頓失依靠，手頭不濟，諸事拮据，心情亦因而低落。其〈漫題〉詩云：

> 亂後他鄉節，燒殘故國春。
> 自憐垂白首，猶伴踏青人。（《全唐詩》卷632）

亂後滿目瘡痍，人在異鄉，每逢佳節倍思親。詩人對於逃難的痛苦，

有沉痛的感慨。光啓三年（887年）司空圖回到中條山王官谷的老家，有遁世歸隱之意。其「丁未歲歸王官谷」詩云：

　　家山牢落戰塵西，匹馬偷歸路已迷。

　　塚上卷旗人簇立，花邊移寨鳥驚啼。

　　本來薄俗輕文字，卻致中原動鼓鼙。

　　將取一壺閒日月，長歌深入武陵溪。（《全唐詩》卷632）

此詩刻劃兵禍之慘狀，入微逼眞，對於戰爭的災禍、政局的灰心無奈和歸隱之意，都有更深一層的敍述。表聖歸隱時戰塵已起，其家山寥落於戰塵之西，路途之遙遠，跋涉之艱辛，已可想見，而獨自一人暗地歸鄉，沿途之景物，已因兵災而面目全非，令人幾乎迷失歸路，戰亂之可怕，表露無遺。戰禍之悽慘，不難想像。而戰禍之起，乃由人之愚昧無知，世人輕薄，不能知書達禮，故爾奪我爭，致中原有戰鼓之聲。表聖於時難之際，歸隱王官谷，自謂將取一壺，酣歌自適，深居世外桃源，實有其不得已之苦。其〈山中〉詩云：

　　全家與我戀孤岑，蹋得蒼苔一徑深。

　　逃難人多分隙地，放生麋大出寒林。

　　名應不朽輕仙骨，理到忘機近佛心。

　　昨夜前溪驟雷雨，晚晴閒步數峰吟。（《全唐詩》卷632）

戰亂不僅帶給人民深重的苦難，而且對整個社會也產生了極大的破壞。如〈秦關〉詩云：

　　形勝今雖在，荒涼恨不窮。

　　虎狼秦國破，狐兔漢陵空。（《全唐詩》卷632）

詩人從歷史上雄霸一時的秦漢王朝切入，江山依舊，勝跡猶存，虎狼之勢的秦國，然以苛政虐民，故不旋踵，家亡國破。兩漢王朝，曾威振四夷，然其後嗣未克守成，以致先人陵墓，成爲狐兔之穴，如今則狐兔亦不復見矣。表聖目睹秦宮殿的殘垣和漢陵墓的荒廢，寄託著詩人的興廢之感。詩中描述無限荒涼、滿目瘡痍的戰後情景，雖然，「形勝今雖在」但已是「荒涼恨不窮」了，僅一句「狐兔漢陵空」，便逼眞地道出戰亂帶給社會的巨大災難。正因爲司空圖深受戰亂殺伐之

苦，因而在〈亂前上盧相〉詩云：

> 虜點雖多變，兵驕即易乘。
>
> 猶須勞斥候，勿遣大河冰。(《全唐詩》卷 632)

詩中提醒執掌兵符的大臣，應未雨綢繆，作好抵禦亂賊的準備工作，才可避免無辜的百姓受害。其〈與都統參謀書有感〉

> 鷺鷥迸鷺盡歸林，弱羽低垂分獨沈。
>
> 帶病深山猶草檄，昭陵應識老臣心。(《全唐詩》卷 633)

此詩為表聖與都統參謀書後述感之作。首句言時局動亂，戰事頻仍，鷺為之驚心，鷺為之迸飛，表面說鷺鷥，其實指人之逃難避禍。鷺鷥時被戰亂所驚嚇，則必時時飛避以免其身，如此則食不飽，居不安，如之何不弱羽低垂？鷺鷥尚且如此，則人之災難可想而知矣。表聖描述戰禍亂離之慘狀，不直言人，而喻以鷺鷥，手法可謂高明。描述戰禍之慘況，其〈狂題〉十八首之十八詩云：

> 曾聞劫火到蓬壺，縮盡鼇頭海亦枯。
>
> 今日家山同此恨，人歸未得鶴歸無。(《全唐詩》卷 634)

首句「劫火到蓬壺」，為「今日家山同此恨」之伏筆。蓋蓬壺仙山已遭劫火，則凡間不能倖免，自在意料之中。二句謂「縮盡鼇頭頭」則喻天下蒼生之躲災避禍。「海亦枯」則喻戰火之熾盛，其後果必為斷垣殘壁，遍地燒殺，骨肉流離之慘狀。末句云人民躲避戰禍，有家歸不得，未知鶴歸也無？意在言外，情深意悲，令人不禁嗚咽欲泣。表聖宿懷經國壯志，惟遭時困頓，無以舒展其抱負。其〈亂後〉三首之一詩云：

> 喪亂家難保，艱虞病懶醫。
>
> 空將憂國淚，猶擬灑丹墀。(《全唐詩》卷 632)

表聖熱愛君國之思，於此詩表露無遺。慨歎於戰禍亂離之際，不僅自家難保，即有病亦懶得就醫，實乃時局艱困所致。然目睹國勢衰危，民陷水火，憂思填膺，感極而悲，不禁灑下憂念君國之熱淚。因而要求國君對於人才要加以重視，其〈歌〉詩云：

> 處處亭台只壞牆，軍營人學內人妝。

太平故事因君唱，馬上曾聽隔教坊。（《全唐詩》卷 633）

由不同的層面展開詠歎，顯然對於唐代中衰的歷史作出反思，隱含著對玄宗不重人才，歌舞昇平的譏刺。君王貪圖享樂不思收復邊陲失地，其〈河湟有感〉詩云：

一自蕭關起戰塵，河湟隔斷異鄉春。

漢兒盡作胡兒語，卻向城頭罵漢人。（《全唐詩》卷 633）

詩人對中唐以來國威不振，邊陲被襲擊卻不思收復，加以譏刺，其邊陲漢民的沉痛心情可想而知。「漢兒盡作胡兒語，卻向城頭罵漢人。」漢兒無恥，於時局動盪之際，見風轉舵，闃然媚外，不僅口出胡語，且以胡語向城頭罵自己之同胞，表聖雖平淡言之，然其內心實至為憤慨。類似的題材，作者從反面批判，其〈淮西〉詩云：

鼇冠三山安海浪，龍盤九鼎鎮皇都。

莫誇十萬兵威盛，消箇忠良效順無。（《全唐詩》卷 633）

詩人對唐王朝削藩的肯定，對歷史功績衷心讚頌的同時，也自然夾雜著對晚唐朝政昏暗、江河日下的國勢的批判。其〈華清宮〉詩云：

帝業山河固，離宮宴幸頻。

豈知驅戰馬，只是太平人。（《全唐詩》卷 632）

此詩對酒色天子唐玄宗荒淫誤國作了歷史性的鞭笞。類似的尚有〈南北史感遇〉十首之三云：

天風幹海怒長鯨，永固南來百萬兵。

若向滄洲猶笑傲，江山虛有石頭城。（《全唐詩》卷 633）

司空圖身處唐末，眼見風雨飄搖之中的帝國，即將崩潰垮塌而唱歎，其沉重的使命感是揮之不去的。其〈劍器〉詩云：

樓下公孫昔擅場，空教女子愛軍裝。

潼關一敗吳兒喜，簇馬驪山看御湯。（《全唐詩》卷 633）

公孫大娘的劍器舞是盛唐氣象，而司空圖此詩旨趣則轉向對玄宗誤國的反思和批判，使入有黍離之悲和荊棘銅駝之歎。司空圖在感懷國事之餘，尚有安邦定國之心，其〈題裴晉公華嶽廟題名〉詩云：

嶽前大隊赴淮西，從此中原息鼓鼙。

　　　　石闕莫教苔蘚上，分明認取晉公題。(《全唐詩》卷 633)

裴晉公討平淮蔡，擒吳元濟，中原因此再無戰鼓之聲，故「從此中原息鼓鼙」。表聖於大順二年（891 年）旅寓華陰而作此詩，距晉公題名已七十四年，歲月侵蝕，石闕上或生苔蘚，表聖不願苔蘚掩晉公題名，期望後人亦能分明認取，其心儀先賢助君靖亂，充滿安邦定國之心。

　　退隱與報國的思想矛盾始終糾纏著劫後餘生的司空圖，他慶倖自己遭亂離而脫禍。可是當僖宗由蜀還京，途次鳳翔時，任命司空圖爲中書舍人、知制誥，他奉聖旨出山了，不久卻又辭歸，這些行動表明其思想深處的矛盾。楊劍認爲：「司空圖無論是作爲詩人還是文論家、作爲官僚士大夫還是飄然山野的隱士，都深深地陷在濟世與歸隱的夾縫中。」〔註61〕

三、詩歌評價

　　司空圖不但是晚唐詩論家，也是詩人，其著作甚豐。他的詩歌作品流傳至今，據《全唐詩》所載，共有三七九首，另外還有補遺十首，若如果再加上十四首殘缺的，則總共有三九三首。〔註62〕歷來評論其詩文者甚多，而受其影響者亦不少。諸家評論中，以頌揚者居多，茲說明如下：

　　蘇東坡對司空圖的詩評價最高，其〈書黃子思詩集後〉云：
　　　唐末司空圖崎嶇亂兵之間，而詩文高雅，猶有承平之遺風。
　　　其論詩曰：「梅止於酸，鹽止於鹹，飲食不可無鹽梅，而其
　　　美常在鹹酸之外。」蓋自列其詩之有得於文字之表者，二
　　　十四韻，恨當時不識其妙。

　　蘇軾所欣賞的詩中佳句，根據宋・洪邁《容齋詩話》云：
　　　東坡稱司空表聖詩文高雅，有承平之遺風，蓋嘗自列其詩之

〔註61〕楊劍：〈司空圖：在濟世與歸隱的夾縫中〉，合肥《安徽師大學報》，
　　　　1992 年，第 4 期，頁 475。
〔註62〕董誥等編：《全唐文》，北京：中華書局，1987 年 2 月，頁 7243～7287
　　　　及頁 10000～10002。

有得於文字之表者二十四韻，恨當時不識其妙。又云：表聖
論其詩以爲得味外味，如「綠樹連村暗，黃花入麥稀」此句
最善。又「棋聲花院閉，幡影石壇高」。吾嘗獨入白鶴觀，
松陰滿地，不見一人，惟聞棋聲，然後知此句之工，但恨其
寒儉有僧態。予讀表聖《一鳴集》，有與李生論詩一書，乃
正坡公所言者，其餘五言句云「人家寒食月，花影午時天」、
「雨微吟足思，花落夢無憀」、「坡暖冬生笋，松涼夏健人」、
「川明虹照雨，樹密鳥衝人」、「夜短猿悲滅，風和鵲喜靈」、
「馬色經寒慘，鵰聲帶晚飢」、「客來當意愜，花發遇歌成」。
七言句云「孤嶼池痕春漲滿，小欄花韻午晴初」、「五更惆悵
迴孤枕，猶自殘燈照落花」皆可稱也。〔註63〕

　　明‧楊慎稱讚司空圖爲爲晚唐第一流人物，且對其詩論及句法極
爲推崇其《升庵詩話‧司空圖論詩》云：

「陳杜濫觴之餘，沈宋始興之後，傑出於江寧，宏思於李杜，
極矣！右丞、蘇州趣味澄敻，若清沇之貫達。大曆十數公，
抑又其次，元白力勁而氣孱，乃都市豪估耳。劉公夢得、楊
公巨源，亦各有勝。劉德仁時得佳致，亦足滌煩。」又曰：
「王右丞韋蘇州，澄澹精緻，格在其中，豈妨於遒舉哉？賈
浪仙誠有警句，觀其全篇，意思殊餒，大抵於寒澀，方可致
才，亦爲體之不備也。」其論皆是。而推尊右丞、蘇州，尤
見卓識，宜其一鳴於晚唐也。其文集罕傳，余家有之，特標
其論詩一節。又有韻語云：「自知非詩，詩未爲奇。奇研昏
練，爽戛魄淒。神而不知，知而難狀。揮之八垠，捲之萬象。
河渾沈清，放恣從橫。濤怒霆蹴，掀鼇倒鯨。鑱空擢壁，崢
冰擲戟。鼓煦呵春，霞溶露滴。鄰女自嬉，補袖而舞。色絲
屢空，續以麻絇。鼠革丁丁，燉之則穴。蟻聚汲汲，積而隤
凸。上有日星，下有《風雅》。歷詆自是，非吾心也。」其
目曰《詩賦》，首句言「自知非詩」，乃是詩也；謂「未爲奇」，
乃是奇也。句法亦險怪。胡致堂評其清節高致，爲晚唐第一

〔註63〕洪邁：《容齋詩話》，見吳文治主編《宋詩話全編》，南京：江蘇古籍
　　出版社，1998年12月，第6冊，卷5，頁5645。

－115－

　　流人物，信矣。圖字表聖，避亂居王官谷。(卷三) [註64]

　　王士禛對司空圖讚賞不已:「晚唐詩以表聖為冠」。[註65] 近人夏敬觀先生《唐詩說·說司空圖》云:「圖詩惟能短歌微吟而已。……圖嘗與王駕評詩……觀圖之詩論，洵非晚唐所及，圖詩七絕最佳亦最多，圖亦深自負。詩品皆四言詩，亦曲盡其妙。」[註66] 對司空圖的評語應是面面俱到，而又最為中肯的，將司空圖詩的優、缺點都提到了。的確，表聖詩的缺點就是在於「惟能短歌微吟而已」。總數三九三首，七絕二四五首，卻只有「馮燕歌」一首長詩，比例的確懸殊。

　　司空圖身經頻繁的戰亂，飽嘗流離奔波之苦，劫後餘生，在看透動盪社會痛苦人生後，不免帶著幾許出塵之念和厭世的悲觀。這種繁雜的人生體驗往往表現於民生疾苦，社會動亂的詩篇中。與安史之亂時代杜甫、白居易那些完全反映動亂的現實主義詩歌，通篇充滿沉痛、詞氣抑鬱凝重的風格是截然不相同的。這是生活在晚唐的詩人，亂後餘生的自我調適，也是詩人熱愛自然、熱愛人生的具體展現。當詩人從痛苦的政治傾軋和兵燹水旱災害中，掙脫出來的時候，自然會更加重視生命的價值與存在的意義。因而司空圖晚年將其文學才能與審美趣味結合，寫作一些閒適恬淡、陶情冶性、肯定自我、超然物外之作品。其詩集中這類作品數量約有四分之一，且造詣頗高，諸如:〈白菊雜書〉四首、〈丁未歲歸王官谷〉、〈步虛〉、〈遊仙〉二首、〈與伏牛長老偈〉二首、〈攜仙錄〉九首等，明潔自然而輕靈婉轉，具有藝術價值。

　　綜上所述，司空圖在中國文學史上的地位是值得肯定的。其詩文澹泊高雅，具有崇高聲望;而其不朽的詩歌理論，在一千多年後的今天，依然屹立不搖，自蘇軾以後，嚴羽「論詩如論禪」，王士禛「神韻說」，都是一脈相傳，遠承表聖之理論。祖保全認為:

[註64] 楊慎:《升庵詩話》，見何文煥、丁福保編《歷代詩話統編》，北京:北京圖書館出版社，2003年5月，第3冊，卷3，頁213。
[註65] 王士禛:《池北偶談》，台北:台灣商務印書館，1976年，卷18。
[註66] 夏敬觀:《唐詩說》，台北:河洛圖書出版社，1975年，頁60。

司空圖的「韻外之致」、「象外之象」和「不著一字，盡得
風流」的詩學觀點，深受後世文學理論家的注意，在後世
文學理論家的著作中，有人或明或暗地宗承他的觀點。如
宋代嚴羽的「妙悟說」和清代王士禎的「神韻說」，可以說
是司空圖詩論的繼續和發展。〔註67〕

以「神韻」為重之詩學主張，已成為中國詩論之一大主流，可見司空
圖的詩論對後世影響之深遠。

　　司空圖不僅是一個才學富贍的詩人，其政治主張及其詩歌文章中
高明的政治見解，無怪乎朱全忠在篡唐以後，仍徵召已退隱司空圖為
禮部尚書。此外司空圖的「節操」也值得後人敬佩和取法，陳振孫《直
齋書錄解題》云：「圖見卓行傳，唐末高人勝士也……詩格非晚唐諸
子所可望也。」〔註68〕

第六節　鄭　谷

一、生平概略

　　鄭谷為晚唐後期詩人，紀昀《四庫全書總目提要》稱之為「晚唐
之巨擘」，〔註69〕與同時代詩人李昌符、俞坦之、吳罕等十二人被時
人稱為「咸通十哲」，其詩歌多方面繼承前人風格，不以當時華美詩
風為尚，轉益多師而創造出自己獨特的風格。

　　有關鄭谷生平的史料極少，《舊唐書》、《新唐書》均無傳，僅《唐
詩紀事》、《唐才子傳》及鄭谷《雲臺編》自序，略言其生平。茲依據
有關史料，結合其詩，對鄭谷生平事跡略作介紹。

〔註67〕祖保泉：《司空圖的詩歌理論》，台北：國文天地雜誌社，1991 年 2
　　　　月，頁 83。
〔註68〕陳振孫：《直齋書錄解題》，見《叢書集成初編》，北京：中華書局，
　　　　1985 年北京第 1 版，第 46 冊，卷 16。
〔註69〕紀昀：《欽定四庫全書總目提要》整理本，北京：中華書局，1997 年
　　　　1 月，卷 151，頁 2027。

　　鄭谷（約851～910 年）字守愚，袁州宜春（今江西宜春人）。父史，字惟直，開成元年（836 年）及進士第，始官嶺南。賈島〈送鄭長史之嶺南〉（《全唐詩》卷 572）詩云：「擢第榮南去，晨昏近九疑。」其地當爲嶺南鄰近湘南處。咸通初，尚在永州任上，終國子博士。鄭史擅詩賦，《全唐詩》僅存其詩三首，在卷五四二。兄啓，亦能詩，《全唐詩》僅存其詩三首，入卷六六七。外祖某，七轉尚書郎。見〈石柱〉詩自注：「外祖在南宮，七轉名曹。鑴記皆在。」（《全唐詩》卷 674）家風清寒，其後衰落。〈投時相十韻〉（《全唐詩》卷 674）云：「故舊寒門少，文章外族衰。」

　　鄭若愚（谷）幼年見賞於司空圖，謂嘗爲一代風騷主。〔註 70〕世居袁州府城西門外。《正德袁州府志》三云：「叢桂坊，府治西二十步，唐鄭谷登第名。」〔註71〕鄭谷〈下第退居〉二首之二（《全唐詩》卷 675）云：「未嘗青杏出長安，豪士應疑怕牡丹。祇有退耕耕不得，茫然村落水吹殘。」推測其里居當爲地勢較低之農村。

　　家有別墅在京畿鄠縣（今户縣）渼陂附近，以下兩首詩可以證明。其〈郊墅〉云：

　　　　韋曲樊川雨半晴，竹莊花院遍題名。
　　　　畫成煙景垂楊色，滴破春愁壓酒聲。
　　　　滿野紅塵誰得路，連天紫閣獨關情。
　　　　渼陂水色澄於鏡，何必滄浪始濯纓。（《全唐詩》卷 676）

　　其〈渼陂〉云：

　　　　昔事東流共不迴，春深獨向渼陂來。
　　　　亂前別業依稀在，雨裡繁花寂寞開。
　　　　卻展漁絲無野艇，舊題詩句沒蒼苔。
　　　　潸然四顧難消遣，只有佯狂泥酒杯。（《全唐詩》卷 676）

〔註70〕余成教《石園詩話》，見蔡鎮楚編《中國詩話珍本叢書》第 18 冊，
　　　　北京：北京圖書館出版社，2004 年 12 月，頁 247。
〔註71〕徐璉修、嚴嵩等纂：《正德袁州府志》三，見《天一閣藏明代方志選
　　　　刊》，台北：新文豐出版社，1985 年，第 11 冊，頁 844。

　　鄭谷的一生經歷了遊學、爲官、歸隱三個階段，而多在漂泊中度過。二十歲以前是鄭谷遊學時期。他天資聰穎，七歲能詩，曾被著名詩人司空圖稱讚：「當爲一代風騷主也」。〔註72〕爲獲取功名他遊學長安約十年之久，然而，「失路漸驚前計錯，逢僧更念此生勞。十年春淚催衰颯，羞向清流照鬢毛。」（《全唐詩》卷676）金榜無名而落魄潦倒。西元八八〇年冬正值黃巢亂起，攻陷長安，唐朝軍隊又內戰不止，直到禧宗光啓三年（887年）方進士及第。在此前後，鄭谷漂泊無定所，其〈倦客〉云：

　　　　十年五年岐路中，千里萬里西復東。
　　　　匹馬愁衝晚村雪，孤舟悶阻春江風。
　　　　達士由來知道在，昔賢何必哭途窮。
　　　　閒烹蘆筍炊菰米，會向源鄉作醉翁。（《全唐詩》卷676）

經歷了「十年五年岐路中，千里萬里西復東」，漂零巴蜀、荊楚、吳越等地。昭宗景福二年（893年）始授京兆鄠縣尉，遷右拾遺、補闕。

　　乾寧三年（896年）藩鎮李茂貞叛亂，昭宗出奔華州，鄭谷奔波於路途。其〈奔問三峰寓止近墅〉云：

　　　　半年奔走頗驚魂，來謁行宮淚眼昏。
　　　　鴛鷺入朝同待漏，牛羊送日獨歸村。
　　　　灞陵散失詩千首，太華淒涼酒一樽。
　　　　兵革未休無異術，不知何以受君恩。（《全唐詩》卷676）

「半年奔走頗驚魂，來謁行宮淚眼昏。」於次年抵達行宮所在，轉都官郎中，號「鄭都官」，此後便在動亂中隨駕奔波。昭宗天復三年（903年），鄭谷見唐王朝大勢已去，遂歸隱宜春，嘗賦《鷓鴣》詩云：

　　　　暖戲煙蕪錦翼齊，品流應得近山雞。
　　　　雨昏青草湖邊過，花落黃陵廟裡啼。
　　　　遊子乍聞征袖溼，佳人才唱翠眉低。
　　　　相呼相應湘江闊，苦竹叢深春日西。（《全唐詩》卷675）

────────────

〔註72〕辛文房：《唐才子傳校箋》，傅璇琮主編，北京：中華書局，1987年
　　　　5月，第4冊，卷9，頁155。

鄭谷以此詩出名，時號爲「鄭鷓鴣」，[註73] 詩人緊緊把握住人和鷓鴣在感情上的聯繫，詠鷓鴣而重在傳神韻，使人和鷓鴣融爲一體，構思精妙縝密。鄭谷晚年於仰山書堂講學，走完了他最後的人生之路。

　　鄭谷的一生大致可分爲五個時期：一、宣宗大中五年至懿宗咸通十二（871 年）爲早年時期。二、從咸通十二年（871 年）秋至僖宗廣明元年（880 年）底，爲十年長安時期。三、從廣明元年（880 年）冬至昭宗景福二年（893 年）秋冬，約十三年爲巴蜀荊楚吳越飄泊時期。四、從景福二年秋冬至天復二、三年（902 年、903 年）爲仕宦時期。五、從天復二、三年至後梁太祖開平四年（910 年）爲歸隱時期。

　　鄭谷受儒、釋、道三家思想的影響，他懷著儒家的修身、齊家、治國、平天下的抱負，力圖通過科舉考試步入仕途。遊科場十六年之久，歷經艱辛，雖然登了第，也做了官，但職位卑微，不能實現經國濟世的理想；更何況生逢亂世，坎坷多難，最後終於轉向了釋、道，這無疑是其人生悲劇。

二、詩歌作品

　　鄭谷詩集，《《新唐書·藝文志》載有《雲臺編》三卷，又《宜陽集》三卷。《崇文總目》卷五、《郡齋讀書志》卷五則均載《雲臺編》三卷，《宜陽外編》一卷。又考祖無擇《都官鄭谷墓表》云：「有《雲臺編》與外集，凡四百篇行焉。」合谷《雲臺編》自序所云：「編成三百首，分爲上中下三卷」，可知所謂外集，當爲百首左右，或即所稱《宜陽外編》一卷者。

　　鄭谷自敘所爲詩，喪亂奔離，散墜殆盡。乾寧初，上幸三峰，朝謁多暇，寓止雲臺道舍，拾墜補遺，編成三百首，分爲上中下三卷，目之爲《雲臺編》。《宜陽集》則爲歸隱宜陽後所編。

[註73] 辛文房：《唐才子傳校箋》，傅璇琮主編，北京：中華書局，1987 年
5 月，第 4 冊，卷 9，頁 162。

今日吾人所見《雲臺編》大約有五種系統的版本。第一個系統：最早爲捺有「翰林國史院官書」朱記的宋蜀本。第二個系統：明嘉靖十四年乙未（1535 年）嚴嵩刻本（所見爲《豫章叢書》翻刻本）。第三個系統：《唐音癸籤》本和錢謙益首編季振宜續成之《全唐詩稿本》。第四個系統：康熙時期席啓寓《唐百名家集》，其第四函第四冊爲《雲臺編》三卷，從嘉靖本出。第五個系統：康熙揚州詩局《全唐詩》本，卷六七四至六七七，共四卷，爲鄭谷詩集，此本最爲通行。

鄭谷胸懷濟助百姓，安定社稷之壯志，然而，於現實環境中，卻始終無法一展長才，其詩歌中心內容是對患難時代的感傷，既關心時局和國家安危，又同情百姓苦難。故將感懷時亂，憂國憂民之情懷訴諸於詩歌之中。此類詩作，包括關懷民瘼與諷諭時事之作。鄭谷採用淺近通俗之語言與白描手法，抨擊上位統治者之驕奢及政治之腐敗，反映民生疾苦。隨著詩人對困厄生活之體驗，對災亂根源之認識，在揭示民生疾苦的作品中，主觀意識上更傾向於抨擊時政，譏諷當道。鄭谷反映社會現實的諷刺詩篇，可概括爲兩類：

（一）反映民生痛苦

鄭谷歷經宣宗、懿宗、僖宗、昭宗、哀宗及後梁太祖，經歷了唐末最動盪不安的時代，末世政治之混亂、社會之動盪皆達到極點。詩人出生於下級官吏家庭，歷經科場上多次失意，人生經歷復多坎坷，因此，更有機會接觸社會眞實生活，深入民間，了解民間疾苦，與時代脈絡相互激盪下，寫出反映民生的作品。

廣明元年（880 年），黃巢陷長安，僖宗出奔成都，在黃巢攻破長安前，鄭谷〈渚宮亂後作〉詩云：

> 鄉人來話亂離情，淚滴殘陽問楚荊。
> 白社已應無故老，清江依舊繞空城。
> 高秋軍旅齊山樹，昔日漁家是野營。
> 牢落故居灰燼後，黃花紫蔓上牆生。（《全唐詩》卷 675）

書寫歷經烽火蹂躪後的荊州一帶，江城依舊，故園荒涼，大有黍離之

感。前二聯敍問鄉人之亂,其敍問,曰「白社」、「故老」,由家及鄉也;「清江」、「空城」;由鄉及國也。看他敍答,曰「高秋」、「漁家」,由國及鄉也。而「牢落故居灰燼後,黃花紫蔓上牆生」,反映江陵兩度遭遇兵火的破敗景象,廣大人民被迫四處流亡,到處呈現一片殘破悽涼的景象。鄭谷〈送進士許彬〉云:

> 泗上未休兵,壺關事可驚。
>
> 流年催我老,遠道念君行。
>
> 殘雪臨晴水,寒梅發故城。
>
> 何當食新稻,歲稔又時平。(《全唐詩》卷 674)

詩人致力於科舉之路,而唐王朝的淪亡,關係他個人的命運,在逃難中,在睡夢裏,無時無刻想要得到故國的消息,作者將自己置身於其中,故寄希望於「歲稔又時平」。鄭谷面對著前途坎坷,又沒有謀生之計,其〈倦客〉云:

> 十年五年岐路中,千里萬里西復東。
>
> 匹馬愁衝晚村雪,孤舟悶阻春江風。
>
> 達士由來知道在,昔賢何必哭途窮。
>
> 閒烹蘆筍炊菰米,會向源鄉作醉翁。(《全唐詩》卷 676)

詩人感歎政局不穩、國步艱難。光啟三年(887 年)鄭谷及第,但並未如願發展,及第七年始授一縣尉,在漫長的等待過程,詩人曾牢騷滿腹,其〈荊渚八月十五夜值雨寄同年李嶼〉云:

> 共待輝光夜,翻成黯澹秋。
>
> 正宜清路望,潛起滴階愁。
>
> 棹倚袁宏渚,簾垂庾亮樓。
>
> 桂無香實落,蘭有露花休。
>
> 玉漏添蕭索,金尊阻獻酬。
>
> 明年佳景在,相約向神州。(《全唐詩》卷 676)

起首四句用比興起意,謂及第本望授官,事實卻不如人意。詩人借景抒情,生動地展現了由希望到失望、由興奮到頹喪的複雜心路歷程。鄭谷初任諫官時,盡職盡責,也曾上疏力勸,其〈順動後藍田偶作〉云:

　　　　小諫升中諫，三年侍玉除。
　　　　直言無所補，浩歎欲何如。
　　　　宮闕飛灰燼，嬪嬙落里閭。
　　　　藍峰秋更碧，霑灑望鑾輿。（《全唐詩》卷 676）

「直言無所補，浩歎欲何如。」詩人雖具正義感，然齷齪的官場，卻迫使他逐漸收斂鋒芒，初居諫官之職卻無補於時政，以致心中受盡煎熬。鄭谷在送別朋友的詩作裏，不斷地描繪亂後都城，一片殘廢荒涼的景象，表現無限的痛惜之情。其〈作尉鄠郊送進士潘為下第南歸〉云：

　　　　歸去宜春春水深，麥秋梅雨過湘陰。
　　　　鄉園幾度經狂寇，桑柘誰家有舊林。
　　　　結綬位卑甘晚達，登龍心在且高吟。
　　　　灞陵橋上楊花裡，酒滿芳樽淚滿襟。（《全唐詩》卷 676）

詩中描述了亂後鄉村的凋零，農田、房舍、樹木均慘遭破壞，觸目所見一片瘡痍的景象。其〈將之瀘郡旅次遂州遇裴晤員外謫居於此話舊淒涼因寄〉二首之二云：

　　　　昔年共照松溪影，松折溪荒僧已無。
　　　　今日重思錦城事，雪銷花謝夢何殊。
　　　　亂離未定身俱老，騷雅全休道甚孤。
　　　　我拜師門更南去，荔枝春熟向渝瀘。（《全唐詩》卷 676）

詩人將統治階級的覆亡，看成像「雪銷花謝」的自然規律一樣，不可避免，也絕不可能挽回。以下兩首詩，寫得異常傷感。其〈黯然〉云：

　　　　搢紳奔避復淪亡，消息春來到水鄉。
　　　　屈指故人能幾許，月明花好更悲涼。（《全唐詩》卷 677）

詩人表達對大批朝臣的淪亡和唐王朝的覆滅沈痛的哀悼。另一首〈初還京師寓止府署偶題屋壁〉云：

　　　　秋光不見舊亭臺，四顧荒涼瓦礫堆。
　　　　火力不能銷地力，亂前黃菊眼前開。（《全唐詩》卷 675）

　　鄭谷有一系列詩篇，記述黃巢攻破長安後奔亡蜀中之情景，其〈蜀江有弔〉詩云：

　　　　孟子有良策，惜哉今已而。

徒將心體國，不識道消時，

折檻未爲切，沈湘何足悲。

蒼蒼無問處，煙雨遍江蘺。（《全唐詩》卷 676）

鄭谷此詩表達了對宦官用事的憤恨，抒發了對孟昭圖的高度敬仰與惋惜之情。「孟子」指孟昭圖，詩題之下記載：「僖宗幸蜀。時田令孜用事。左時遺孟昭圖疏論之。令孜矯貶嘉州司戶。使人沈之蟆頤津。事見令孜傳。」鄭谷抒發哀思，對上疏極諫僖宗、彈劾宦官，而被專擅的田令孜所殺害的孟昭圖。詩人雖以憑弔爲題，但內心悲痛，由「心體國」、「道消時」兩句，逐漸渲染擴散，形成一股對整個時代傷痛悲哀氛圍。「折檻未爲切，沈湘何足悲。」二句盛讚孟昭圖捨生謀國之舉，風操凜然可敬。其〈梓潼歲暮〉詩云：

江城無宿雪，風物易爲春。

酒美消磨日，梅香著莫人。

老吟窮景象，多難損精神。

漸有還京望，綿州減戰塵。（《全唐詩》卷 674）

此詩作於黃巢被鎮壓後，反映中和四年東西川楊、陳交兵，僖宗及隨同逃難之臣民，歸途中遭遇阻絕的情形。次年，鄭谷隨眾人返回長安，其〈長安感興〉詩云：

徒勞悲喪亂，自古戒繁華。

落日狐兔徑，近年公相家。

可悲聞玉笛，不見走香車。

寂寞牆匡裡，春陰挫杏花。（《全唐詩》卷 674）

其中「落日狐兔徑，近年公相家。」充分顯現出黃巢亂後，城市蕭條悽涼的景象。僖宗光啓元年（885 年）李克用進逼京師，鄭谷又第二次避難巴蜀，其〈巴江〉詩云：

亂來奔走巴江濱，愁客多於江徼人。

朝醉暮醉雪開霽，一枝兩枝梅探春。

詔書罪己方哀痛，鄉縣徵兵尚苦辛。

鬢禿又驚逢獻歲，眼前渾不見交親。（《全唐詩》卷 676）

「亂來奔走巴江濱，愁客多於江徼人。」記載了唐末黃巢之後，接連著第二次的大動亂。《新唐書・僖宗記》記載：「中和三年十一月壬申，劍南西川行軍司馬高仁厚及阡能戰於邛州，敗之。……三月甲子，劍南東川節度副大使楊師立反，西川節度使陳敬瑄爲西川、東川、山南西道都指揮招討。」〔註74〕唐末蜀中兵亂從此開始。

　　鄭谷詩作與時代緊密的結合，具備深度與廣度，其一些詩句中，將個人之怨憤時代之悲愁融合爲一體，有以下作品：

> 清香聞曉蓮，水國雨餘天。
> 天氣正得所，客心剛悄然。
> 亂兵何日息，故老幾人全。
> 此際難消遣，從來未學禪。〈中秋〉（《全唐詩》卷676）

> 槿墜蓬疏池館清，日光風緒澹無情。
> 鱸魚斫鱠輸張翰，橘樹呼奴羨李衡。
> 十口漂零猶寄食，兩川消息未休兵。
> 黃花催促重陽近，何處登高望二京。〈漂泊〉（《全唐詩》卷676）

> 日日狎沙禽，偷安且放吟。
> 讀書老不入，愛酒病還深。
> 歎後爲羈客，兵餘問故林。
> 楊花滿床席，搔首度春陰。〈水軒〉（《全唐詩》卷674）

> 公堂瀟灑有林泉，袛隔苔牆是渚田。
> 宗黨相親離亂世，春秋閒論戰爭年。
> 遠江鷘鷺來池口，絕頂歸雲過竹邊。
> 風雨夜長同一宿，舊遊多共憶樊川。〈宗人作尉唐昌官署幽勝而又博學精富得以言談將欲他之留書屋壁〉（《全唐詩》卷675）

鄭谷對黃巢之亂與亂後造成的一片殘敗景象進行詠歎，漂泊不定、奔逃流離了大半生，他善於用短小的近體詩，抒寫在艱難時世中不安的

〔註74〕歐陽修：《新唐書》，台北：台灣中華書局，1981年，第176冊，卷9，頁139。

心靈。其〈登杭州城〉云：

> 漠漠江天外，登臨返照間。
> 潮來無別浦，木落見他山。
> 沙鳥晴飛遠，漁人夜唱閒。
> 歲窮歸未得，心逐片帆還。（《全唐詩》卷 674）

從鄭谷的詩作中，我們彷彿看到了一個鬢髮斑白的老書生，站在一片亂後殘垣斷壁、荊棘叢生的荒地裏，痛惜那逝去的繁華，追念在災亂中死去的故人，面對黯淡的前景，毫無希望的人生，也只有徒然地哀歎罷了。

（二）嘲諷君王昏庸

晚唐末年，吏治極爲腐敗，且連續遭受嚴重天災之打擊，以致哀嚎遍野，餓莩載道。而邊境危機日益加重，當此之際，處於上位之君臣仍是驕奢淫逸，鉤心鬥角，使得政治危機更加深重。鄭谷對統治階層的昏庸腐朽，對社會的嚴重貧富不均予以反映，充滿著無限的痛惜、感傷之情。唐末，統治者愈趨於腐敗，從而更加速了它的滅亡。其〈順動後藍田偶作〉云：

> 小諫升中諫，三年侍玉除。
> 且言無所補，浩歎欲何如。
> 宮闕飛灰燼，嬪嬙落里閭。
> 藍峰秋更碧，霑灑望鑾輿。（《全唐詩》卷 674）

此詩寫於黃巢攻入長安，唐僖宗倉皇逃往四川之際。詩人悲歎皇帝不聽取臣下意見，一意孤行，而導致傾覆的可悲下場。另一首〈送許棠先輩之官涇縣〉云：

> 白頭新作尉，縣在故山中。
> 高第能卑宦，前賢尚此風。
> 蕪湖春蕩漾，梅雨畫溟濛。
> 佐理人安後，篇章莫廢功。（《全唐詩》卷 674）

統治者對人才的壓制與迫害，作者揭露、抨擊了統治者的昏庸與腐朽。對於上位者之驕奢淫逸，鄭谷有深刻之描述，其〈錦〉二首之

一云：

> 布素豪家定不看，若無文彩入時難。
>
> 紅迷天子帆邊日，紫奪星郎帳外蘭。
>
> 春水濯來雲雁活，夜機挑處雨燈寒。
>
> 舞衣轉轉求新樣，不問流離桑柘殘。（《全唐詩》卷 675）

此詩諷刺整個上層貴族驕奢淫逸之頹風，將達官貴人的豪奢淫逸與貧苦百姓的辛勞饑寒，作了鮮明的對比，一方是舞衣旋轉，香風陣陣，仙樂飄揚；另一方卻是雨夜挑機，青燈螢螢，饑寒交迫。蜀錦光艷如曙霞，極為珍貴，是唐代的貢品，然而，豪門生活奢靡，對平凡無花樣之布料不屑一顧，競相追求精美之蜀錦，以供聲色之娛，因此，民女便得忍受寒凍，飢寒交迫，甚至雨夜仍得製作，而此時宮中舞女，卻穿著此珍貴之蜀錦翩然起舞。「舞衣轉轉求新樣，不問流離桑柘殘。」二句將豪門只圖安逸享樂，卻不顧民貧時亂，戰爭方亟，百姓流離，桑柘摧殘之醜陋面貌烘托而出。其〈偶書〉云：

> 承時偷喜負明神，務實那能得庇身。
>
> 不會蒼蒼主何事，忍飢多是力耕人。（《全唐詩》卷 676）

偷安苟且，有負明神，趨時逢迎之人能青雲直上、飛黃騰達，而辛苦的百姓，卻必須忍受飢餓，努力勞動，辛勤耕作，卻衣食無著，只得無語問蒼天了。另一首〈感興〉云：

> 禾黍不陽艷，競栽桃李春。
>
> 翻令力耕者，半作賣花人。（《全唐詩》卷 674）

詩人表面上寫百姓荒廢田園而迎合時俗去種花，實則借此對權貴富豪之家的奢華生活，作了真實的披露。另一解說，亦甚有見地：詩人描述在上位者為了爭逐風采，卻強令農夫種植桃、李花林，以茲享樂賞玩，致使農家耕作蕭條萎靡，作者諷刺時政之餘，更見其內心的沈重。

三、詩歌評價

　　嚴壽澂等人於《鄭谷詩集箋注》前言云：「黃巢起義後，唐末重大的政治軍事動亂，幾乎都能從鄭谷漂流江湖的一葉破舟中，直接或間

接地得到反映」。〔註75〕這是極其高明而難能可貴的看法。劉秀芬認爲：

> 占《雲台編》三分之一多的奔亡傷亂之作，客觀地記錄了
> 唐末政權內部之爭，描繪了日趨激烈的各種社會矛盾，折
> 射出當時社會的黑暗面貌，故稱之爲唐末咸通以後的一部
> 詩史並不過分。〔註76〕

鄭谷執著於儒家精神，對社會具備責任感，其作品對災難體驗深刻，
老愁窮困中亦不曾改變。其一生貫串著理想與現實衝突之深刻矛盾，
胸懷濟助蒼生，安定社稷之雄心壯志，在現實上卻遭逢時運不濟，命
運多舛，仕途之不順等困境，於〈槐花〉一詩可見其端倪，詩云：

> 毿毿金蕊撲晴空，舉子魂驚落照中。
> 今日老郎猶有恨，昔年相虐十秋風。」（《全唐詩》卷 676）

「今日老郎猶有恨，昔年相虐十秋風。」對於等待良久才授爲「都官
郎中」，此一卑微之官職，即使有復振儒綱之志，卻仍然無力可回天，
詩人內心不禁有恨。於現實生活中，詩人無法苟同，不願同流合污，
故於詩中多次表達，其〈次韻酬張補闕因寒食見寄之什〉云：

> 柳近清明翠縷長，多情右袞不相忘。
> 開緘雖睹新篇麗，破鼻須聞冷酒香。
> 時態懶隨人上下，花心甘被蝶分張。
> 朝稀且莫輕春賞，勝事由來在帝鄉。（《全唐詩》卷 676）

「時態懶隨人上下，花心甘被蝶分張。」可見其內心之堅持，其另一
首〈舟行〉云：

> 九派迢迢九月殘，舟人相語且相寬。
> 村逢好處嫌風便，酒到醒來覺夜寒。
> 蓼渚白波喧夏口，柿園紅葉憶長安。
> 季鷹可是思鱸鱠，引退知時自古難。（《全唐詩》卷 676）

〔註75〕嚴壽澂、黃明、趙昌平：《鄭谷詩箋注》，上海：上海古籍出版社，
　　　　1991 年 5 月，頁 5。

〔註76〕劉秀芬：〈誰識傷心鄭都官，蒼蒼煙雨遍江蘺——試論晚唐巨擘鄭谷
　　　　及其詩歌〉，河南《鄭州大學學報》哲學社會科學版，2004 年 1 月，
　　　　第 37 卷，第 1 期，頁 132。

鄭谷終究還是無法振起儒綱，實現其理想，故選擇隱居山林。對於詩歌藝術，鄭谷著眼於對雅道的繼承。其〈讀前集〉二首之二云：

> 風騷如線不勝悲，國步多艱即此時。
>
> 愛日滿階看古集，祇應陶集是吾師。（《全唐詩》卷675）

鄭谷一生的兩大隱憂就是雅正傳統的失落、國運的多舛，對同時代詩人的讚賞，多著眼於對雅道的繼承與否為標準。其〈訪題進士張喬延興門外所居〉云：

> 平生苦節同，旦夕會原東。
>
> 掩卷斜陽裡，看山落木中。
>
> 星霜今欲老，江海業全空。
>
> 近日文場內，因君起古風。（《全唐詩》卷674）

鄭谷對於師古而通變態度予以肯定。其〈讀故許昌薛尚書詩集〉云：

> 篇篇高且真，真為國風陳。澹薄雖師古，縱橫得意新。翦裁
> 成幾篋，唱和是誰人。華岳題無敵，黃河句絕倫。吟殘荔枝
> 雨，詠徹海棠春。李白欺前輩，陶潛仰後塵。難忘嵩室下，
> 不負蜀江濱。屬思看山眼，冥搜倚樹身。楷模勞夢想，諷誦
> 爽精神。落筆空追愴，曾蒙借斧斤。（《全唐詩》卷676）

辛文房對鄭谷的評論：「谷詩清婉明白，不俚而切。」〔註77〕鄭谷重視恬淡天然，又不廢推敲，轉益多師而自成一體，對於唐末雅正詩風的提倡，給予明晰的描述。

鄭谷在當時已詩名遠揚，無論在朝在野，其詩都得到了認可和流傳，王貞白〈寄鄭谷〉詩云：「五百首新詩，緘封寄去時。祇憑夫子鑒，不要俗人知。火鼠重收布，冰蠶乍吐絲。直須天上手，裁作領巾披。」（《全唐詩》卷701）可見時人對鄭谷在人品上和詩品上的認可。鄭谷詩在五代，尤其在南方諸國經久不衰。宋初仍享有盛名，歐陽修《六一詩話》云：

> 鄭谷詩名盛於唐末，號《雲臺編》，而世俗但稱其官為鄭都

〔註77〕辛文房：《唐才子傳校箋》，傅璇琮主編，北京：中華書局，1987年
　　　5月，第4冊，卷9，頁169。

官詩。其詩極有意思,亦多佳句,但其格不甚高。以其易
曉,人家多以教小兒,余為兒時猶誦之。今其集不行於世
矣。〔註78〕

歐陽修以為鄭詩淺切易曉,因其清新淺近,人們多用以教兒童。
《雲臺編》中佳句雖多,但其「格不甚高」。至歐公以下,評鄭詩格
卑者愈演愈烈。劉克莊《後村詩話》後集云:

鄭谷多佳句,而格苦不高,甚推尊薛能。能自負不淺,其
實一謬妄人爾。〔註79〕

晁公武《郡齋讀書志》卷四總論鄭谷詩云:「屬思頗切于理,而
格韻凡猥,語句浮俚不競,不為議者所多。然一時傳諷,號鄭都官而
弗名也。」〔註80〕對鄭谷詩評每況愈下。王世貞《藝苑卮言》云:

義山浪子,薄有才藻,遂工麗對。宋人慕之,號為「西崑」。
楊、劉輩竭力馳騁,僅爾窺藩。許渾、鄭谷厭厭然有就泉
下意,渾差有思句,故勝之。〔註81〕

唐末五代時期,鄭谷詩歌深受肯定,獲得頗高的評價,此乃唐人
對於詩歌之審美要求,注重鍊意、取境以及意象之把握。自宋至明清,
歷代詩歌評論家對於鄭谷詩歌之評論,較唐、五代時期增加,宋代評
論呈現毀多於譽,此乃肇因於宋元時期,詩評家認為詩歌需以「含蓄」
為主,詩歌若只求字平句淡,而不求旨意深刻,即屬於鄙俗之作而無
甚可觀。越宋至明清,其評價則毀譽參半,譽之者或不免有溢美之詞,
而毀之者亦難免有偏頗之說。越元至明清,對鄭詩之評論雖有升降,
但「格卑」、「調俗」之評論仍是論述的重心。

〔註78〕歐陽修:《六一詩話》,見何文煥、丁福保編《歷代詩話統編》,北京:
　　　　北京圖書館出版社,2003 年 5 月,第 1 冊,頁 158。
〔註79〕劉克莊:《後村詩話》,見吳文治編《宋詩話全編》,南京:江蘇古籍
　　　　出版社,1998 年 12 月,第 8 冊,頁 8391。
〔註80〕晁公武:《郡齋讀書志》,見《四部叢刊廣編》,台北:台灣商務印書
　　　　館,1981 年,第 20 冊,卷 4。
〔註81〕羅仲鼎:《藝苑卮言校注》,濟南:齊魯書社,1992 年月 7 月,卷 4,
　　　　頁 205。

　　自歐陽修以後的諸多詩話論者，評論鄭谷詩作，多以「格卑」、「調俗」而鄙之。然而，「格卑」、「調俗」之論斷，顯然並不恰當。雖然，鄭谷詩集中確有纖巧卑弱之語，例如：「花落江堤蔟暖煙，雨餘草色遠相連。香輪莫輾青青破，留與愁人一醉眠。」（〈曲江春草〉《全唐詩》卷 675）、「尋艷復尋香，似閒還似忙。暖煙沈蕙徑，微雨宿花房。書幌輕隨夢，歌樓誤採妝。王孫深屬意，繡入舞衣裳。」（〈趙嶙郎中席上賦蝴蝶〉《全唐詩》卷 674）、「一露一朝新，簾櫳曉景分。艷和蜂蝶動，香帶管弦聞。笑擬春無力，妝濃酒漸醺。直疑風起夜，飛去替行雲。」（〈水林檎花〉《全唐詩》卷 674）等詩句。其中寫景狀物或因太瑣細、太切近而顯得綺靡軟弱，但是，此類作品在鄭谷詩集中畢竟數量極少，因此，在比例原則下，斷不能以偏概全，據以評論其詩作之風格。

　　綜上所述，鄭谷詩作雖有晚唐一般詩人輕清細微、詩格卑下之弊病，然此缺點是時代風尚使然，不可一味貶抑。劉勰《文心雕龍‧風骨》云：「情與氣偕，辭共體并」〔註 82〕這是時代風氣造成的，不應苟責古人，唐末五代，時移世變，國祚將盡，盛世之雄壯不復呈現，代之而起表現憂患意識的作品，詩歌中大量呈現表現憂傷的詩句。王世貞《藝苑巵言》持同樣看法，嘗云：「靈武回天，功推李、郭；椒香犯蹕，禍始田、崔。是則然矣。不知僖、昭困蜀、鳳時，溫、李、許（渾）、鄭（谷）輩得少陵、太白一語否？有治世音，有亂世音，有亡國音，故曰：聲音之道，與政通也。」〔註 83〕悲怨愁苦之辭，衰颯感傷之音，確實是縈繞於晚唐詩壇的時代基調，然而，在動亂的唐末，鄭谷就像蒼蒼煙雨中的江蘺香草，雖常遭風雨侵襲，有痛苦有憂傷，然萬物不能奪其志，鄭谷詩歌之成就是不容抹殺的。

〔註 82〕劉勰：《文心雕龍注》，台北：台灣開明書店，1971 年 5 月，卷 6，頁 14。

〔註 83〕羅仲鼎：《藝苑巵言校注》，濟南：齊魯書社，1992 年月 7 月，卷 4，頁 211。

　　鄭谷詩歌既是綜合前人，又能自成一家。詩中蘊涵著闊大深邃的悽苦之音，悲涼之美；他深諳詩語，用情創志，淡語深情；具有清新自然、淺切明白之風格，對吳與南唐至宋，皆有一定程度之影響與價值。薛雪《一瓢詩話》云：「鄭守愚聲調悲涼，吟來可念，豈特爲〈鷓鴣〉一首，始享不朽之名？」〔註84〕薛氏認爲鄭谷詩作聲調悲涼，吟來令人思念，非因〈鷓鴣〉詩而享不朽之名。紀昀《四庫全書總目提要》云：「汰其膚淺，擷其菁華，固亦晚唐之巨擘矣。」〔註85〕是頗爲中肯的說法，故其地位應該予以肯定。

第七節　吳　融

一、生平概略

　　吳融在唐末雖名重一時，然其生平事蹟，卻少有記載，僅《新唐書》有傳，卻僅一百七十二字，於其生平事蹟、經歷皆未詳述。歷代學者讀書筆記、評論，如：元・方回《瀛奎律髓》、清・薛雪《一瓢詩話》、清・金聖歎《聖歎批唐才子詩》等，提供了一些資料。

　　吳融（？～903 年），字子華，越州山陰人。生年不詳，約卒於唐昭宗天復末年。晚唐詩人，幼力學，工辭調，才名甚著。初，久困名場，舉二十年不第，吳融入仕之前曾經在茅山隱居，但這一時期的隱居，純粹是爲以後的出仕做準備，並不算眞正意義上的隱。懿宗咸通十五年，由越州移居松江，與方干、皮日休、陸龜蒙等交遊。吳融〈贈方干處士歌〉云：

> 把筆盡爲詩，何人敵夫子。句滿天下口，名聒天下耳。不識朝，不識市。曠逍遙，閒徒倚。一杯酒，無萬事。一葉舟，無千里。衣裳白雲，坐臥流水。霜落風高忽相憶，惠

〔註84〕薛雪：《一瓢詩話》，見何文煥、丁福保編《歷代詩話統編》，北京：北京圖書館出版社，2003 年 5 月，第 5 冊，頁 213。
〔註85〕紀昀：《欽定四庫全書總目提要》整理本，北京：中華書局，1997 年 1 月，卷 151，頁 2027。

然見過留一夕。一夕聽吟十數篇，水榭林蘿為岑寂。拂旦
舍我亦不辭，攜筇徑去隨所適。隨所適，無處覓。雲半片，
鶴一隻。(《全唐詩》卷 687)

　　吳融後徙居蘇州長洲縣。昭宗龍紀元年，及進士第。其後離京隨
韋昭度赴蜀，為其幕史。乾寧元年在京任侍御史，乾寧二年坐累去官。
有〈南遷途中作，七首之一：登七盤嶺〉二首之一詩云：

才非賈傅亦遷官，五月驅羸上七盤。

從此自知身計定，不能迴首望長安。(《全唐詩》卷 686)

另一首〈自諷〉云：

世路升沉合自安，故人何必苦相干。

塗窮始解東歸去，莫過嚴光七里灘。(《全唐詩》卷 685)

鄭谷流浪荊南，依成納，次三年正月吳融仍在荊南，立春時在渚宮有
感戰亂局勢而賦詩抒懷。其〈渚宮立春書懷〉云：

春候侵殘臘，江蕪綠已齊。

風高鶯囀澀，雨密雁飛低。

向日心須在，歸朝路欲迷。

近聞驚御火，猶及灞陵西。(《全唐詩》卷 684)

　　久之，召為左補闕，以禮部郎中為翰林學士，拜中書舍人。天復
元年正月昭宗反正，御南闕，群臣稱賀，融最先至，左右歡駭，上命
於座前跪草十數詔，簡備精當，曾不頃刻，皆中旨，帝大加激賞，進
戶都侍郎。鳳翔劫遷，融不及從，去客閿鄉。俄召為翰林承旨，卒於
官。《新唐書‧‧藝文志四》著錄《吳融詩集》四卷；《直齋書錄解題》
卷十九記其《唐英集》三卷；《全唐詩》收吳融詩四卷；今有《唐英
歌詩》行世，三卷。

二、詩歌作品

　　唐代自懿宗起政治局面和社會環境不斷惡化，當時的黃巢之亂、
宦官專權、藩鎮割據等，不斷動搖摧毀著唐王朝的統治，使社會疲憊，
邁衰難挽。歷史環境衝擊著敏感脆弱的文人，使他們的詩歌都不同程

度地帶有末世悲涼消沉的情緒。

「矛盾」是唐末的時代特色之一，吳融生長在矛盾的時代，在選擇經世濟民積極入世，或追求個人心靈安適滿足的不同心理拉扯下，在仕與隱之間徘徊、反覆。吳融入仕之心不因久困舉場而改變，也不因官場變幻莫測而醒悟，更不因朝廷腐敗無能而絕望，以自身的窮通爲考量，而艱難地行走於仕宦之途。然而，在歷經仕宦坎坷，詩人又不免有遁世之念頭，以致於其詩歌中呈現隱居之呼喚，但也僅只於無可奈何的不自覺反映。吳融的矛盾心態則多半來自仕與隱的糾纏，在他的詩歌中，時常流露對隱居、閒適生活的嚮往；卻又有許多是表達身居下僚，報國無門的苦悶。常見充滿自傷、自嘲的內容，情感低沉、冷漠且悲傷。

這種矛盾反映於其詩歌，呈現多種形貌。吳融所以名聞當時，成爲同輩謁之如先達，甚至遭逢貶謫，仍有詩人向他行卷，就是因爲他各體兼備，表現不俗，與整個時代脈動相結合，因而成爲時人師法的對象。

吳融所留下的作品，多達三百零三首又兩句詩，吳融在當時聲名甚高，王定保認爲：「吳融，廣明、中和之際，久負屈聲；雖未擢科第，同人多贊謁之如先達。」〔註86〕顯示吳融有名於當時。

吳融詩歌的主題取向是多方面的，可大概分爲政治現實詩、詠史詩、抒懷詩、寫景詠物詩、酬唱詩、豔情詩等。對於詩歌的主張，由其〈禪月集序〉中呈現，其文曰：

> 夫詩之作者，善善則詠頌之，惡惡則風刺之，苟不能本此二者，韻雖甚切，猶土木偶不生於氣血，何所尚哉？自風雅之道息，爲五言七言詩者，皆率拘以句度屬對焉。既有所拘，則演情敘事不盡矣。且歌與詩，其道一也。然詩之所拘悉無之，足得於意，取非常語，語非常意，意又盡則爲善矣。國朝爲能歌詩者不少，獨李太白爲稱首，蓋氣骨

〔註86〕王定保：《唐摭言》，見《叢書集成初編》，北京：中華書局，1985年北京第1版，第2740冊，卷10，頁117。

　　高舉，不失頌詠風刺之道。厥後白樂天爲諷諫五十篇，亦
　　一時之奇逸極言。昔張爲作詩圖五層，以白氏爲廣大教化
　　主，不錯矣。〔註87〕

在〈禪月集序〉中所讚揚的李白、白居易，我們不難推測吳融詩歌觀
念源自《詩經》，尤重風雅的「頌詠諷刺之道」，認爲詩歌必須反映現
實，隱含諷頌精神。而在詩歌審美上，則認爲「詩之所拘悉無之，足
得於意，取非常語，語非常意，意又盡則爲善矣」，可見他不以屬對
工整、麗藻華辭爲美。詩歌表現諷頌之道，可上追至《詩經》的傳統，
吳融又特重「風雅之道」，在此思想體系下，又適逢唐末的紛亂，吳
融的詩歌確實切合「善善則頌詠之，惡惡則諷刺之」的思想。吳融的
詩歌，其用典常援引《詩經》、《左傳》、《史記》等書，可推知其思想
以經、史爲宗，而經學與史學又是最直接爲政治服務的，因此，吳融
對於詩歌著重頌詠諷刺之道，並崇尚實用之教化功能。眞實地反映了
唐朝末年的政治現實與社會現象，從其詩作反映時代衰亂，以及主要
重詩歌所傳達的內容，在重視「頌詠諷刺之道」的思想影響下，吳融
確實也作了不少諷刺當政或反映民生之詩，也有些借古傷今感歎時衰
亂之作，相關的詩歌說明如下：
　　吳融眞實反映了唐朝末年的社會現實其〈閒書〉詩云：
　　　接鷺陪鸞漫得群，未如高臥紫溪雲。
　　　晉陽起義尋常見，湖口屯營取次聞。
　　　大底鵾鵬須自適，何嘗玉石不同焚。
　　　回看帶礪山河者，濟得危時沒舊勳。（《全唐詩》卷 684）
自懿宗繼位之後，政局日益黑暗，經濟不斷衰退，民亂此起彼落。唐
帝國無可避免的走向窮途末路。吳融在朝爲官，對當時的政治是比較
敏感的。吳融自蜀地北歸後，曾遊潞州，聞朝廷討李克用失利，慨歎
之餘作〈金橋感事〉詩云：
　　　太行和雪疊晴空，二月春郊尚朔風。

〔註87〕董誥等編：《全唐文》，北京：中華書局，1987 年 2 月，卷 820，8643。

飲馬早聞臨渭北，射雕今欲過山東。

百年徒有伊川歎，五利寧無魏絳功。

日暮長亭正愁絕，哀笳一曲戍煙中。（《全唐詩》卷 686）

這是一篇政治抒情詩，對於朝廷錯估情勢，輕率用兵之事，委婉的表達批判之意。此詩首聯寫景，將太行山的雪景壯闊與二月的春寒料峭，表現得淋漓盡致。一個「尚」字，用得極妙，寫出了詩人的心境和感觸。目之所見，體之所感，絲毫沒有春意。景色之美，氣候之寒，更襯出詩人心中的悲涼。接著連用四個典故，說明李克用的軍隊蓄積著強大力量正蠢蠢欲動，「飲馬」用《左傳》晉楚交戰，楚軍揚言「飲馬於河而歸」的故事，暗示李克用的野心；「射雕」用北齊斛律光射雕之典，比喻李克用的軍事行動；「百年」則以周朝大夫辛有預言伊水將淪為戎人居所，預感唐朝即將滅亡；「五利」用春秋時魏絳以和戎有五利之說進諫晉悼公的故事，婉轉批判了唐朝廷對李克用用兵之事。末聯以夕陽、長亭、戍煙等景，表現了哀愁之情，尤其是「戍煙」二字，有別於承平時的「炊煙」，給人動亂將起的不安定之感。短短十四字融情於景，極盡精練概括之能事。吳融作詩善於用典，這首詩在委婉曲折之中表達了詩人對當時政局的感歎。

吳融憂傷時事，但又無法力挽狂瀾，只有悽苦吟嘯，其〈風雨吟〉詩云：

風騷騷，雨涔涔。長洲苑外荒居深，門外流水流澶漫。河邊古木鳴蕭森，夐無禽影。寂無人音，端然拖愁坐。萬感叢於心，姑蘇碧瓦十萬戶。中有樓臺與歌舞，尋常倚月復眠花。莫說斜風兼細雨，應不知天地造化是何物。亦不知榮辱是何主，吾困長滿是太平。吾樂不極是天生，豈憂天下有大憝。四郊刁斗常錚錚，官軍擾人甚於賊。將臣怕死唯守城，又豈復憂朝庭苦弛慢。中官轉縱橫，李膺勾黨即罹患。竇武忠謀又未行，又豈憂文臣盡遭束高閣，文教從今日蕭索，若更無人稍近前。把筆到頭同一惡，可嘆吳城城中中人。無人與我交一言，蓬蒿滿徑塵一榻。獨此閔閔

何其煩，雖然小或可謀大。嫠婦之憂史尚存，況我長懷丈
夫志。今來流落滄溟涘，有時驚事再咨嗟。因風因雨更憔
悴，只有閒橫膝上琴。怨傷怨恨聊相寄，伯牙海上感滄溟。
何似今朝風雨思。（《全唐詩》卷 687）

詩中對於官逼民反，將臣怕死，宦官亂政，朋黨為禍表達了他最深的
憂慮，又對於忠良不行，文教不興的情況感到憂愁，深刻揭示了朝廷
內外諸多方面的弊端痼疾。詩人將政治社會的混亂黑暗與風雨飄搖的
情境相結合，於詩歌中表明自己的心志理想，卻也同時流露出對世政
時局的無奈。其〈重陽日荊州作〉詩云：

萬里投荒已自哀，高秋寓目更徘徊。
濁醪任冷難辭醉，黃菊因暄卻未開。
上國莫歸戎馬亂，故人何在塞鴻來。
驚時感事俱無奈，不待殘陽下楚臺。（《全唐詩》卷 684）

詩人呈現無奈悲傷的情緒，藉著淒淒吟嘯，聊以解除家國之悲。其〈廢
宅〉詩云：

風飄碧瓦雨摧垣，卻有鄰人與鎖門。
幾樹好花閒白晝，滿庭荒草易黃昏。
放魚池涸蛙爭聚，棲燕梁空雀自喧。
不獨淒涼眼前事，咸陽一火便成原。（《全唐詩》卷 686）

詩借廢宅直寫貴臣家之衰敗，全詩不言屋宇原本興盛之景，卻處處可
見今昔之歎，金聖歎曰：「飄瓦摧垣不苦，有人鎖門真苦」，〔註88〕鄰
人鎖門乃是念及此宅從前車水馬龍的盛況，而當時盛況空前，又哪有
鄰人立足之地呢？「放魚池」已乾涸，「棲燕梁」已空蕩，撫今追昔
自是無限感慨；詩的結尾由此進而引發至於「咸陽一火」的廣闊時空，
在深沉的歷史思索中，具體的家族興衰實際上已成為整個時代的縮
影。末聯更以項羽火燒咸陽一事為結，既哀故宅之廢棄，也歎國家之
衰亡。

〔註88〕金聖歎：《聖歎選批唐才子詩》，台北：正中書局，1987 年 3 月初版
　　　6 刷，頁 521。

其〈華清宮〉二首、〈華清宮〉四首，合計六首詩皆以唐玄宗與楊貴妃之事為主軸，或批判、或諷刺。其〈華清宮〉四首之二云：

漁陽烽火照函關，玉輦匆匆下此山。

一曲羽衣聽不盡，至今遺恨水潺潺。（《全唐詩》卷685）

此詩對唐玄宗提出嚴厲的批判，玄宗晚年朝綱不振，終日與貴妃在華清宮內享樂，引發安史之亂，玄宗倉皇奔蜀，吳融批判玄宗竟然感歎〈霓裳羽衣曲〉尚未一曲終了，殊不知大唐帝國從此一蹶不振，國勢因而沉淪。

又〈華清宮〉二首之一云：

四郊飛雪暗雲端，唯此宮中落旋乾。

綠樹碧簷相掩映，無人知道外邊寒。（《全唐詩》卷684）

詩中描述四郊大雪紛飛，然而在華麗溫暖的華清宮內，竟然雪花落下旋即溶化，可以想見宮內的玄宗、貴妃和大臣們生活是如何的奢侈，末句「無人知道外邊寒」，只知享樂的上位者，不知民間疾苦，不知體恤其民，招致民怨四起，國家又如何不亡？全詩饒富警惕意味，諷刺深刻而意在言外。

吳融藉物起興之作甚多，將心中的喜怒哀樂，或對現實的批判、關懷，寄託於所詠的事物之上，表達深刻的情志與思想。如〈彭門用兵後經汴路〉三首之三云：

鐵馬雲旗夢渺茫，東來無處不堪傷。

風吹白草人行少，月落空城鬼嘯長。

一自紛爭驚宇宙，可憐蕭索絕煙光。

曾為塞北閒遊客，遼水天山未斷腸。（《全唐詩》卷684）

描寫戰爭之後的傷心痛苦。其〈蕭縣道中〉詩云：

戍火三籠滯晚程，枯桑繫馬上寒城。

滿川落照無人過，卷地飛蓬有燒明。

楚客早聞歌鳳德，劉琨休更舞雞聲。

草堂舊隱終歸去，寄語巖猿莫曉驚。（《全唐詩》卷686）

描寫戰火籠罩下的寂寞旅途，表現作者對現實的無奈。其〈過九成宮〉

詩云：

> 鳳輦東歸二百年，九成宮殿半荒阡。
> 魏公碑字封蒼蘚，文帝泉聲落野田。
> 碧草斷霑仙掌露，綠楊猶憶御爐煙。
> 昇平舊事無人説，萬疊青山但一川。（《全唐詩》卷 684）

另一首感時傷事，〈隋堤〉詩云：

> 搔首隋堤落日斜，已無餘柳可藏鴉。
> 岸傍昔道牽龍艦，河底今來走犢車。
> 曾笑陳家歌玉樹，卻隨後主看瓊花。
> 四方正是無虞日，誰信黎陽有古家。（《全唐詩》卷 687）

詩人以今昔對比，襯托繁華一去不歸的感慨。隋煬帝開通濟渠，當年
錦帆相接，氣象繁華，而現今在落日之下，一片荒蕪，甚至已經沒有
垂楊可供暮鴉棲息聒噪。昔日岸邊牽龍艦，而今河水已經乾涸，唯有
農人的牛車在裏面緩緩而行。古今對比，暗示了現實的蕭條凋敝，而
隋朝的命運也就是當今唐朝的命運。吳融反映社會現實之作，如〈平
望蚊子二十六韻〉則以蚊蚋喻貪得無饜的地方官吏，其詩云：

> 天下有蚊子，候夜嘬人膚。平望有蚊子，白晝來相屠。不
> 避風與雨，群飛出菰蒲。擾擾蔽天黑，雷然隨舳艫。利嘴
> 入人肉，微形紅且濡。振蓬亦不懼，至死貪膏腴。舟人敢
> 停棹，陸者亦疾趨。南北百餘里，畏之如虎貙。噫嘻天地
> 間，萬物各有殊。陽者陽為伍，陰者陰為徒。蚊蚋是陰物，
> 夜從喧牆隅。如何正曦赫，吞噬當通衢。人筋為爾斷，人
> 力為爾枯。衣巾穢且甚，盤饌腥有餘。豈是陽德衰，不能
> 使消除。豈是有主者，此鄉宜毒荼。吾聞蛇能螫，避之則
> 無虞。吾聞蕫有毒，見之可疾驅。唯是此蚊子，逢人皆病
> 諸。江南夏景好，水木多蕭疏。此中震澤路，風月風月彌
> 清虛。前後幾來往，襟懷曾未舒。朝既蒙襃積，夜仍跧蓬
> 蔀。雖然好吟嘯，其奈難踟躕。人生有不便，天意當何如。
> 誰能假羽翼，直上言紅鑪。（《全唐詩》卷 687）

平望位於江蘇省吳江縣的運河西岸，吳融應是徙家長洲（今蘇州市）

之時，眼見平望人民之苦，本身又因求取功名未成之憾恨，寫了這首
充滿諷諭性的詩歌，除暗喻地方官吏之腐敗，更藉以抒發自己懷才不
遇的無奈。前十六句寫的是平望蚊子的惡行惡狀，於白天覓食時，群
起飛鳴於舟、船附近，其數量之多、聲音之響，即使揮動蓬草驅趕，
也沒有效果，方圓百里之內，人們畏之如虎。極寫蚊子囂張的行徑，
其實隱喻地方官吏對人民戕害，已到了肆無忌憚、胡作非為的地步。
接下去吳融提出懷疑，蚊蚋習性於黑暗夜晚活動，何以大白天就膽敢
肆虐於大街小巷，迫使人們筋力盡疲呢？難道是陽德衰敗抑或是此地
應受到災害。吳融認為惡毒的蛇、蠆皆可驅趕，唯獨蚊子卻讓人防不
勝防，不正是控訴貪婪的官吏讓人防不勝防，因此詩人最後喊出：「誰
能假羽翼，直上言紅鑪。」希望能長出羽翼，直飛上天，向天地訴說
盡人民的苦難，婉轉表達了自己就是那個有著羽翼，解救人民於水火
的人。又如〈賣花翁〉藉詠人以批判現實之作品，其詩曰：

> 和煙和露一叢花，擔入宮城許史家。
>
> 惆悵東風無處說，不教閒地著春華。（《全唐詩》卷 685）

詩人對富貴人家壟斷春色的批判，詩篇由賣花引出貴族權門貪婪無
厭、獨佔壟斷的罪惡。賞花、買花以至養花，耽玩花朵形成富貴人家
的特殊嗜好，唐代長安城就盛行著這樣的風氣。白居易《買花》詩，
真切地反映了相隨買花的情形，並通過篇末「一叢深色花，十戶中人
賦」，[註89] 對貴家豪門的奢靡生活予以揭露。吳融《賣花翁》，觸及
同樣的題材，卻能夠別立新意。一二句寫賣花翁把花送入富貴人家的
事實。和煙和露指剛摘採下來綴著露珠、冒著水氣極其新鮮可愛的
花，漢宣帝時的許、史二姓外戚，暗示賣花翁送花的地點是宮城內的
豪門勢家皇親國戚；後兩句抒發感慨，東風吹起，春回大地，鮮花開
放，本該是一片爛漫風光。而權貴們卻將花朵鎖入自家的深宅大院
中，剩下那白茫茫的田野，不容點綴些許春意，景象又是何等寂寥！

〔註89〕彭定求等編：《全唐詩》，北京：中華書局，2003 年 7 月，卷 425，
　　頁 4676。

「不教」一詞突顯了富豪的霸道，也隱寓著詩人的憤怒。但詩人不把這憤怒直說出來，卻託之於東風的惆悵，東風帶來春意，卻無法保護春光不被人所掠奪，這憾恨又要向誰申訴呢？此詩隱含了尖銳的諷刺，由賣花翁引出豪門貴族的貪婪霸道，壟斷獨占的罪惡，他們不僅要佔有財富，佔有權勢，連春天大自然的美麗也要攫為己有。詩中蘊含著的尖銳諷刺，吳融以精煉、委婉的筆法卻又直指重心地表達了終年辛苦卻衣不蔽體、食不果腹的廣大人民的艱困情形。另外，〈題湖城縣西道中槐樹〉則是以今昔對比，寄寓感傷於其中，詩曰：

> 零落敧斜此路中，盛時曾識太平風。
> 曉迷天仗歸春苑，暮送鑾旗指洛宮。
> 一自煙塵生薊北，更無消息幸關東。
> 而今只有孤根在，鳥啄蟲穿沒亂蓬。（《全唐詩》卷 687）

以孤單的一棵道中槐樹為主角，用擬人、倒敘的方式，先敘述其零落，再敘述曾擁有的風光，槐樹生長於道旁，曾目睹帝王臨幸東都，自從安史亂之亂，帝王不再東幸洛陽，而今槐樹只剩孤根，任憑鳥啄蟲穿，湮沒於荒煙漫草之間。全詩今昔對比充滿哀傷，槐樹見證唐帝國由盛而衰，詩人筆下的槐樹由「零落敧斜」到「只有孤根」直至「鳥啄蟲穿沒亂蓬」，正是唐帝國衰亡走向的預測與揭示。吳融為樹悲痛，實則替唐帝國的衰微而悲，詩意曲折委婉，卻又感人至深。

三、詩歌評價

　　吳融以近體詩為其創作大宗，且以七言為多，其中又以律詩為主。近體律絕的發展成熟於唐代，晚唐詩人無法超越盛唐李、杜等人，以及政治混亂黑暗的雙重影響之下，走入唯美文學道路。重視聲律之美、平仄和諧、鍛字鍊句，在詩歌體式的發展上，正邁入律絕高度發展的時代，龍沐勛認為：「晚唐詩人，惟工律絕二體；不流於靡弱，即多悽厲之音，亦時代為之也。」〔註90〕吳融的詩作，反映了時代現

〔註90〕龍沐勛：《中國韻文史》，台北：樂天出版社，1970 年，頁 55。

象。

　　吳融年輕參加科考，卻屢試不第，在經歷二十多次考場失利後，一舉登第。然而及第後的吳融卻開始四處漂泊，先是從軍入蜀，無功而返；接著又受讒遭貶，流寓荊南；回京後正欲一展長才，卻又在次年遭遇昭宗被劫至鳳翔，融不及從，客居閿鄉，長期的漂泊，致使其詩歌常有悽涼語句；更因晚唐長期的紛亂，造成詩人心中不安定，詩歌也就充滿蕭瑟的低吟。而吳融的矛盾心態則多半來自仕與隱的糾纏，「使詩人徘徊于仕、隱、逸的道路上，難以抉擇」。〔註91〕其詩歌流露對隱居、閒適生活之嚮往；卻又表達身居下僚，報國無門之苦悶。充滿自傷、自嘲的內容，情感低沉、冷漠且悲傷，這種沉鬱憂愁的情調與吳融的人生相吻合。

　　吳融的詩歌，反映了唐末詩壇的時代風格，唐末詩壇，詩人對時局失望，對現實社會不滿，傾向憤世和消極的想法反映於詩作中，許多借古諷今的詠史之作，其諷刺較晚唐前期更為明顯，情緒也更為感傷。對於詩人生活的反映，則充斥著憤世之情，末世之哀，鮑倚雲《退餘叢話》曰：「溫飛卿、吳承旨、韋蜀相諸公七律，圓朗妍逸，風調有餘，以之獻酬群心，可使一座傾倒。若欲屬氣骨，以格韻相高，號令風雲，摧堅陷陣，須更上一層樓也。」〔註92〕雖然吳融在整個時代氛圍的影響之下，這些借古傷今感歎時衰亂之作，多半籠罩著哀傷、悽涼、衰颯、淡泊的情調，與當時的大環境是十分相合的，雖易給人氣格卑弱之感，但氣格卑弱乃時代風氣所致。

　　吳融不以屬對工整、麗藻華辭為美，著重於詩歌所傳達的內容，在重視「頌詠諷刺之道」的思想影響下，吳融作了不少諷刺當政或反映民生之作品。為了實現教化群眾的功能，詩歌的俚俗、白話是很重要的，

〔註91〕張艷輝：《論吳融的詩兼論晚唐士人隱逸的離合》，西北大學碩士論文，2004年6月，摘要，頁2。

〔註92〕鮑倚雲《退餘叢話》，見《叢書集成續編》，台北：新文豐書局，1989年，文學類第215冊。

吳融雖有尚實用教化的想法，但其詩歌偏好典雅精工，呈現較多淒惻哀婉的情調，也確實作有不少具有諷刺、實用價值的詩歌，但若以詩歌語言來衡量其教化群眾之功能，吳融的成就是有限的，他與同時期的聶夷中、杜荀鶴、羅隱等人，均生逢亂世，而聶夷中等人的詩歌都是主張揭露社會黑暗、直陳時弊，對政治社會採取批判的態度，詩歌表現更是崇尚俚俗、質樸、淺切，因此，能深入民間社會，具備明顯的實用教化功能。但這並不表示吳融沒有語言淺白之作，其古體詩有些作品字句的使用，就呈現俚俗淺白的風格，如〈首陽山〉、〈贈蜕光上人草書歌〉、〈贈廣利大師歌〉等，皆是用字簡單，語句淺白之作。

　　吳融或因與創作「香奩體」的韓偓同榜，又曾同任翰林，又或許受到當時文壇唯美流風所及，也有不到十首較為艷麗的作品，如其和韓偓的〈無題〉三首、〈倒次元韻〉、〈賦得欲曉看妝面〉等閨房繡閣的旖旎景象作品。但是吳融的這類作品數量極少。歷來論者多將吳融與韓偓並舉，認為其詩風偏於綺麗，此論顯然有欠公允。

　　吳融在唐末五代是著名的詩人，歷代多有評論，舉其重要者說明，以見其詩歌之特色：

　　曇域為貫休弟子，其〈禪月集後序〉云：「先師長謂吾門人曰：『吳公文藻贍逸，學海淵深。』」；[註93] 王定保《唐摭言》云：「吳融，廣明、中和之際，久負屈聲；雖未擢科第，同人多贄謁之如先達」；[註94] 可見吳融在當時文壇之份量。

　　宋代，歐陽修《新唐書》，稱吳融：「學自力，富辭調」，又記載天復元年（901 年）昭宗反正之事云：「昭宗反正，御南闕，群臣稱賀，融最先至。于時左右歡駭，帝有指授，疊十許稿，融跪作詔，少選成，語當意詳，帝咨賞良厚。」[註95] 歐陽修從歷史客觀的角度，

<hr />

〔註93〕董誥等編：《全唐文》，北京：中華書局，1987 年 2 月，卷 922 頁 9605。
〔註94〕王定保：《唐摭言》，見《叢書集成初編》，北京：中華書局，1985 年北京第 1 版，第 2739 冊，卷 5，頁 117。
〔註95〕歐陽修：《新唐書》，台北：台灣中華書局，1981 年，卷 203。

將吳融列入〈文藝傳〉又稱其「富辭調」，歐陽修肯定吳融作品所呈現的藝術風貌。

元代辛文房《唐才子傳》稱吳融：「爲詩靡麗有餘，而雅重不足。」〔註96〕今讀其詩，辛文房所評，尚屬公允。

清代賀裳《載酒園詩話又編》云：「作詩最不宜強所不能。如吳子華近體詩，雖品格不高，思路頗細，兼有情治」。他舉出「簾外暖絲兼絮墮，檻前輕浪帶鷗來」、「半巖雲粉千竿竹，滿寺風雷百尺泉」，以及「圍棋已訪生雲石，把釣先尋急雨灘」三詩，稱其「皆佳句也。」同時指出吳融長篇歌行「大多可笑」。〔註97〕總體而言，並未對吳融詩全盤否定。管世明《讀雪山房唐詩序例》曰：「唐末七言，韓致堯爲第一，去其《香奩》諸作，多出於愛君憂國，而氣格頗近渾成。次即吳子華，亦推高唱」，〔註98〕管世明認爲唯美浮艷是晚唐詩壇的特色，因此特別將香奩體與其他詩作區分開來，讚美吳融七言亦屬「高唱」，對於吳融詩歌是褒多於貶；又余成教《石園詩話》列舉多首吳融的七言近體加以評論：「吳子華七律中，惟〈富春〉、〈廢宅〉、〈金橋感事〉、〈彭門用兵後經汴路〉諸作雄傑，餘多失之浮華。七絕如〈閿鄉寓居〉、〈楚事〉、〈秋色〉諸篇，風韻甚佳」，〔註99〕肯定吳融有雄傑或風韻甚佳的作品。對吳融的評論《四庫全書總目提要》曰：

> 以立身本末論之，惓心在朝廷，力圖匡輔，以屛弱文士，毅然折逆黨之凶鋒，其詩所謂「報國危曾捋虎鬚」者，實非虛語，純忠亮節，萬萬非偓所能及。以文章工拙論之，則融詩音節諧雅，猶有中唐之遺風，較偓爲稍勝焉。在天

〔註96〕辛文房：《唐才子傳校箋》，傅璇琮主編，北京：中華書局，1987年5月，第4冊，卷9，頁230。

〔註97〕賀裳：《載酒園詩話》，〈吳融〉條，見郭紹虞編選《清詩話續編》，上海：上海古籍出版社，1999年6月，卷2，頁1397。

〔註98〕管世明：《讀雪山房唐詩序例》，〈七律凡例〉條，見郭紹虞編選《清詩話續編》，上海：上海古籍出版社，1999年6月，卷2，頁1397。

〔註99〕余成教《石園詩話》，見蔡鎮楚編《中國詩話珍本叢書》第18冊，北京：北京圖書館出版社，2004年12月，頁1230。

　　　祐諸詩人中，閒遠不及司空圖，沈摯不及羅隱，繁富不及
　　　皮日休，奇闢不及周朴，然其餘作者，實罕與雁行。《唐書》
　　　本傳稱昭宗反正，融於御前跪作《十許詔》，少選即成，意
　　　詳語當。《唐詩紀事》又稱李巨川爲
　　韓建草謝表以示融，融吟罷立成一篇，巨川賞歎不已。蓋
　　在當時，亦鐵中錚錚者矣。〔註100〕

以上由不同角度將吳融與時人比較，顯示吳融之優缺點，紀昀肯定地
指出吳融「在當時，亦鐵中錚錚者」之事實。

　　綜上所述，可知吳融繼承傳統儒家思想的文人，認爲詩歌要具有
「歌頌」及「諷刺」作用，以反映國家政治的利弊得失和人民的生活疾
苦，實現諷上化下的社會功能。吳融所往來的朋友，除官場上的長官、
同僚之外，還有許多著名的詩人，如貫休、皮日休、陸龜蒙、方干、韓
偓等，對吳融產生了一定程度的影響。因此，吳融詩歌所呈現的風貌，
是豐富而多元的，有直指當世的諷刺之作，有紙醉金迷的艷情之作，也
有崇尚淡泊閒適之作。吳融反映現實，抒寫心志，在時代一片衰颯、靡
麗之音中，仍不願逃離現實，不忍遺棄百姓，以至於詩歌中呈現矛盾、、
哀傷、淡泊等情調，而這樣的情調與晚唐的時代氛圍非常相似。

　　吳融生在唐末五代，詩歌反映了整個時代風貌，成爲從唐末接軌
至宋元的橋梁人物，絕非「綺麗」二字所能概括。何況吳融部分句式
參差，語言俚俗淺白的一類詩作，極有可能是宋、元以降，詞曲創作
師法的源頭之一，其重要性自不容忽視。

第八節　韋　莊

一、生平概略

　　韋莊（約836～910年），〔註101〕字端己，謚文靖。京兆杜陵（今

〔註100〕紀昀：《欽定四庫全書總目提要》整理本，北京：中華書局，1997
　　　　年1月，卷151，頁2028。
〔註101〕夏瞿禪：《韋端己年譜》，見《全唐五代詞》下冊，台北：世界書局，

陝西西安市東南）人。生於唐文宗開成元年丙辰，卒於蜀高祖武成三年，亦即後唐太祖開平四年庚午，年七十五。

韋氏為唐世顯族。據新唐書宰相世系表，韋莊出韋氏逍遙公房，七世祖待價，唐武后宰相；四世祖應物，官蘇州刺史，但曾祖履復、祖徹、父韞均無顯宦，正史無傳。韋莊少年時居長安、下邽兩地，下邽為白居易故鄉，時居尚健在，韋莊為詩學居易，其平易之詩風，固由身世近似，幼時環境感染，或亦原因之一也。韋莊少時生活過得無憂無慮，任性放浪：其〈塗次逢李氏兄弟感舊〉詩云：

> 御溝西面朱門宅，記得當時好弟兄。
> 曉傍柳陰騎竹馬，夜隈燈影弄先生。
> 巡街趁蝶衣裳破，上屋探雛手腳輕。
> 今日相逢俱老大，憂家憂國盡公卿。（《全唐詩》卷 700）

另一首〈下邽感舊〉也是回憶童稚時的生活。

> 昔為童稚不知愁，竹馬閒乘繞縣遊。
> 曾為看花偷出郭，也因逃學暫登樓。
> 招他邑客來還醉，儳得先生去始休。
> 今日故人何處問，夕陽衰草盡荒丘。（《全唐詩》卷 700）

但這段無拘無束的少年生活一結束，就開始了他大半生顛沛流離、坎坷困頓的人生道路。

韋莊成年之後，廣明元年（880 年）之前的情況可考者不多。大概二、三十歲時曾在虢州村居約十年，或因科舉受挫而潛心力學以應舉。咸通二年（861 年）入京應舉再次下第，失意而歸。後辭家泛瀟湘，遊江南。

廣明元年十二月，黃巢軍攻入長安，時韋莊在京應舉，被困於長安三年。後離長安，經陝州至洛陽，將當時耳聞目見之亂離慘狀，借一秦婦口述，寫成一千六百餘字之「秦婦吟」，有云：「內庫燒為錦繡灰，天街踏盡卻重回。」亂定，公卿多訝之，遂有「秦婦吟秀才」、「洛

陽才子」之美譽。中和二、三年間因洛陽亦不平靖，攜家遷至江南避難，旋赴潤州入鎮海軍節度使周寶幕府，開始了為期十年的江南避亂生涯。光啓初，唐僖宗為李克用所逼出奔興元（今陝西漢中市）。韋莊自江南經汴宋往陳倉迎駕，未入關輔而為兵亂所阻，折道山西還金陵。光啓三年，鎮海軍亂，周寶被逐。韋莊南下客居越州、婺州，屢發異鄉流落之悲，其〈東陽酒家贈別二絕句〉詩云：

> 送君同上酒家樓，酩酊翻成一笑休。
> 正是落花饒悵望，醉鄉前路莫回頭。
> 天涯方歎異鄉身，又向天涯別故人。
> 明日五更孤店月，醉醒何處淚霑巾。（《全唐詩》卷 697）

在江南十年，足跡踏遍個地，江南之安定繁華，使其頓忘先前亂離慘況，始安於逸樂，由其詩作〈憶昔〉：「昔年曾向五陵遊，子夜歌清月滿樓。銀燭樹前長似晝，露桃華裡不知秋。西園公子名無忌，南國佳人號莫愁。今日亂離俱是夢，夕陽唯見水東流。」（《全唐詩》卷 696）可知；但為進取功名北歸，大順二年（891 年），韋莊辭越遊江西、湖南，次年入京應舉末中。乾寧元年（894 年）再試及第，雖已年近六旬，仍難掩其興奮得意之情，及第後，韋莊歷任拾遺、補闕等職。

韋莊初及第時，認為唐王朝仍有望復興，其所作〈與東吳生相遇〉詩云：

> 十年身事各如萍，白首相逢淚滿纓。
> 老去不知花有態，亂來唯覺酒多情。
> 貧疑陋巷春偏少，貴想豪家月最明。
> 且對一尊開口笑，未衰應見泰階平。（《全唐詩》卷 699）

然而藩將割據爭雄、朝廷形同虛設的現實，使韋莊對唐王朝漸漸失去信心。乾寧四年，西川節度使王建攻打東川，韋莊隨諫議大夫李洵奉詔入川和解未成，親身感受到藩將對唐王朝的輕視，但其本人卻為王建所賞識。三年後，即天復元年（901 年），韋莊應聘入蜀任王建掌書記。此後直到去世，韋莊仕蜀十年間，為王建擴展勢力，建立大蜀政權出謀劃策，外交內政，多為所制，官至門下侍郎兼吏部尚書同平

章事。武成三年（910 年）死於成都，享年約七十五歲。

韋莊家世顯赫，「少孤貧力學，才敏過人」，〔註102〕具有強烈的功業名位思想。在其艱辛曲折的人生經歷中，韋莊始終未泯經世濟時之志，因心儀杜甫，尋得杜甫成都浣花溪草堂遺址，築室居此，並名其詩集為《浣花集》。

韋莊雖志在功業名位，但除晚年短期間頗稱亨達外，實無多建樹，留給後世的主要是他傑出的詩詞創作。端己為人疏曠不拘小節，歷經漂泊，其詞作見於《花間集》者有二十調四十八首；《尊前集》有三調五首，王國維輯《浣花詞》一卷，凡五十四首。

二、詩歌作品

近人吳庚舜、董乃斌主編的《唐代文學史》將韋莊的詩歌以僖宗文德元年（888 年），詩人五十二歲，客居婺州，分為前後兩個階段，認為：

> 韋莊前期詩作，敢於面對現實，表現了唐末重大社會問題，從而成為「詩史」，而後期的詩「更多的卻是以王粲等古人自況，哀悼壯志的幻滅，……仕進不能、退隱不忍，救時無方的苦悶哀傷，成了他此時詩歌的中心主題，即使到了中第授官之後，這種內容和情調也沒有多少改變。〔註103〕

以上的分期能夠較準確地概括了韋莊詩歌的內容。誠如其弟韋藹在《浣花集·序》所說，韋莊的作品乃是：「流離漂泛，寓目緣情。子期懷舊之辭，王粲傷時之制，或離群軫慮，或反袂興悲。四愁九愁之文，一詠一觴之作」，明確地說出韋莊創作態度是趨向現實的。這種態度一方面取決於他執著的仕進之心，另一方面其詩歌創作追隨杜甫的主張，詩歌內容大部分來源於生活、有感而發，因而，韋莊詩歌的

〔註102〕 辛文房：《唐才子傳校箋》，傅璇琮主編，北京：中華書局，1987 年 5 月，第 4 冊，卷 10，頁 323。

〔註103〕 吳庚舜、董乃斌主編：《唐代文學史》下冊，北京：人民文學出版社，1995 年 12 月，頁 663～664。

主題取向大多與當時政治動亂、戰禍頻仍、民生困苦的社會現實緊密結合，反映出時代動盪下，地位低下的知識份子憂國憂民痛苦而無奈的感歎。韋莊從自己的所見所聞、所感所思出發，其詩歌普遍而廣泛地反映唐末五代動盪的社會情形，相關作品說明如下：

唐末豪門貴族崇尚奢靡，貴族公子們恣意玩樂，過著醉生夢死的生活。其〈貴公子〉詩云：

> 大道青樓御苑東，玉欄仙杏壓枝紅。
> 金鈴犬吠梧桐月，朱鬣馬嘶楊柳風。
> 流水帶花穿巷陌，夕陽和樹入簾櫳。
> 瑤池宴罷歸來醉，笑說君王在月宮。(《全唐詩》卷 695)

「瑤池宴罷歸來醉」，述說著貴公子的縱情享樂，其另一首〈觀獵〉詩云：

> 苑牆東畔欲斜暉，傍苑穿花兔正肥。
> 公子喜逢朝罷日，將軍誇換戰時衣。
> 鶻翻錦翅雲中落，犬帶金鈴草上飛。
> 直待四郊高鳥盡，掉鞍齊向國門歸。(《全唐詩》卷 695)

透過作者筆下再現「貴公子」奢靡的生活，與當時國運的每況愈下，不難體察到奢華場面背後隱藏的社會危機。其〈咸通〉詩云：

> 咸通時代物情奢，歡殺金張許史家。
> 破產競留天上樂，鑄山爭買洞中花。
> 諸郎宴罷銀燈合，仙子遊迴璧月斜。
> 人意似知今日事，急催弦管送年華。(《全唐詩》卷 695)

韋莊以近乎沉痛的心情，追憶懿宗在位十四年間，那貌似承平實寓危機的時代，統治階層感覺到不久即將大禍臨頭，因而瘋狂地及時享樂，不思力挽狂瀾，卻對持反對意見者極盡打擊之能事，迫使有識之士內心焦慮卻不能有所作為。此詩約作於中和三年，韋莊在黃巢亂後避難洛陽時，撫今追昔，反思咸通時期社會風氣，其痛心疾首可想而知。

黃巢作亂時，韋莊正在長安應試，廣明元年（880 年）十二月，黃巢攻入長安，韋莊陷於亂軍之中，親身經歷了唐王朝這場致命的浩

劫，並且用作品記錄了戰爭爲國家和人民造成的巨大傷痛，其〈又聞湖南荊渚相次陷沒〉詩云：

> 幾時聞唱凱旋歌，處處屯兵未倒戈。
> 天子只憑紅旆壯，將軍空恃紫髯多。
> 屍塡漢水連荊阜，血染湘雲接楚波。
> 莫問流離南越事，戰餘空有舊山河。（《全唐詩》卷 696）

詩人描述戰亂爲湖南、江陵人民帶來的深重災難，用「又聞」湖南荊渚「相次」淪陷，已有責備官軍作戰不力之意。仗打了那麼久，只有敗績，什麼時候才能聽到凱旋歌呢？朝廷（天子）和官軍們（將軍）都只是虛有其表之輩。「屍塡漢水連荊阜，血染湘雲接楚波。」概括了湖南、湖北廣大地區戰爭之慘，死亡之眾，人民流離失所，田園一片荒蕪，戰後山河雖然依舊，人事卻已全非，令人慘不忍睹。

動亂發生了，人民希望軍隊平亂，然而唐朝官軍的表現卻讓詩人失望不已，其〈辛丑年〉詩云：

> 九衢漂杵已成川，塞上黃雲戰馬閒。
> 但有贏兵塡渭水，更無奇士出商山。
> 田園已沒紅塵裡，弟妹相逢白刃間。
> 西望翠華殊未返，淚恨空湮劍文斑。（《全唐詩》卷 696）

在兵荒馬亂中和弟妹失散了，後來和弟妹再相逢，還是在兵荒馬亂中、在白刃間，田園已蕪，而戰亂未休。戰爭造成的殺戮，人民逃避不及，使長安城中血流漂杵，而官軍卻屢戰屢敗，以致屍塡渭水，殘酷的情形，詩人只能發出無奈的慨歎。而將領們各懷鬼胎，不聽指揮，其〈重圍中逢蕭校書〉

> 相逢俱此地，此地是何鄉。
> 側目不成語，撫心空自傷。
> 劍高無鳥度，樹暗有兵藏。
> 底事征西將，年年戍洛陽。（《全唐詩》卷 696）

詩人對將領們的隔岸觀火，不斷地發出責問，另一首〈贈戍兵〉詩云：

> 漢皇無事暫遊汾，底事狐狸嘯作群。

夜指碧天占晉分，曉磨孤劍望秦雲。

紅旌不卷風長急，畫角閒吹日又曛。

止竟有征須有戰，洛陽何用久屯軍。（《全唐詩》卷696）

將領不聽君王指揮，而軍隊紀律敗壞，更時有所聞，其〈睹軍迴戈〉詩云：

關中群盜已心離，關外猶聞羽檄飛。

御苑綠莎嘶戰馬，禁城寒月搗征衣。

漫教韓信兵塗地，不及劉琨嘯解圍。

昨日屯軍還夜遁，滿車空載洛神歸。（《全唐詩》卷696）

官軍中竟然有打著平定叛亂的正義旗號，卻逐行搶掠民間女子之卑鄙事件，「昨日屯軍還夜遁，滿車空載洛神歸。」明白地表達了作者的驚異、憤慨，官軍不是來收復長安嗎？爲何竟然在敗退遁走之際還掠擄民女大肆淫亂，這樣的軍隊，老百姓又那有安寧日子？詩人在痛心之餘加以揭露，筆端透露著諷刺和憤慨。類似主題的詩歌尚有〈聞官軍繼至未睹凱旋〉、〈北原閒眺〉、〈重圍中逢蕭校書〉、〈喻東軍〉（以上均見《全唐詩》卷696）等，茲以〈喻東軍〉詩云：

四年龍馭守峨嵋，鐵馬西來步步遲。

五運未教移漢鼎，六韜何必待秦師。

幾時鸞鳳歸丹闕，到處烏鳶從白旗。

獨把一樽和淚酒，隔雲遙奠武侯祠。（《全唐詩》卷696）

詩人對官軍殘害人民、擄掠婦女的醜惡行徑作了譴責，同時又對他們擁兵自重、未能積極鎮壓黃巢軍表示不滿。

唐末戰爭不斷，光啓元年（885年），僖宗又因軍閥作亂而再度出幸，韋莊〈聞再幸梁洋〉詩以表達感慨：

纔喜中原息戰鼙，又聞天子幸巴西。

延燒魏闕非關燕，大狩陳倉不爲雞。

興慶玉龍寒自躍，昭陵石馬夜空嘶。

遙思萬里行宮夢，太白山前月欲低。（《全唐詩》卷697）

皇帝不斷地遭受強藩挾持，不得已而播遷，詩人也只能在擔憂、焦慮、

無奈中看著唐王朝漸漸地走向衰頹而感慨。

　　平民是戰爭帶來災難的最大受害者，韋莊最有名的〈秦婦吟〉，是反映黃巢作亂，引起朝廷震動，詩人描繪了黃巢亂軍，攻入長安前後的廣闊歷史畫面和生民塗炭的歷史場景，這首長篇敘事詩，全詩二百三十八句，凡一千六百六十六字，是現存唐詩中最長的一首敘事詩。它的情節曲折動人，敘事手法高明，音韻和諧，想像豐富，是元、白敘事詩後的又一巔峰之作。這首詩固然反映了作者反對戰爭及人本主義思想，具有重要的思想價值。楊世明認爲：

　　　　客觀上也反映了這場風暴對封建王朝政治中心的強大衝擊
　　　　與打擊，揭示了封建統治集團腐敗與虛弱的本質，具有一
　　　　定歷史真實性。也正因爲此詩暴露了統治階級的醜態，引
　　　　起詩人事後的追悔與忌諱，以致不敢收入集子。〔註104〕

　　韋莊〈秦婦吟〉借一位從長安逃出來的女子即「秦婦」的敘說，正面描寫黃巢軍攻占長安，稱帝建國，與唐軍反覆爭奪長安以及最後城池被圍絕糧等情形。可分爲兩部分，前半段是秦婦陷落黃巢軍的經過和遭遇，後半段則是秦婦逃離長安後，一路上的見聞和感想。其內容的複雜性和思想的矛盾性亦屬罕見，一方面對黃巢軍的原始性復仇破壞行爲多所暴露，誇飾渲染之中也不乏某種真實，另一方面又無情地揭露了唐軍殘民以逞的罪惡，但又夾雜著對他們「剿賊」不力的譴責，作者述說著在戰亂年代普通百姓根本無法逃避的命運。老人的遭遇又豈只是一家一戶的特例，面對這些流離失所的無辜百姓，難怪詩人發出悲歎，其〈長安舊里〉詩云：

　　　　滿目牆匡春草深，傷時傷事更傷心。
　　　　車輪馬跡今何在，十二玉樓無處尋。（《全唐詩》卷699）

詩人追尋前塵舊事的憂傷心緒，不只是哀歎個人生命的逐漸消逝，也正是哀歎王朝的盛世一去不返。光啓二年（886年）詩人經過甬西，作〈旅次甬西見兒童以竹槍紙旗戲爲陣列主人叟曰斯子也三世沒於陣

〔註104〕楊世明：《唐詩史》，四川：重慶出版社，1996年10月，頁694。

思所襲祖父黼余因感之〉，其詩云：

> 已聞三世沒軍營，又見兒孫學戰爭。
>
> 見爾此言堪慟哭，遣予何日望時平。（《全唐詩》卷699）

無休止的戰爭剝奪了人民安居樂業的生活，甚至於生命財產，何時停止戰爭，又是遙遙無期，人民因此更加痛苦不堪，基於對人民遭遇的深刻瞭解和同情，其〈憫耕者〉詩云：

> 何代何王不戰爭，盡從離亂見清平。
>
> 如今暴骨多於土，猶點鄉兵作戍兵。（《全唐詩》卷700）

詩人沉痛地譴責不義的戰爭，對戰亂中人民所遭受的苦難，「如今暴骨多於土，猶點鄉兵作戍兵」，深表同情。

除了戰爭之外，人民遭受的災難還有來自不法官吏的剝削，《舊唐書・食貨志下》記載：

> 會昌六年九月敕：「揚州等八道州府，置榷麴，並置官店沽酒，代百姓納榷酒錢，並充資助軍用，各有榷許限。……宜從今以後如有人私沽酒及置私麴者，但許罪止一身，並所由容縱，任據罪處分。鄉井之內，如不知情，並不得追擾。其所犯之人，任用重典，兼不得沒入家產。」〔註105〕

雖然因規定太嚴而放寬一些，但一些不肖的地方官，却利用這條法律來斂財，韋莊〈官莊〉詩云：

> 誰氏園林一簇煙，路人遙指盡長歎。
>
> 桑田稻澤今無主，新犯香醪沒入官。（《全唐詩》卷697）

詩前有小序云：「江南富民悉以犯酒沒家產，因以此詩諷之，浙帥遂改酒法，不入財產。」韋莊為保護平民的利益，振筆直書，也因而獲得回應。其〈虎跡〉反映人民被剝削的命運，詩云：

> 白額頻頻夜到門，水邊蹤跡漸成群。
>
> 我今避世棲巖穴，巖穴如何又見君。（《全唐詩》卷700）

詩人以兇猛的白額虎作為比喻，揭露了統治階級的殘暴，人民躲入巖穴，但是「巖穴如何又見君」，敘述人民被剝削，無處可逃的悲慘處

〔註105〕劉昫等編：《舊唐書》（台北・鼎文書局）1992年，卷49，志29。

境。

韋莊是性情中人，不僅對一般平民生活能夠體察其辛酸，同情他們的遭遇，並就力之所及改善他們的生活，對自己的女僕，亦復給予祝福，其〈女僕阿汪〉詩云：

念爾辛勤歲已深，亂離相失又相尋。

他年待我門如市，報爾千金與萬金。（《全唐詩》卷 700）

韋莊對自己的女僕滿懷著真摯的友好與感激之情，希望自己能有機會為女僕帶來好運。

韋莊晚年作了前蜀的宰相，更擴大其關心和同情心，將其投注於命運悲慘的歌妓身上，在大量的詩詞作品中，把自己的遭遇、命運和歌妓的命運聯繫起來，似乎將她們當作知音看待，揭示了其間的共通性。

韋莊寫了一些出色的懷古詩，如〈臺城〉、〈上元縣〉、〈金陵圖〉等，在對南朝史跡的憑弔中，寄寓看詩人對唐末五代社會動亂的哀歎，情調淒婉。其〈臺城〉詩云：

江雨霏霏江草齊，六朝如夢鳥空啼。

無情最是臺城柳，依舊煙籠十里堤。（《全唐詩》卷 697）

詩人寄託感慨，憑弔六朝古跡的詩。「臺城」就是宮城，六朝時代的臺城，在今南京玄武湖畔。詩的首句寫金陵雨景，渲染氛圍；二句寫六朝往事如夢，臺城早已破敗；三、四句寫風景依舊，人世已非。觸景生情，借景寄慨，寄託對當今社會動亂的哀歎。語言雖含蓄蘊藉，情緒卻無限感傷。

三、詩歌評價

韋莊所遺留的作品，據《十國春秋》本傳：「有集二十卷，表一卷、蜀程記一卷，又有浣花集五卷，乃莊弟藹所編，以所居即杜氏草堂舊址，故名。」〔註106〕近人王水照《韋莊集箋注》前言中認為：

韋莊存詩三百二十餘首，大多寫於唐僖宗廣明元年（880 年）

〔註106〕吳任臣：《十國春秋》，杭州：杭州出版社，2004 年，頁 55。

　　至唐昭宗天復三年（903 年）的二十餘年間，在唐末詩壇上
占有重要地位。明・唐汝洵認爲「韋莊於晚唐中最超」《彙
編唐詩十集・癸集三》，清・翁方綱稱他「勝於咸通十哲（指
方干、羅隱、杜荀鶴等人）多矣」《石洲詩話・卷二》），推
崇備至，鄭方坤則把他與韓偓、羅隱并稱爲「華岳三峰」《五
代詩話・例言》。〔註 107〕

　　韋莊前逢黃巢作亂，後遇藩鎮割據大混戰，憂時傷亂爲他詩歌的
重要題材，誠如其弟韋藹所說：「子期懷舊之辭，王粲傷時之制。或
離群軫慮，或反袂興悲。」〈浣花集序〉從自己的見聞感受，廣泛地
反映社會面貌。韋莊以近體詩見長，律詩圓穩整贍，音調響亮，絕句
包蘊豐滿，耐人咀嚼，許學夷評爲「絕句在唐末諸人之上」《詩源辯
體卷三十二》，而清詞麗句，情致婉曲，則爲其近體詩的共同風格。

　　韋莊在爲數不多的詩評言論中明確表達出對清新詩格、淡遠詩境
的崇尚。光化三年（900 年）所作〈又玄集序〉：「但綴其清詞麗句，
錄在西齋。」同年所作〈乞追賜李賀皇甫松等進士及第奏〉稱李賀、
皇甫松等「麗句清詞，遍在詞人之口」。然而詩人對雕琢刻苦之作則
不以爲然，如〈贈峨嵋山彈琴李處士〉云：「後生常建彼何人，贈我
詩篇苦雕刻。」可見韋莊的詩歌審美理想和他的近體詩風格是完全一
致的。

　　綜上所述，韋莊是一位有理想、有抱負的詩人，他繼承了杜甫、
白居易的現實主義精神，反對戰爭，具有愛民思想和憂國憂民的情
懷。在詩歌內容上，韋莊面對社會現實，同情人民，寫了許多感人至
深的傷亂詩。

　　韋莊在晚唐或比晚唐稍晚的五代時期，詩名鼎盛。由以下三點可
以證明：一、詩人曾在〈乞彩牋歌〉云：「浣花溪上如花客，……我
有歌詩一千首，磨礱山岳羅星斗。開卷長疑雷電驚，揮毫只怕龍蛇走。
班班布在時人口，滿袖松花都未有。……」（《全唐詩》卷 699），足

〔註 107〕轟安福：《韋莊集箋注》，上海：上海古籍出版社，2002 年 4 月，頁 3。

以說明韋莊創作的豐富和流傳的廣泛。二、韋莊因《秦婦吟》而聲名遠播，被譽為「秦婦吟秀才」，即使他日因故撰家戒，內不許垂《秦婦吟》障子，也無法遏制《秦婦吟》的流傳。三、唐代人所選唐詩選集中，韋縠所選《才調集》規模最大，遍選唐代名家詩歌一千首，韋莊入選六十三首，居全集之冠，比李白、白居易或李義山都多，可見當時他的知名度。

韋莊論詩，表達出對清新詩格、淡遠詩境的崇尚，並且他的詩歌創作與其詩評言論緊密結合。在詩與詞的關係上，韋莊以詩歌題材入詞，以詩情入詞，以詩法入詞，開拓了詞的表現領域與表現手法，在詞體初創之時，可謂足堪與溫庭筠並駕齊驅的巨擘。

唐末五代文壇上，韋莊詩、詞俱佳，在當時詩歌已呈衰頹局面下，欲有所作為，思有所建樹，誠非易事，但韋莊卻能夠迥出時流，卓然成為大家，隱然帶領著時代的潮流向前推進。其詩帶有濃郁的晚唐色彩，雖然屬於晚唐；但也有不少詩篇，尤其是絕句，能夠不為時代風氣所侷限，跳出了晚唐的範疇，直追盛唐。韋莊晚年入蜀以後，因詞風日盛而轉以作詩之才情填詞，其詞明暢清新，直抒胸臆。且其詞為「士大夫之詞」的先導，在詞的發展史上與溫庭筠並稱，具有舉足輕重的地位。

第九節　貫　休

一、生平概略

唐末五代詩僧貫休，字德隱，婺州蘭溪人，俗姓姜氏。風騷之外，尤精筆箚。〔註108〕貫休幼承庭訓，接受儒家學說薰陶，年僅七歲，即捨俗入釋，出家當沙彌，十餘歲就專心念經習佛，在精修佛法之餘，喜歡吟詠，與鄰人時相唱和，尚未弱冠，詩名已著，遠近皆聞。

〔註108〕辛文房：《唐才子傳》，徐明霞校注，瀋陽：遼寧教育出版社，1998年3月，頁137。

　　貫休二十歲（851年），貫休受具足戒之後，前往洪州開元寺聽《法華經》。數年之間，他即親敷法座、廣演斯文，後來更兼講言論，皆精奧義。其弟子曇域在《禪月集》後序曰：「可謂三冬涉學、百舍求師，尋妙旨於未傳，起微言於將絕，于時江表仕庶，無不欽風。」〔註109〕當年之盛況可想而知。

　　關於貫休的記載，在僧傳裡，只有一篇百餘字的短文。在禪冊裡，被列入「師承不明」篇中，所著錄的，不過一則問答而已。倒是一般文士們，在其私家筆記、詩歌、野史、小說裡，卻大量的談到相關的軼聞，其中雖然挾雜許多抑揄貶斥的話，但未嘗不可從其中尋覓一些與事實接近的資料，例如：與他同時的孫光憲所撰的《北夢瑣言》，收入《太平廣記》的景煥《野人閒話》。乃至北宋張唐英的《蜀檮杌》，陶岳的《五代史補》，沈存中的《夢溪筆談》。南宋龔明之的《吳中紀聞》，周輝的《清波雜志》。元人辛文房的《唐才子傳》，方回的《瀛奎律髓》以及清人任吳臣的《十國春秋》。另一方面，黃休復的《益州名畫錄》、郭若虛的《圖畫見聞志》、朱長文的《吳郡圖經續記》、徽宗朝編纂的《宣和畫譜》。計有功的《唐詩紀事》、王士禎的《五代詩話》以及日本僧信瑞師的《不可棄法師傳》等，都是不可忽視的有價值著作。〔註110〕

　　貫休是晚唐著名詩僧，兼工琴書詩畫。他能山居清修，精進不已；又能和光同塵，涉足繁華都會，周旋於王公貴人之間。既是出家沙門，又是著名詩人，他在詩和僧兩者之間找到了適當的平衡點。貫休「天賦敏速之才，筆吐猛銳之氣，樂府古律，當時所宗。雖尚崛奇，每得神助，餘人走下風者多矣。昔謂龍象蹴蹋，非驢所堪，果僧中之一豪也。」〔註111〕貫休是一位創作豐富的詩人，晚年貫休將自己的詩作

〔註109〕　陸永峰：《禪月集校注》，成都：巴蜀書社，2006年8月，卷26附，頁528。

〔註110〕　釋明復：〈貫休禪師生平的探討〉，台北：《華岡佛學學報》，1983年7月，第6期，頁50。

〔註111〕　辛文房：《唐才子傳》，徐明霞校注，瀋陽：遼寧教育出版社，1998

編爲《西嶽集》，圓寂當年，弟子曇域更增編爲《寶月集》，據其好友齊己詩註，以及弟子曇域《禪月集·後序》，貫休創作的詩篇至少有千餘首，但皆已亡佚，明代毛晉序云：

> 貫休集名不一，卷次亦不倫。計氏（計有功）云《西嶽集》十卷，吳融爲之序，蓋乾寧三年編於荊門者也。或又云《南嶽集》，謂曾隱跡南嶽也。馬氏（馬端臨）云《寶月詩》一卷，未知何據？其弟子曇域於僞蜀乾德五年，編集前後歌詩文贊，題曰《禪月集》。〔註112〕

《四庫全書總目提要》據毛晉跋文云：

> 《文獻通考》別載《寶月集》一卷，亦云貫休作，今已不傳。然曇域不云有此集，疑馬端臨或誤。毛晉又云《西嶽集》或作《南嶽集》，考貫休生平，未登太華，疑「南嶽」之名爲近之，「西」字或傳寫誤也。〔註113〕

今存四部叢刊本《禪月集》以及《全唐詩》存其詩十二卷，約七百餘首，可知貫休詩作在流傳過程中，流失了不少作品。

二、詩歌作品

詩僧貫休於唐末五代頗爲著名，他的詩歌數量多，質量亦佳。《宋高僧傳》卷三十說他「所長者歌吟，諷刺微隱，存於教化」，可謂肯棨之論。大致而言，貫休古體優於近體，七言勝過五言。其詩風險奇峻拔，具備風雅之質。其詩由門人曇域編集成《禪月集》流傳於世。雖然身在空門，常憂國憂民而熱血澎湃，這樣的詩句甚多：「東西南北路，相遇共興哀」（〈途中逢周朴〉，《全唐詩》卷830）；「滿眼盡瘡痍，相逢相對悲」（〈士馬後見赤松舒道士〉，《全唐詩》卷833）；「龍鍾多病後，日望遇升平」（〈春日許徵君見訪〉，《全唐詩》卷833）。

年3月，頁138。
〔註112〕陸永峰：《禪月集校注》，成都：巴蜀書社，2006年8月，卷26附，頁537。
〔註113〕永瑢等編：《四庫全書總目》，北京·中華書局，1997年，卷151，頁2031。

詩人更在許多詩篇中表示了報國的志向。「一詔群公起，移山四海聞。因知丈夫事，須佐聖明君」（〈聞徵四處士〉，《全唐詩》卷 830）；「儻遇中興主，還應不用媒」〈〈途中逢周朴〉，《全唐詩》卷 830）；「男兒須展平生志，爲國輸忠合天地」（〈塞上曲〉二首之二，《全唐詩》卷 827）。從以上詩句可以了解，詩僧貫休在袈裟之下，包裹著的是一顆熱望報國之心。

到了晚年，在壯志消磨殆盡，於塵網中掙扎而無望之後，不得不接受與世無爭的人生，其〈山居詩〉（《全唐詩》卷 837）有這樣句子：「不能更出塵中也，百煉剛爲繞指柔」。貫休選擇了化剛爲柔的人生哲學。詩人曾經反抗過錢鏐，嘲弄過成汭，入罷以後卻寫了許多奉承蜀主王建的詩。這或許有多種原因，不過，也可能正是其人生哲學？

貫休畢竟是和尚，其詩中呈現著禪意。「數聲清磬是非外，一個閑人天地間」（〈山居詩〉二十四首之一，《全唐詩》卷 837）；「閑行放意尋流水，靜坐支頤到落暉」（〈山居詩〉二十四首之十五，《全唐詩》卷 837）；「舉世遭心使，吾師獨使心。萬緣冥目盡，一句不言深」（〈寄山中伉禪師〉，《全唐詩》卷 831）。可見，佛家的與世無爭和儒家的經世濟民，兩種截然不同的思想，卻在貫休的詩中能同時呈現。貫休對自己的詩歌創作，有以下的評論

> 況吾常酷於茲，心勤形瘁，訪其稽古，慰以大道。睠然皓首，豈謂賈其聲耳？且吾昔在吳越間，靡所濟集，聊欲係志於翰墨，得以亂思不愁遺老矣。子無辭焉，但當吾意而言之，然又不可以微之、樂天、長吉類之矣。吾若與騷人同時，即知殊不相屈。爾直言之，無相辱也。〔註114〕

貫休將自己的詩歌與元稹、白居易、李賀並舉，雖然自視甚高，但亦可見其詩歌價值取向之一斑。其樂府詩頗得古樂府和元、白「新樂府」之旨趣。貫休倡導儒家詩教傳統，認爲詩歌創作應反映社會現實，關

〔註114〕 陸永峰：《禪月集校注》，成都：巴蜀書社，2006 年 8 月，卷 26 附，頁 527。

心民生疾苦，貫休此類詩歌作品甚多，試分析如下：

唐末黎民百姓生活在水深火熱中，而上層統治階級完全不顧百姓死活，過著驕奢淫逸的日子，貫休在詩作中，對生活在苦難中的人民寄與深切的同情。其〈公子行〉三首云：

> 錦衣鮮華手擘䴏，閑行氣貌多輕忽。
>
> 稼穡艱難總不知，五帝三皇是何物。（《全唐詩》卷 826）
>
> 自拳五色裘，迸入他人宅。
>
> 卻捉蒼頭奴，玉鞭打一百。（《全唐詩》卷 826）
>
> 面白如削玉，猖狂曲江曲。
>
> 馬上黃金鞍，適來新賭得。（《全唐詩》卷 826）

此三首詩皆為貫休諷刺貴族公子驕奢淫樂，愚昧無知的醜惡行徑。特別是第一首，歷來最為人們所稱道。詩人筆鋒幽默卻犀利地勾勒出貴族子弟外表尊貴卻不學無術，詩的前兩句寫貴公子衣著華麗，整日只知打獵玩耍，連走路都是輕薄浪蕩。後兩句諷刺其不知稼穡之艱難，甚至連五帝三皇也不知道，令人厭惡和鄙視。

貫休對貴公子驕奢淫樂描述批評之外，更進一步對整個貴族特權奢侈墮落的生活加以揭露，其〈富貴曲〉二首云：

> 有金張族，驕奢相續。瓊樹玉堂，雕牆繡轂。紈綺雜雜，
> 鐘鼓合合。美人如白牡丹花，半日只舞得一曲。樂不樂，
> 足不足，爭教他愛山青水綠。（《全唐詩》卷 826）
>
> 如神若仙，似蘭同雪。樂戒于極，胡不知輟。只欲更綴上
> 落花，不能把住明月。太山肉盡，東海酒竭。佳人醉唱，
> 敲玉釵折。寧知耘田車水翁，日日日炙背欲裂。（《全唐詩》
> 卷 826）

詩人刻畫出貧富不均，苦樂懸殊的社會現實，深得元、白「新樂府」的精神內涵。末兩句「寧知耘田車水翁，日日日炙背欲裂。」可與白居易「一叢深色花，十戶中人賦」（《全唐詩》卷 826）的詩句相媲美。

貫休對貧富懸殊的現實社會悲憤不已，他認為酷吏的巧取豪奪，是根本原因，對酷吏魚肉百姓，不顧民生疾苦的行徑進行揭露，其〈酷

吏詞〉云：

> 霶雨瀟瀟。風號如厲。有叟有叟。暮投我宿。吁歎自語。
> 云太守酷。如何如何。掠脂斡肉。吳姬唱一曲。等閒破紅
> 束。韓娥唱一曲。錦段鮮照屋。寧知一曲兩曲歌。曾使千
> 人萬人哭。不惟哭。亦白其頭。飢其族。所以祥風不來。
> 和氣不復。蝗乎蟊乎？東西南北。（《全唐詩》卷 825）

詩人透過歷經滄桑的老叟之口，將上層社會醉生夢死的生活，與下層
百姓飢寒交迫作尖銳的對比，揭露了地方官吏的殘酷。「掠脂斡肉」簡
練明白地道出了賦稅之沉重，而貪得無饜的酷吏就如侵害百姓的蝗蟲
和盜賊，沉重的賦稅使得民不聊生。字句淺顯明白，不暗示，不掩蓋。
對於酷吏的巧取豪奪，貫休詩中多所揭露，其〈偶作〉五首之一云：

> 誰信心火多，多能焚大國。誰信鬢上絲，莖莖出蠶腹。嘗
> 聞養蠶婦，未曉上桑樹。下樹畏蠶飢，兒啼亦不顧。一春
> 膏血盡，豈止應王賦。如何酷吏酷，盡為搜將去。蠶蛾為
> 蝶飛，僞葉空滿枝。冤梭與恨機，一見一霑衣。（《全唐詩》
> 卷 828）

此詩採用移情之手法，表達了蠶婦對賦稅之重和酷吏之恨。詩人心中
燃燒著憤怒的「心火」，蠶婦頭上的白髮，正是一根根蠶絲所化成，
顯現其命運之苦難，在酷吏索求無度下，連蠶蛾也飛走了，所有一切
成空；留在紡梭和織機上的，不是雪白的絲，而是無限的冤恨，無盡
的血淚。全篇無一難字、無一典故，用淺易白描的方式，卻感人甚深。
尤以「誰信鬢上絲，莖莖出蠶腹」及「冤梭與恨機，一見一霑衣」二
聯最是令人鼻酸，只剩下「冤梭與恨機」陪伴著辛勞的蠶婦。

　　黎民百姓生不如死，是因為統治階層的驕奢淫逸，酷吏的巧取豪
奪，貫休在詩中，直指最高統治者，認為肇因於帝王的荒淫，任用奸
臣，聽信讒言所致。關於這方面的批評，主要體現在詠史一類的詩篇
之中，其〈陳宮詞〉云：

> 緬想當時宮闕盛，荒宴椒房懷堯聖。
> 玉樹花歌百花裡，珊瑚窗中海日迸。

　　　　大臣來朝酒未醒，酒醒忠諫多不聽。

　　　　陳宮因此成野田，耕人犁破宮人鏡。（《全唐詩》卷 826）

唐末吏治敗壞，有志之士多遭貶謫，未得君王重用，貫休借古諷今，
影射最高統治者的腐化墮落，只顧欣賞「玉樹花歌」，而不聽忠諫之
言，「大臣來朝酒未醒，酒醒忠諫多不聽。陳宮因此成野田，耕人犁
破宮人鏡。」直斥國君的荒淫昏庸。對於皇帝迷信煉丹，以祈求長生
不老進行抨擊，其〈了仙謠〉云：

　　　　海中紫霧蓬萊島，安期子喬去何早。遊戲多爲白騏驎，鬢
　　　　髮如銀未曾老。亦留仙訣在人間，齧鏃終言藥非道。始皇
　　　　不得此深旨，遠遣徐福生憂惱。紫朮黃精心上苗，大還小
　　　　還行中寶。若師方術棄心師，浪似雪山何處討。（《全唐詩》
　　　　卷 826）

貫休借古諷今，對帝王沉溺於道教煉丹之術，甚至因而喪身自欺欺人
的無知行爲，加以揭露和抨擊。

　　唐末五代社會動盪，百姓賦稅繁重之外，尚得承擔勞役、兵役之
苦，甚至命喪黃泉，其〈杞梁妻〉云：

　　　　秦之無道兮四海枯，築長城兮遮北胡。築人築土一萬里，
　　　　杞梁貞婦啼嗚嗚。上無父兮中無夫，下無子兮孤復孤。一
　　　　號城崩塞色苦，再號杞梁骨出土。疲魂飢魄相逐歸，陌上
　　　　少年莫相非。（《全唐詩》卷 826）

此詩借「孟姜女哭倒萬里長城」的民間故事傳說，以諷諭現實。唐末
勞役繁重，服勞役的征人甚至可能永無返鄉之日，家中的婦人「上無
父兮中無夫，下無子兮孤復孤。」承受了悲慘的喪夫之痛。戍邊戰士
的悲慘，其〈灞陵戰叟〉云：

　　　　劍刓秋水鬢梳霜，迴首胡天與恨長。

　　　　官竟不封右校尉，鬥曾生挾左賢王。

　　　　尋班超傳空垂淚，讀李陵書更斷腸。

　　　　今日灞陵陵畔見，春風花霧共茫茫。（《全唐詩》卷 836）

戍邊戰士思念家鄉之苦悶，雖然在沙場上奮勇殺敵屢建戰功，卻未得

到朝廷的封官賞爵，這種不公平的社會現實，與帝王荒淫的生活成了強烈的對比，其〈古塞下曲〉四首之三云：

> 日向平沙出，還向平沙沒。飛蓬落軍營，驚鵰去天末。帝
> 鄉青樓倚霄漢，歌吹掀天對花月。豈知塞上望鄉人，日日
> 雙眸滴清血。（《全唐詩》卷 827）

戍邊將士在荒漠中過著艱苦的生活，而帝王卻安樂地享受著醉生夢死的生活，相互對照，形成強烈之對比，更加突顯了邊塞戰士思鄉之痛。

由於戰爭，使得人們不得不拿起武器來作戰，戰爭是野蠻和殘酷的，貫休表達了厭戰情緒。貫休雖然在詩中多次譴責戰爭，但也並非詛咒一切戰爭，但對於正義之戰，貫休給予歌頌，而且鼓勵將士們馳騁沙場，勇立戰功，其〈古塞上曲〉之六云：

> 地角天涯外，人號鬼苦邊。
> 大河流敗卒，寒日下蒼煙。
> 殺氣諸蕃動，軍書一箭傳。
> 將軍莫惆悵，高處是燕然。（《全唐詩》卷 830）

貫休在詩中表達了對戰爭的認識，認為國君不應該靠作戰來擴充領土，而應該是靠仁德來感懷遠方之民或國家來歸附。

三、詩歌評價

曇域於《禪月集》後序中所記貫休遷化的情形，尤足顯現其生平的修為與其性情：

> 壬申歲十二月，召門人，謂曰：古人有言曰：「地為牀兮天
> 為蓋，物何小兮物何大。苟愜心兮自忻泰，聲與名兮何足
> 賴。吾之住世亦何久耶。然吾啓首足，曾無愧心。汝等以
> 吾平生事之以儉，可於王城外藉之以草，覆之以紙，而藏
> 之。慎勿動眾而厚葬焉」。言訖，掩然而絕息。〔註115〕

貫休享壽八十一歲，在世期間，遭逢空前慘烈的國難，曠古未有的匪禍，更有饑荒、大屠殺、大流徙、大窘難，所歷不知凡幾。然而榮名

〔註115〕陸永峰：《禪月集校注》，成都：巴蜀書社，2006 年 8 月，頁 528。

相加，優禮相接，崇宮雅樂以奉養，尊位顯爵以光耀的日子貫休也曾有過。不論境遇如何，他能無心以處之，無念而去之，眞作到了「富貴不能淫，貧賤不能移，威武不能屈」的境界，可稱得上是大丈夫。如專就道業一端而論，他能兼通經教禪數，不爲一般門戶之見所拘，尤能於禪講之餘，潛心於藝術，而以詩、書、畫冠絕千古，獨創一種高絕的風格，並爲後人所樂於模擬追倣。總之，貫休超邁的精神與卓絕的成就，是唐代詩人中所罕見的。

吳融《西岳集》序曰：

> 上人之作，多以理勝，復能創新意，其語往往得景物於混茫自然之際，然其旨歸必合於道。太白、白樂天既歿，可嗣其美者，非上人而誰。〔註116〕

前半段評論貫休的詩「以理勝，復能創新意，」十分中肯，然後半段認爲貫休可媲美李白、白樂天則似乎流於吹捧標榜，實不足爲取。

《唐才子傳》卷十貫休傳曰：「休一條直氣，海內無雙，意度高疏，學問叢脞，天賦敏速之才，筆吐猛銳之氣，樂府古律，當時所宗。雖尚崛奇，每得神助，餘人走下風者多矣。昔謂龍象蹴蹋，非驢所堪，果僧中之一豪也。」〔註117〕《宣和畫譜》卷三曰：「僧貫休，姓姜字德隱，婺州蘭溪人，初以詩得名，流在士大夫間。」〔註118〕以及孫光憲在齊己的《白蓮集》序上說：「議者以唐末詩僧，惟貫休禪師，骨氣渾成，境意倬異，殆難儔敵。」〔註119〕均對貫休之詩多所褒揚，然而卻稍嫌溢美了一些。

《升菴詩話》卷十一談到貫休的〈古意〉九首之九：

〔註116〕陸永峰：《禪月集校注》，成都：巴蜀書社，2006 年 8 月，前言，頁 12。

〔註117〕辛文房：《唐才子傳校箋》，傅璇琮主編，北京：中華書局，1987 年 5 月，第 4 冊，卷 10，頁 442。

〔註118〕撰人不詳：《宣和畫譜》，見《叢書集成初編》，北京：中華書局，1985 年，北京第 1 版，第 1652 冊，卷 3，頁 45。

〔註119〕齊己：《白蓮集》，見《四部叢刊正編》，台北：臺灣商務印書館，1979 年，第 38 冊，頁 59。

> 憶在山中時，丹桂花葳蕤。紅泉浸瑤草，白日生華滋。箬
> 屋開地鑪，翠牆挂藤衣。看經竹窗邊，白猿三兩枝。東峰
> 有老人，眼碧頭骨奇。種薤煮白石，旨趣如嬰兒。月上來
> 打門，月落方始歸。授我微妙訣，恬澹無所爲。別來六七
> 年，只恐白日飛。(《全唐詩》卷 826)

楊愼《升菴詩話》對此詩所下的評論是：「中多新句，超出晚唐」。另
一首〈題蘭江言上人院二首〉之一云：「只是危吟坐翠屏，門前岐路
自崩騰。青雲名士時相訪，茶賣西峰瀑布冰」評論時則說：「結句清
妙，取之。」對以上均持肯定的態度。但就在同一卷，楊愼也有不同
的說法：

> 貫休又有，霜月夜徘徊，樓中羌笛催。晚風吹不盡，江上
> 落殘梅，貫休在晚唐有名，此首有樂府聲調，雖非僧家本
> 色，亦猶惠休之碧雲也。〔註120〕

楊愼既加以褒揚卻也提出了貶損，也許是從另一不同之角度加以觀
察，可見貫休雖有詩名，但其詩也許並非十分傑出。

　　《東坡志林》卷一，對貫休的評論曰：「五代文章衰盡，詩有貫
休亞棲，村俗之氣，大率相似」。《西清詩話》評論曰：「……羅隱、
貫休，得志於偏霸，爭雄逞奇，語欲高而意未嘗不卑。」似乎又過於
偏向評論貫休詩句的粗俗方面，以及貫休入蜀以後獻給蜀皇帝王建的
詩。

　　貫休圓寂後，其老友齊己作了一首〈荊門寄題禪月大師影堂〉詩，
頗能道盡貫休生平志事，其詩云：

> 澤國聞師泥日後，蜀王全禮葬餘灰。
> 白蓮塔向青泉鎖，禪月堂臨錦水開。
> 西岳千篇傳古律，南宗一句印靈台。
> 不堪隻屐還西去，蔥嶺如今無使迴。(《全唐詩》卷 845)

綜上所述，我們可以明顯地看出貫休詩歌創作具有明顯的傾向，其詩

〔註120〕楊愼：《升庵詩話》，見何文煥、丁福保編《歷代詩話統編》，北京：
　　　　北京圖書館出版社，2003 年 5 月，第 3 冊，卷 11，頁 235。

歌創作確實時時刻刻都在貫徹他所主張的「大道」。貫休雖為僧人，但從以上所舉的詩歌，雖然遁身於空門，心中並未與外界隔絕，可謂是談空何曾空。故常以一顆赤子之心，關注於社會現實，關心於民生疾苦，使其有別於皎然、齊己等詩僧，貫休所作詩歌，或怨以怒，或哀以思，傷人倫之廢，哀刑政之苛，顯然受到《詩經》、《離騷》、漢魏古詩以及唐代新樂府影響。故在〈陽春曲〉中唱道：「忍見蒼生苦苦苦」這類同情人民疾苦，哀憐民生多艱之作在他的詩歌中份量不輕。空門中人能如此關心百姓疾苦，在唐代詩僧不多。對於後世詩僧，尤其是那些身披破衲，胸懷天下，輾轉塵寰，留心民情的詩僧，如：五代的蜀僧可朋，宋代的本正、惠明；明末清初的靜挺；清代的大汕、清恒、本照、道安、八指彌陀敬安……等，有著很大的影響。〔註121〕

　　在唐末五代詩僧中，貫休經歷可謂豐富，其才華也是超凡的。《全唐詩》小傳言其：「既精奧義，詩亦奇險，兼工書畫。」〔註122〕貫休關注於社會現實、民生疾苦，並且能夠真實地描繪出唐末五代社會現狀，因為貫休詩歌內容有強烈的現實性，王定璋先生認為貫休「是外僧內儒，兼有學者、詩人和僧人多重身份的知識份子。」〔註123〕紀昀《四庫全書總目提要》的評語是：「貫休豪而蠢」〔註124〕以及《唐音癸籤》卷八的評語：「貫休詩奇思奇句，一似從天墜得；無奈發村，忽作惡罵，令人不堪受。」〔註125〕對貫休詩作之評論，可謂是最生動而傳神了。

〔註121〕覃召文：《禪月詩魂》，北京：三聯書店，1995 年 8 月，頁 68。

〔註122〕彭定求等編：《全唐詩》，北京：中華書局，2003 年 7 月，卷 826，頁 9302。

〔註123〕王定璋：〈骨氣渾成，境意卓異：論貫休和他的詩歌〉，西寧《西南民院學報（人文社會科學版）》，第 2 期，1990 年，頁 69。

〔註124〕紀昀：《欽定四庫全書總目提要》整理本，北京：中華書局，1997 年 1 月，卷 151，頁 2030。

〔註125〕胡震亨：《唐音癸籤》見周維德集校《全明詩話》，濟南：齊魯書社，2005 年 6 月，卷 8，頁 3640。

第十節　齊　己

一、生平概略

　　有關齊己生平的史料極少，《舊唐書》、《新唐書》、《舊五代史》、《新五代史》均無傳。只能依據《五代史補》、《十國春秋》、《宋高僧傳》、《唐才子傳》……等有限資料，並結合其詩，對齊己生平事蹟略作介紹。

　　今據傅璇琮、張忱石、許逸民等人編撰之《唐五代人物傳記資料綜合索引》並加增「釋氏稽古略」、「五代詩話」、「白蓮集序」三條，將齊己的傳記資料整理如下。

　　齊己，俗姓胡，名得生，潭州長沙人，生於唐懿宗咸通四年（863年），卒於後晉天福八年（943年）前後。潭州有靈祐禪師所建大潙山同慶寺，僧多地廣，佃戶千餘家。齊己為佃戶胡氏之子，幼失怙恃，七歲時與諸童子為寺牧牛。《唐才子傳》記載：「七歲穎悟，為大潙山寺司牧，往往抒思，取竹枝畫牛背為小詩。耆夙異之，遂共推挽入戒。」師仰山大師慧寂，是潙山靈祐的再傳弟子。

　　齊己在大潙山期間習學律儀，但仍不忘作詩，孫光憲曰：「遊方宴坐，宿念未忘」（〈白蓮集序〉），《宋高僧傳》則曰：「性耽吟詠，氣調清淡」，後來「有禪客自德山來，述其理趣，己不覺神遊寥廓之場」，因為欽慕德山教法，他遂辭師親往參訪，接著歷參藥山、鹿門、護國等師，又跟隨石霜慶諸禪師，請知僧務，此時齊己約二十歲左右。而齊己在一生之中，在作詩方面努力最多，成就非凡，即使年老生病，亦未曾中綴。其〈遣懷〉云：

　　　　詩病相兼老病深，世醫徒見費千金。

　　　　餘生豈必虛拋擲，未死何妨樂詠吟。（《全唐詩》卷846）

　　其另一首〈吟興自述〉云：

　　　　前習都由未盡空，生如雅學妙難窮。

　　　　一千首出悲哀外，五十年銷雪月中。

　　　　興去不妨歸靜慮，情來何止發真風。

　　　曾無一字干聲利，豈愧操心負至公。(《全唐詩》卷 845)

可見齊己對創作詩歌之熱愛，在辭師參訪，遍遊江海名山之同時，他
結交了很多有名的詩友，如：羅隱、方干、曹松、沈彬等人，互相往
來唱酬。齊己致力於詩格的研究，其詩格著作有《風騷旨格》一卷，
爲今日吾輩研究唐五代詩格的重要資料之一。另外，他還與鄭谷、黃
損等人共定今體詩格。《五代詩話》卷八引《緗素雜記》云：「凡詩用
韻有數格：一曰葫蘆，一曰轆轤，一曰進退。葫蘆韻者，先二後四；
轆轤韻者，雙出雙入；進退韻者，一進一退，失此則謬矣。」

　　　齊己晚年自號衡嶽沙門，以其璀燦之詩作，爲光輝的唐代詩歌增
添了無盡光彩。存詩八百一十五首，在唐、五代兩千多位詩人中其數量
僅次於白居易、杜甫、李白、貫休、元稹而居第六位，其詩可謂洋洋大
觀，多而益善。齊己還兼擅繪畫，長於書法，懂得音樂，堪稱全能之士。

　　　齊己經歷了唐代懿宗、僖宗、昭宗、昭宣帝、後梁太祖、末帝及
後唐莊宗、明宗、閔帝、末帝直至後晉高祖石敬瑭等四朝十一個皇帝，
當時正值政權快速更替之際，齊己處於萬方多難、遍地刀兵、生靈塗
炭的災難深重的時代。隨著政治及生活環境的變遷，齊己一生可大致
劃分爲前後兩個時期。

（一）前期（863～921 年），為安禪靜習和遊方時期

　　　齊己雖出身貧苦，父母早逝，然生性穎悟，自小聰明好學，刻苦
自勵，齊己前期，除在長沙道林寺「十年鄰住聽漁歌」，並於廬山東
林寺前後棲止十八年，其餘時間均在遊方中度過。遊方是五代禪修中
的一種風氣，佛徒們往往通過遊方去尋找對佛旨的解悟，經過高僧大
德的機鋒棒喝，達到明心見性的眞如境地。

　　　遊方探訪途中，鐘靈毓秀、清奇瑰麗的山水的陶冶之下，明豔靈
慧、翠色晴嵐風光的觀照之中，更激起齊己創作的衝動和熱望，也因
此留下了許多山水佳作。廬山東林寺，爲東晉高僧慧遠棲息修眞之
所，相傳大師居此三十餘年，影不出山，跡不入俗，送客不過虎溪，

來歸僧俗甚多，他與十八高賢共立白蓮社，修淨土佛法，發願往生淨土。自此許多僧人都結緣隨往，遷客騷人都喜禮眞膜拜，齊己更是傾心嚮往，前後棲止廬山東林寺十八年。其間恰逢被司空圖稱作「一代風騷主」的鄭谷，避亂隱居於家鄉袁州仰山草堂，齊己曾攜〈早梅〉詩前去拜訪，其詩云：

> 萬木凍欲折，孤根暖獨迴。
> 前村深雪裏，昨夜一枝開。
> 風遞幽香去，禽窺素豔來。
> 明年如應律，先發映春臺。（《全唐詩》卷 843）

此詩得到鄭谷的指點和高度讚賞。齊己此詩被清人稱爲「照耀古今」〔註126〕之作。齊己與鄭谷一見如故，「淹留才半月，酬唱頗盈箱」成爲文壇千古佳話。由於齊己虛心好學，詩藝日益精進。在廬山時期，齊己寫詩三十多首，以〈東林雨後望香爐峰〉、〈觀盆池白蓮〉、〈中春林下偶作〉、〈遊匡山〉、〈再遊匡山〉等在當時有很大的影響。

　　齊己遊方途中，並沒有超然世外，而是冷眼人看人生。天地兵戈，連年征戰，「遍地起刀兵」、「劍閣東西盡戰塵」、「亂離偷過九月九，頭尾算來三十三。」等這些慘景，帶給齊己無比的震撼，戰亂給人民帶來的巨大災難，在詩中不時如江海奔流般地呈現。對於統治者的磨牙吮血，巧取豪奪，橫徵暴斂的行徑，齊己更是在詩中給予無情的揭露。其詩作中，清晰地反映唐末五代社會現實跳動的眞實脈絡，清楚地看到人民在那凋弊飄搖的社會中，轉徙掙扎的情景，更聆聽到百姓哀號和低迴飮泣的聲音。齊己詩歌眞實地映照出那一個苦難深重的時代。

（二）後期（921～943 年），為擔任荊州僧正時期

　　西元九一八年秋天，齊己爲實踐與西蜀老僧之約，下廬山擬經嵩嶽，取道於陝西入四川，但由於晉、梁兩軍曠日彌久的戰事，阻擋了前行之路途，齊己當時又病魔纏身，只好暫時寄住於荊州僧舍。南平

〔註126〕王壽昌：《小清華園詩談》，上海：古籍出版社，1983 年，卷下，頁101。

王高季興欽慕齊己名聲，加以挽留，爲齊己別築新居，署爲館內僧正，禮遇甚隆，令不拘常禮，免趨供奉，在五代十國時，唯荊南高季興政權設置僧正，爲荊南最高僧務長官。對於高季興知遇之恩，齊己感激不盡，其《白蓮集》中共寫了十四首上南平主人的詩作。南平王高季興逝世後，齊己有琴喪人亡，知音難覓之感，雖寄情於風雅，又每與幕府中孫光憲、梁震等唱和，但終其一生仍鬱鬱寡歡。

在僧正任內齊己與荊南幕府掌書記孫光憲結下了深厚情誼。孫先後事南平王父子，官至荊南節度副使、試御史中丞，生好讀書，喜藏書，聚書數千卷，心懷兼濟之志，腹有治國良謀，蘊藉風流，時譽特隆，著述頗豐，齊己〈寄荊幕孫郎中〉詩云：

　　珠履風流憶富春，三千鵷鷺讓精神。
　　詩工鑿破清求妙，道論研通白見眞。
　　四座共推操檄健，一家誰信買書貧。
　　別來鄉國魂應斷，劍閣東西盡戰塵。（《全唐詩》卷 844）

仰慕孫光憲如此，兩人結爲詩友，風雅交往，詩札互答，兩人遇之厚，交之深，情之切，由孫光憲《白蓮集》序和齊己《白蓮集》可以窺見。

齊己後期的詩作，雖缺少了前期那種對世事的關切和對民瘼的關注，但在藝術上卻更達到了爐火純青的地步。其代表詩作〈渚宮莫問詩〉十五首、〈荊州新秋病起雜題〉十五首、〈假山〉等詩鋪陳終始，排比聲律，詞氣豪邁，脫棄凡近。自杜甫以後可以說其屬對律切，踵武詩聖者，唯齊己一人而已。

二、詩歌作品

齊己致力於詩歌創作，愛詩成癖，行吟坐臥，未嘗懈怠。其著作《白蓮集》十卷，詩凡八百零七首，齊己平生詩作盡粹集於此，乃其高足西文禪師所編，孫光憲爲之作序。《白蓮集》的編纂可能成於齊己在世之時，《全唐詩》卷八四八，詩僧尚顏、棲蟾等都有〈讀齊己上人集〉詩，可證之。

　　《全唐詩》卷八百三十八到卷八百四十七，及卷八百八十八「補遺七」，共保存齊己詩八百一十三首，主要是依據《白蓮集》，詩的排列順序亦大致相同，唯《白蓮集》卷七最後一首〈喜得自牧上人書〉在《全唐詩》卷八百四十四「齊己七」中安排於倒數第三十九。從《白蓮集》的編纂，吾人可看出三點意義：

　　（一）《白蓮集》共八百餘首詩，數量之多，可證明晚唐詩僧之盛。

　　（二）集中將近一半是交往詩內容的作品，可見詩集酬酢的風氣大開。

　　（三）《白蓮集》代表著齊己一生從詩禪矛盾到詩禪統一的歷程，是釋子以詩爲終生目標，不必將詩賦創作當作禪修餘事的表徵，也代表詩禪融合眞正成熟的樣態。〔註 127〕

　　齊己雖然幼年即已進入空門，在思想上深深打上了佛教禪門的烙印，但他整個一生卻處於干戈擾攘，社會凋敝，人民在水深火熱之中掙扎的時代。加上他先後近十年的遊方生活，耳之所聞，目之所見，無一不是苦難深重的社會現實，故而不能不有所感觸而形之於歌詠。周介民認爲：

　　　　他（齊己）繼承了《詩經》以來的現實主義傳統和中唐以來張王樂府和元白諷諭詩的戰鬥精神，敢於直面現實生活，寫出了許多現實性很強的作品。〔註 128〕

在他的詩作中，有不少是當時政治、經濟、戰亂等社會現實生活的反映，齊己成爲晚唐第一詩僧，就在於在反映現實的深度與廣度上，是唐末五代其他詩僧所不可企及的，齊己反映社會現實的詩篇，可以概括爲三類：

（一）反映戰亂的痛苦

　　齊己身處唐末五代，正是時局動盪、風雨飄搖之際；他是兼有詩

〔註 127〕蕭麗華：《唐代詩歌與禪學》，台北市：東大書局，1997 年，頁 177。

〔註 128〕周介民：〈古代中國第一詩僧齊己〉，湖南《湖南城市學院學報》第 27 卷，第 2 期，2006 年 3 月，頁 43。

人及僧人雙重身份的。詩僧齊己一生經歷了四朝十一帝，政權的更替有如走馬燈，戰爭成了這些朝代取而代之的唯一手段，加上各地軍閥擁兵自重，相互殺戮以掠取人民、土地和財富，在這戰亂頻仍的殘酷時代，比「安史之亂」持續的時間更長，人民的遭際更慘。其〈丙寅歲寄潘歸仁〉詩云：

> 九土盡荒墟，干戈殺害餘。
>
> 更須憂去國，未可守貧居。
>
> 康泰終來在，編聯莫破除。
>
> 他年遇知己，無恥報禕襦。(《全唐詩》卷838)

齊己用他的如椽之筆深刻地描繪了那一幅幅令人傷心欲絕的慘象。詩篇之中「兵」、「亂」、「兵寇」、「干戈」、「戰塵」、「戰血」、「兵火」、「兵戈」、「刀兵」、「戈矛」、「征戰」等系列血雨腥風的詞語在《白蓮集》中觸目皆是。對於那個時代的戰亂，齊己作了深動的描繪。〈庚午歲九日作〉詩云：

> 門底秋苔嫩似藍，此中消息興何堪。
>
> 亂離偷過九月九，頭尾算來三十三。
>
> 雲影半晴開夢澤，菊花微暖傍江潭。
>
> 故人今日在不在，胡雁背風飛向南。(《全唐詩》卷846)

長期戰亂，農村凋敝，滿目荒涼。唐僖宗光啓三年（887年），齊己第一次北遊南歸，經由岳陽，路過湘陰，恰逢鄧進思擁兵作亂，旅途所見，怵目驚心。其詩作〈岳陽道中作〉云：

> 客思尋常動，未如今斷魂。
>
> 路歧經亂後，風雪少人村。
>
> 大澤鳴寒雁，千峰啼晝猿。
>
> 爭教此時白，不上鬢鬚根。(《全唐詩》卷843)

另一首〈夜次湘陰〉詩云：

> 風濤出洞庭，帆影入澄清。
>
> 何處驚鴻起，孤舟趁月行。
>
> 時難多戰地，野闊絕春耕。

　　　　骨肉知存否，林園近郡城。(《全唐詩》卷 841)

以上兩首詩是唐德宗光啓三年（887 年）春天，齊己北遊回湘，在岳
陽、湘陰途中所寫。這時正是鄧進思起兵攻岳陽之後，沿路人煙稀少，
田地無人耕種，村郭蕭條，夜晚只聽見寒雁在大澤中鳴叫，白天只聽
見猿猴在千峰上悲啼，呈現出悽慘的景象！其他地方的境況，亦復如
此，戰亂爲生產力帶來了巨大破壞。在曠日持久的戰火下，不僅使田
園荒蕪，廬舍破壞，而且文物也蕩然無存了。其〈讀峴山碑〉云：

　　　　三載羊公政，千年峴首碑。

　　　　何人更墮淚，此道亦殊時。

　　　　兵火燒文缺，江雲觸蘚滋。

　　　　那堪望黎庶，匝地是瘡痍。(《全唐詩》卷 839)

羊叔子祜，爲官清廉儉約，死後人民爲之建「墮淚碑」，而當時爲官者
貪污奢侈，背棄羊公之道，人民痛恨唾罵不已，又何言墮淚而建碑呢？

　　當時不僅文物毀壞，連遠離世俗的僧寺，也被戰火殃及了，其〈寄
廬岳僧〉詩云：

　　　　一聞飛錫別區中，深入西南瀑布峰。

　　　　天際雪埋千片石，洞門冰折幾株松。

　　　　煙霞明媚棲心地，苔蘚縈紆出世蹤。

　　　　莫問江邊舊居寺，火燒兵劫斷秋鐘。(《全唐詩》卷 844)

其另一首〈亂後經西山寺〉詩云：

　　　　松燒寺破是刀兵，谷變陵遷事可驚。

　　　　雲裡乍逢新住主，石邊重認舊題名。

　　　　閒臨菡萏荒池坐，亂踏鴛鴦破瓦行。

　　　　欲伴高僧重結社，此身無計捨前程。(《全唐詩》卷 845)

當時到處戰亂，無一片乾淨土可以安身，因此齊己痛心不已，其〈戊
辰歲江南感懷〉詩云：

　　　　忽忽動中私，人間何所之。

　　　　老過離亂世，生在太平時。

　　　　桃李春無主，杉松寺有期。

　　　　曾吟子山賦，何啻舊凌遲。(《全唐詩》卷 841)

漢末董卓爲亂，王粲猶可到荊州避難，可是在當時連漢代荊州那樣的地方也無處可覓，詩人內心的創痛到達了無以復加的地步，所以齊己對於統治階級鎮壓農民和藩鎮爭奪地盤的罪惡戰爭，表示極大的憤慨，對於人民流離失所，轉徙溝壑的深重苦難，表示深切的同情。其〈秋日錢塘作〉云：

> 秋光明水國，遊子倚長亭。
> 海浸全吳白，山澄百越青。
> 英雄貴黎庶，封土絕精靈。
> 句踐魂如在，應懸戰血腥。（《全唐詩》卷 839）

唐末五代之際，現實主義詩歌作者，像齊己這樣全面廣泛地反映戰亂及戰亂給人民帶來無盡痛苦的詩篇，在其他詩人的詩集中亦復有限。

（二）揭露統治者的剝削

齊己是出家人，卻能直接面對現實，不僅能反映人民的生活；而且能具體地指出人民苦難產生的根源。其〈耕叟〉詩云：

> 春風吹蓑衣，暮雨滴箬笠。
> 夫婦耕共勞，兒孫飢對泣。
> 田園高且瘦，賦稅重復急。
> 官倉鼠雀群，共待新租入。（《全唐詩》卷 847）

從對農民悲慘生活的描述中，深刻揭露了統治者兇殘暴虐。詩歌寫出了農民耕作辛勞，而食不果腹。官府卻賦稅繁重，官吏更層層啄噬，剝削者像一群鼠雀，吞噬著勞動者的辛勤果實，這就是造成農民痛苦的根源。齊己真切地反映剝削者與勞動者的嚴重對立，是對當時統治者的有力鞭撻。〈耕叟〉可與〈詩經・碩鼠〉、杜甫的〈三吏〉、〈三別〉、〈北征〉等詩相提並論。

農民爲了活命，逃入深山尋覓生機，卻又遇著虎狼的侵襲，其〈西山叟〉詩云：

> 西山中。多狼虎。去歲傷兒復傷婦。官家不問孤老身。還

在前山山下住。（《全唐詩》卷 847）

詩人描寫了這一悲慘的現實，正是柳宗元〈捕蛇者說〉情景的再現「苛政猛於虎」，賦斂之毒，令人髮指。統治者為了聚斂財富，還是拚命地開鑿地下礦藏，其〈寓言〉云：

造化安能保，山川鑿欲翻。

精革銷地底，珠玉聚侯門。

始作驕奢本，終為禍亂根。

亡家與亡國，云此更何言。（《全唐詩》卷 838）

統治者既壓榨了農民的血汗，又開採了地下的礦藏，谷粟堆滿倉廩，金銀珠玉積盈箱篋，於是更加驕橫，更加奢侈。其〈輕薄行〉詩云：

玉鞭金鐙驊騮蹄，橫眉吐氣如虹霓。

五陵春暖芳草齊，笙歌到處花成泥。

日沉月上且鬥雞，醉來莫問天高低。

伯陽道德何唾咦，仲尼禮樂徒卑栖。（《全唐詩》卷 847）

這是一幅豪門貴族驕奢淫逸的諷刺畫面。統治階級如此荒淫無道，朝廷只知任用無德無能，一味阿諛逢迎的小人，蹂躪百姓，以致造成天下淪亡。

齊己出身於佃農家庭，對於農民的苦難，更是瞭若指掌，對於農民的願望，也十分明白，他雖身居禪寺，卻無時不關心農民之苦樂。其〈野步〉詩云：

城裡無閒處，卻尋城外行。

田園經雨水，鄉國憶桑耕。

傍澗蕨薇老，隔村岡隴橫。

何窮此心興，時復鷓鴣聲。（《全唐詩》卷 838）

他在野外散步，亦隨時關心農事。若春雨下得太多或太大，也是齊己所擔憂的，其〈暮春久雨作〉詩云：

積雨向春陰，冥冥獨院深。

已無花落地，空有竹藏禽。

簷溜聲何暴，鄰僧影亦沉。

誰知力耕者，桑麥最關心。（《全唐詩》卷 842）

這種對農民的關懷和同情,在齊己許多詩篇中流露出來。統治者的驕奢淫逸,任意地搜刮造成了百姓痛苦的根源。齊己透過這種對比鮮明的形象畫面,對當時尖銳的貧富對立問題,作了高度關心和揭露。人民的苦難,就是詩人的焦慮,人民的炎熱或寒冷,就是詩人的憂煩。其〈苦熱行〉詩云:

> 離宮劃開赤帝怒,喝出六龍奔日馭。
>
> 下土熬熬若煎煮,蒼生惶惶無處處。
>
> 火雲峥嶸焚沉寥,東皋老農腸欲焦。
>
> 何當一雨蘇我苗,爲君擊壤歌帝堯。(《全唐詩》卷847)

從冷熱寒暑到天氣的變化,都可看出作者的心,與人民息息相關,故齊己詩作與現實生活是緊密相連的。

(三)對儒家主張的追求

唐末戰爭頻仍,造成了當時國家殘破、人民塗炭的社會現實,戰亂帶給人民災難和痛苦,百姓遭受屠戮和折磨,許多農民棄鄉逃亡,造成土地兼併日益嚴重,貧富差距日益懸殊。齊己從同情人民的出發點,對當時殘酷、腐敗的政治提出自己的見解,希望聖君明臣來平治天下,並且構建王道樂土的理想社會。

齊己生逢亂世,對於紛擾的社會、動盪的時局、滿目的瘡痍、不安的民心、百姓的困苦等感受深刻。其〈過鹿門作〉詩云:

> 鹿門埋孟子,峴首載羊公。
>
> 萬古千秋裡,青山明月中。
>
> 政從襄沔絕,詩過洞庭空。
>
> 塵路誰迴眼,松聲兩處風。(《全唐詩》卷839)

其感慨之深,可以想見。在〈寄監利司空學士〉云:

> 詩家爲政別,清苦日聞新。
>
> 亂後無荒地,歸來盡遠人。
>
> 寬容民賦稅,憔悴吏精神。
>
> 何必河陽縣,空傳桃李春。(《全唐詩》卷841)

詩人向爲官吏者提出了爲政者的訴求,認爲生活所迫逃亡的農民,從

遠方返回耕田種地，爲官吏者只要寬容農民的賦稅，而不橫徵暴斂，農村很快就可恢復生機，何必要像從前所傳說的河陽縣，徒有桃李之春呢？其〈寄當陽張明府〉詩云：

> 玉泉神運寺，寒磬徹琴堂。
> 有境靈如此，爲官興亦長。
> 吏愁清白甚，民樂賦輸忘。
> 聞說巴山縣，今來尚憶張。（《全唐詩》卷 841）

齊己認爲，官吏清白，賦稅減輕，是政治清明，人民安樂的最要條件。然而宮吏由朝廷任命，必須朝廷有聖明之君，才有可能任用才德兼備的官吏，而百姓才可安居樂業。其〈月下作〉云：

> 良夜如清晝，幽人在小庭。
> 滿空垂列宿，那箇是文星。
> 世界歸誰是，心魂向自寧。
> 何當見堯舜，重爲造生靈。（《全唐詩》卷 840）

「何當見堯舜，重爲造生靈。」齊己多麼希望明君再現來重造生靈。他有一個信念，認爲總會有聖明之君出現，因而也一定會有太平世界到來。〈宿沈彬進士書院〉詩云：

> 相期只爲話篇章，踏雪曾來宿此房。
> 喧滑盡消城漏滴，窗扉初掩岳茶香。
> 舊山春暖生薇蕨，大國塵昏懼殺傷。
> 應有太平時節在，寒宵未臥共思量。（《全唐詩》卷 844）

這種希望聖君賢臣平治天下的思想，無疑是受儒家思想的影響。唐代詩人徐仲雅在〈贈齊己〉中高度肯定：「我唐有僧號齊己，未出家時宰相器。」（《全唐詩》卷 762）齊己在〈與崔校書靜話言懷〉云：「同年生在咸通裡，事佛爲儒趣盡高。我性已甘披祖衲，君心猶待脫藍袍。」（《全唐詩》卷 844）其〈古劍行〉云：「何時得遇英雄主，用爾平治天下去。」（《全唐詩》卷 847）等詩篇可看出齊己深藏在內心的政治抱負，深受儒家積極入世思想所影響。

三、詩歌評價

　　齊己詩歌的成就，前人早有公允評價。唐代長沙楚國十八學士之一，與齊己同時代的詩人徐仲雅在〈贈齊己〉詩云：

> 我唐有僧號齊己，未出家時宰相器。爰見夢中逢五丁，毀形自學無生理。骨瘦神清風一襟，松老霜天鶴病深。一言悟得生死海，芙蓉吐出琉璃心。悶見有唐風雅缺，敲破冰天飛白雪。清塞清江卻有靈，遺魂泣對荒郊月。格何古，天公未生誰知主。混沌鑿開雞子黃，散作純風如膽苦。意何新，織女星機挑白雲。眞宰夜來調暖律，聲聲吹出嫩青春。調何雅，澗底孤空秋雨灑。嫦娥月裡學步虛，桂風吹落玉山下。語何奇，血潑乾坤龍戰時。祖龍跨海日方出，一鞭風雨萬山飛。己公己公道如此，浩浩寰中如獨自。一簞松風冷如冰，長伴巢由伸腳睡。（《全唐詩》卷 762）

徐仲雅用了「格古」、「意新」、「調雅」、「語奇」八個字，對齊己詩作了全面極高的肯定。

　　另一同時代著名的詩僧尚顏〈讀齊己上人集〉詩云：

> 詩爲儒者禪，此格的惟仙。
> 古雅如周頌，清和甚舜弦。
> 冰生聽瀑句，香發早梅篇。
> 想得吟成夜，文星照楚天。（《全唐詩》卷 848）

詩僧尚顏認爲齊己詩「古雅」、「清和」。同時代的徐仲雅、尚顏分別在詩中對齊己的讚美，可證明齊己詩在當時詩壇的評價甚高。

　　蘇軾《東坡志林》中曾貶抑五代詩文，王漁洋因而認爲：「東坡志林云：唐末五代，文章衰盡，詩有貫休、齊己，書有亞棲，村俗之氣，大略相似。此論固然，然齊己白蓮集，至今尚傳。余嘗見海虞馮氏寫本，有荊南孫光憲序，篇帙完好，略無闕佚。文章流傳，信有命乎？」〔註129〕所謂「命」應該只是亂世之中，詩文能否流傳的一個因素而已，若不幸則爲烽火所毀壞；但作品本身是否具備

〔註129〕王漁洋：《香祖筆記》，北京：中華書局，1965 年，卷 9。

價值才是重要的。齊己在五代詩人中，雖然難與韋莊、韓偓等人的作品相比，但他清麗冷峭的詩風亦能別具一格，且廣爲後代詩評家所讚許。

　　爲齊己《白蓮集》作序的孫光憲在其序中曰：「師趣尙孤潔，詞韻清潤，平淡而意遠，冷峭……鄭谷郎中與師云：應是逢新雪，高吟得好詩。格清無俗字，思苦有蒼髭。諷味都忘倦，拋琴復捨棊。其爲詩家流之稱許也如此。」又說：「議者以唐宋詩僧，惟貫休禪師骨氣混成，境異倬異，殆難儔敵。至於皎然、靈一將已禪者，並驅於風騷之途，不近不遠也。江之南漢之北，緇流以儒業緣情者，靡不希其聲彩，自非雅道昭著，安得享茲大名。鄙以旅宦荊臺，最承款狎，較風人之情致，頤文土之旨歸。周旋十年，互見闑域。」孫光憲與齊己同在荊南，所言可信度甚高。

　　明代竟陵派的代表人物鍾惺《唐詩歸》中稱讚齊己詩「有一種高渾靈妙之氣」其云：

　　　　齊己詩有一種高渾靈妙之氣，翼其心手。今人謂李白笑矣乎悲來乎粗野之詩，爲齊己僞作，可謂不知眞齊己者矣。〔註130〕

　　方回《瀛奎律髓》對齊己讚賞有加，其云：

　　　　齊己潭州人，與貫休并有聲。同師石霜。二僧詩，唐之尤晚者。已詩如夜過秋竹寺，醉打老僧門，最佳。」〔註131〕

　　胡震亨《唐音癸籤》稱讚齊己：

　　　　齊己詩清潤平淡，亦復高遠冷峭，一經都官點化，《白蓮》一集，駕出《雲台》之上，可謂智過其師。〔註132〕

胡震亨認爲齊己經過鄭谷「點化」之後，他的《白蓮集》成就反而凌駕鄭谷《雲台編》之上。譚宗《近體秋陽》則由僧人角度評論：

〔註130〕鍾惺：《唐詩歸》，見《續修四庫全書》集部，上海：上海古籍出版社，1995年，第1590冊，卷36頁450。
〔註131〕方回：《瀛奎律髓》，北京：中華書局，1965年，卷12。
〔註132〕胡震亨：《唐音癸籤》見周維德集校《全明詩話》，濟南：齊魯書社，2005年6月，卷8，頁3640。

釋齊己詩，躡跡雲邊，落想天外，煙火絕盡，服食自如，妙在一不猶人，而掉尾回龍，亡不過當。其餘如〈劍客〉、〈原上〉等篇，此豈可與區區緇品同日語者？篇多佳，收不可盡，三唐雖多金鈇，吾於齊師又何以加諸！〔註133〕

在眾多評論中，以紀昀《四庫全書總目提要》卷一五一《白蓮集十卷》所作之評論，不僅詳盡，且對齊己優劣之評亦至為公允。

唐代緇流，能詩者眾，其有集傳於今者，惟皎然、貫休及齊己。皎然清而弱，貫休豪而粗，齊己七言律詩不出當時之習，及七言古詩以盧仝、馬異之體縮為短章，詰屈聱牙，尤不足取。惟五言律詩居全集十分之六，雖頗沿武功一派，而風格獨遒，如〈劍客〉、〈聽琴〉、〈祝融峰〉諸篇，猶有大曆以還遺意。其絕句中〈庚午年十五夜對月〉詩曰：「海澄空碧正團圓，吟想玄宗此夜寒。玉免有情應記得，西邊不見舊長安」。惓惓故君，尤非他釋子所及，宜其與司空圖相契矣。」〔註134〕

許總認為唐末僧道，處身於山林、寺院中，多有「末世的悲哀與落寞心態」。其《唐詩史》云：

五代前期文人多為唐末遺民，除匯聚西蜀、江南等小朝廷者之外，散在民間者多為隱居山林的學子與雲遊江湖的僧道，他們或仕途無望，或絕意功名，面對大一統政權崩裂、小朝廷偏安一隅的政治局面，自然難免生成一種末世的悲哀與落寞心態，但長期處身於山林、寺院的清幽景緻與僻靜環境之中，則更多地造成一種遠離現實的散淡情懷。〔註135〕

齊己部分詩歌〈酬元員外〉、〈亂後經西山寺〉等詩，雖不免有「末世的悲哀與落寞心態」，然而觀諸〈苦熱行〉、〈苦寒行〉、〈猛虎行〉、

〔註133〕陳伯海主編：《唐詩彙評》，浙江：浙江教育出版社，1996 年 5 月，頁 3117。

〔註134〕紀昀：《欽定四庫全書總目提要》整理本，北京：中華書局，1997 年 1 月，卷 151，頁 2030。

〔註135〕陳伯海主編：《唐詩彙評》，浙江：浙江教育出版社，1996 年 5 月，頁 3117。

〈西山叟〉、〈耕叟〉、〈看金陵圖〉、〈劍客〉、〈古劍歌〉等詩，均忠實地紀錄當時社會現實的亂象，揭露統治者的剝削，同情貧困人民，其反映社會現實的詩作寫得沈鬱而感傷，於唐末五代一片頹靡詩風中，更顯得卓然特立。

第十一節　其他詩人

　　唐末五代諷刺詩人，除前述作品豐富者外，尚有不少，如聶夷中、韓偓、曹鄴、于濆、劉駕、唐彥謙、秦韜玉、崔道融、徐鉉、黃滔等，這些詩人堅持著杜甫、白居易現實主義的創作道路，以詩歌形式反映日趨深化的社會矛盾，形成了有共同特色。對此，元人辛文房在《唐才子傳》中曾有過很有見解的評論：

> 觀唐詩至此間弊亦極矣，獨奈何國運將弛，士氣日喪，文
> 不能不知之。嘲雲戲月，刻翠粘紅，不見補於采風，無少
> 禪於化育；徒務巧於一聯，或伐善於隻字，悅心快口，何
> 異秋蟬亂鳴也。于濆、邵謁、劉駕、曹鄴等，能返棹下流，
> 更唱瘄俗，置聲祿於度外，患大雅之淩遲，使耳厭鄭、衛，
> 而忽洗雲和；心醉醇醲。而乍爽玄酒。所謂清清冷冷，愈
> 病析酲。逃空虛者，聞人足音，不亦快哉。〔註136〕

辛文房的評論，爲我們研究晚唐詩壇，開拓了視野。晚唐詩壇上的現實主義流派的詩人，影響較大的當然爲皮日休、陸龜蒙、杜荀鶴等人，一般的文學史及唐詩研究者，對他們多有論述，獨曹鄴等人，一般的文學史多隻字不提，縱使偶有提及，也輕描淡寫帶過。由於正史無記載，故僅能從其詩作和後人零星論述中作具體分析，這些爲數不少的詩人在當時也曾經發揮過力量，其作品或許不夠豐富，但畢竟是那個時代的聲音，歷史的見證，理應受到相當的重視。本節擬對這些被塵封的詩人，擇其數人，作一概略之探討。

〔註136〕辛文房：《唐才子傳校箋》，傅璇琮主編，北京：中華書局，1987 年
　　　　5 月，第 3 冊，卷 8，頁 459。

一、聶夷中

聶夷中（837～884？年），字坦之，河東郡（今山西永濟附近）人，一說是河南（今河南洛陽附近）人。計有功《唐詩紀事》、尤袤《全唐詩話》、辛文房《唐才子傳》、孫光憲《北夢瑣言》及《永濟縣志》卷三十三《人物》均有聶夷中的記載，然皆簡略。詩人出身貧寒，「奮身草澤，備嘗辛楚」，懿宗咸通十二年（871 年）中進士，因時局動亂，久滯長安，直到「皁裘已弊，黃糧如珠，始得調華陰縣尉。」〔註137〕聶夷中的詩流傳下來不多，《全唐詩》收錄了一卷，共三十二題三十七首，其中與孟郊詩相重的有九首，與李紳、許棠詩相重的各一首，因此，確定爲聶夷中詩作只有二十六首，又據清人俞琰所輯《歷代詠物詩選》，有〈詠雪〉詩一首，合計存詩二十七首。

聶夷中的詩歌繼承了中唐新樂府運動，就內容而言，在唐末日趨浮豔頹靡的詩壇上，聶夷中是以反映社會現實而顯示其創作特色的詩人，詩歌中常可見到關懷民生疾苦或諷諭時世之作。

聶夷中的諷刺詩，廣泛地揭露了唐末五代社會統治集團與廣大農民之間的矛盾。這種矛盾，最明顯的就是農民生活的困苦。其〈詠田家〉詩云：

> 二月賣新絲，五月糶新穀。
> 醫得眼前瘡，剜卻心頭肉。
> 我願君王心，化作光明燭。
> 不照綺羅筵，只照逃亡屋。（《全唐詩》卷 636）

詩歌充滿作者對田家的同情。「賣青」是將尚未成熟的農產品預先賤價抵押，兩度言賣「新」，是迫於賦斂。緊接著以「醫得眼前瘡，剜卻心頭肉。」入骨三分地揭示現實，「我願君王心」以下是詩人陳情，運用反筆揭示皇帝昏瞶，世道不公。「綺羅筵」與「逃亡屋」構成鮮明對比，暗示農家賣青破產的原因。

〔註137〕辛文房：《唐才子傳校箋》，傅璇琮主編，北京：中華書局，1987 年 5 月，第 4 冊，卷 9，頁 10。

農民生活無望及由此所引起的嚴重後果，其〈田家〉二首，廣為傳誦，其〈田家，二首之一〉云：

> 父耕原上田，子斸山下荒。
>
> 六月禾未秀，官家已修倉。(《全唐詩》卷 636)

官府貪得無饜，提前「修」倉，迫不及待地徵稅。農民無衣無食，終年辛勤耕作，卻落的掙扎於飢餓邊緣的結果，又還有什麼希望可言呢？農家辛勤忘我的工作，而官府卻無止盡的剝削，形成了尖銳的對比。一個「未」字，一個「已」字，將統治者的殘酷表露無遺。沈德潛將本詩與柳宗元〈捕蛇者說〉相提並論，認為：「言簡意足，可匹柳文。」〔註138〕可見其語言的樸素凝煉、取材造境的高明。

聶夷中同情農民的詩歌尚有〈贈農〉(《全唐詩》卷 636)、〈古興〉(《全唐詩》卷 636)、〈客有追歎後時者作詩勉之〉(《全唐詩》卷 636)等詩作。

聶夷中諷刺詩的另一主題是譏刺權貴驕奢淫逸。指出了上層官吏的腐敗已經到了無可救藥的地步。其〈公子行，二首之二〉云：

> 花樹出牆頭，花裡誰家樓。一行書不讀，身封萬戶侯。美
> 人樓上歌，不是古涼州。(《全唐詩》卷 636)

詩人對權貴豪族飛揚跋扈、寡廉鮮恥、氣燄囂張，不但加以憤怒地批判，而且揭露了官僚只會縱情享受，「一行書不讀」胸無點墨之輩，道盡了晚唐腐敗的吏治。類似主題的尚有：〈空城雀〉(《全唐詩》卷 636)、〈公子家〉(《全唐詩》卷 636)、〈大垂手〉(《全唐詩》卷 636)、〈過比干墓〉(《全唐詩》卷 636)等詩歌。

戰爭造成生靈塗炭，社會動盪，聶夷中對於戰爭是厭惡痛恨的，類似主題的詩歌有：「良人昨日去，明月又不圓。別時各有淚，零落青樓前。」(〈雜怨〉，《全唐詩》卷 636)、〈胡無人行〉(《全唐詩》卷 636)、〈烏夜啼〉(《全唐詩》卷 636)、〈古別離〉(《全唐詩》卷 636)、

〔註138〕沈德潛：《唐詩別裁集》見《歷代詩別裁集》，杭州：浙江古籍出版社，1998 年 5 月，頁 88。

〈起夜來〉（《全唐詩》卷636）等。

綜上所述，聶夷中的詩，一反當時雕飾藻繪的不良風氣，常出之以淺近質樸的語言，表達諷刺現實的思想感情，平淺暢達而不事雕琢，無生澀之字，無冷僻之典，卻描寫生動，感情眞摯，議論深刻。明暢自然，並具有一定的藝術感染力。尤袤評其詩：「言近意遠，合三百篇之旨也。」〔註139〕胡震亨評曰：「晚季以五言古詩鳴者，曹鄴、劉駕、聶夷中、于濆、邵謁、蘇拯數家。……夷中語尤關教化。」〔註140〕是極爲適當的。辛文房則曰：「古樂府尤得體，皆警省之辭，裨補政治，樂而不淫，哀而不傷，正國風之義也。」〔註141〕不論聶氏詩是「尤關教化」或是上承「國風」，都明確指出聶夷中的詩歌繼承《詩經》以來現實主義詩歌的優良傳統，繼續中唐新樂府運動，不愧爲唐末五代傑出之詩人。

二、韓　偓

韓偓（842？～923年），字致堯，（一作致光）。小名多郎，號玉山樵人。京兆萬年（今陝西西安市）人。十歲能賦詩，頗具才氣，其姨父李商隱曾寫詩：「十歲裁詩走馬成，冷灰殘燭動離情。桐花萬里丹山路，雛鳳清於老鳳聲。」〈韓多郎即席爲詩相送一座盡驚……〉（《全唐詩》卷 540）大加推讚韓偓：「雛鳳清於老鳳聲」。昭宗龍紀元年（889 年）登進士第。歷任翰林學士、中書舍人、兵部侍郎等職。不久因忤觸權臣朱溫，貶濮州司馬。天祐三年（906 年），投靠威武節度使王審知。這期間，唐王朝曾二次詔命韓偓復職，皆不應。唐亡後，寫詩只記干支，不記年號，表示不臣服於梁。梁龍德三年（923

〔註139〕尤袤：《全唐詩話》，見何文煥輯《歷代詩話》卷五，北京：中華書局，1997 年 3 月，頁 204。

〔註140〕胡震亨：《唐音癸籤》見周維德集校《全明詩話》，濟南：齊魯書社，2005 年 6 月，卷 8，頁 3638。

〔註141〕辛文房：《唐才子傳校箋》，傅璇琮主編，北京：中華書局，1987 年 5 月，第 4 冊，卷 9，頁 12。

年）去世。〔註142〕徐復觀認爲：

> 韓偓留下的詩，《唐書‧藝文志》著錄有《韓偓詩》一卷，
> 《香奩集》一卷，就現行集中可信爲韓偓的作品來看，寫
> 景較姚合爲自然，言情較許渾爲眞切。近體詩於溫婉之中，
> 有深厚之致，非晚唐一般靡靡之音可比。〔註143〕

　　韓偓詩大致分三個階段。早期喜作豔情詩，《香奩集》多數是少
年時期作品，中期受昭宗信任，感恩應酬之作較多。晚期流落江湖，
傷時懷舊，作品沉鬱、婉曲。

　　韓偓因《香奩集》得名，集中多抒寫男女之情、風格綺麗纖巧，
基本大多是豔體詩。據集中自序，這些詩歌大約作於己亥（879 年）、
庚子（880 年）之前，其中如：〈席上有贈〉（《全唐詩》卷 683）、〈五
更〉（《全唐詩》卷 683）、〈晝寢〉（《全唐詩》卷 683）、〈詠浴〉（《全
唐詩》卷 683）、〈屐子〉、《偶見背面是夕兼夢》（《全唐詩》卷 683）
等，寫士大夫的狎邪生活，感情浮薄，作風輕靡，不免流入猥褻，對
後來的豔體詩產生不良之影響。但也有寫得含蓄纏綿的作品，如：〈倚
醉〉（《全唐詩》卷 683）、〈繞廊〉（《全唐詩》卷 683）、〈聞雨〉（《全
唐詩》卷 683）、〈欲去〉（《全唐詩》卷 683）、〈天涼〉（《全唐詩》卷
683）等詩作，皆情深語摯而委婉動人，抒寫愛情受阻隔時的悵恨、
追憶、思念等細膩的心理活動。其〈已涼〉是《香奩集》許多反映男
女情愛詩歌中，最爲膾炙人口的一篇。其詩云：

> 碧闌干外繡簾垂，猩血屏風畫折枝。
> 八尺龍鬚方錦褥，已涼天氣未寒時。（《全唐詩》卷 683）

詩人純然藉助環境景物來烘托人的情思，既不見人，更不直書情懷。
由「繡簾垂」、「畫折枝」，可以想見詩中主人的身分及可能產生的情
緒，想見她在最難將息時候的寂寞空虛和相思之情，通篇沒有一個字

〔註142〕吳任臣：《十國春秋》，杭州：杭州出版社，2004 年，頁 189。
〔註143〕徐復觀：〈韓偓詩與《香奩集論考》〉見《香港中國古典文學研究論
　　　　文選粹（1950～2000）詩詞曲篇》，南京：江蘇古籍出版社，2002
　　　　年 4 月，頁 60。

涉及「情」，甚至沒有一個字觸及「人」，純然借助環境景物來點染人的情思，詩旨極耐猜尋，亦復筆意深曲，興味雋永。

　　韓偓在朝期間的詩作不多。被貶謫離京直至入閩，流離轉徙，詩作較多，其中有不少感時傷事、懷念故國的佳作，是韓偓詩中最有價值的詩篇。毛晉《韓內翰別集‧跋》稱許爲：「自辛酉迄甲戌凡十有四年，往往藉自述入直、扈從、貶斥、復除、互敘朝廷播遷、奸雄篡弒，始末歷然如鏡，可補史傳之缺。」〔註144〕這些作品，幾乎是以編年史的方式呈現，韓偓的詩如同杜詩，具有「詩史」的意義。作者喜歡用近體，尤其是七律的形式寫時事，記事與述懷相結合，用典工切，有沉鬱頓挫的風味，善於將感慨蒼涼的意境寓於清麗纏綿的詞章之中。如：〈春盡〉（《全唐詩》卷681）、〈故都〉（《全唐詩》卷680）、〈傷亂〉（《全唐詩》卷681）、〈安貧〉（《全唐詩》卷681）等。其〈安貧〉詩云：

　　　　手風慵展一行書，眼暗休尋九局圖。
　　　　窗裡日光飛野馬，案頭筠管長蒲盧。
　　　　謀身拙爲安蛇足，報國危曾捋虎鬚。
　　　　舉世可能無默識，未知誰擬試齊竽。（《全唐詩》卷681）

題作「安貧」，實質是不甘安貧，希望有所作爲；但由於無可作爲，又不能不歸結爲自甘安貧。末兩句，詩人幽默地說道：可能沒有誰認識我這個南郭處士，該不會也像齊湣王一樣逐一聽竽，既然這樣，仍可安心守貧客居下去。詩中的幽默更增加了悲傷的情緒，透露出詩人晚年的潦倒與沉痛。韓偓晚年生活中的這一基本思想矛盾以及由此引起的複雜心理變化，都在這首篇幅不長的詩裏得到眞切而生動的反映。另一首〈自沙縣抵龍溪縣值泉州軍過後村落皆空因有一絕〉詩云：

　　　　水自潺湲日自斜，盡無雞犬有鳴鴉。
　　　　千村萬落如寒食，不見人煙空見花。（《全唐詩》卷681）

詩人反映農村亂敗景象，寫亂世中軍隊擾民，寓時事於寫景之中，更有

〔註144〕韓偓：《韓內翰別集》，見《四庫全書》，台北：台灣商務印書館，1983年，第1083冊，頁101。

畫筆與史筆相結合之妙，諷刺是婉曲而深刻的。另一首〈惜花〉詩云：

皺白離情高處切，膩香愁態靜中深。

眼隨片片沿流去，恨滿枝枝被雨淋。

總得苔遮猶慰意，若教泥污更傷心。

臨軒一醆悲春酒，明日池塘是綠陰。(《全唐詩》卷 681)

全詩從殘花、落花、花落後的遭遇一直寫到詩人的送花、別花和想像中花落盡的情景，逐層展開，逐層推進，用筆精細入微。近人吳闓生認爲其中暗寓「亡國之恨」，寫得那樣悲咽沉痛，是有原因的。

綜觀韓偓詩歌的內容可知，嚴羽所謂的「香奩體」，並不足以涵蓋韓偓所有詩作，至多只能用來述說《香奩集》中關於男女間情愛的詩作。況且，《韓翰林集》中有政治感懷、親舊離思、隱逸、景物和詠物等作品，這更不是嚴羽的話所能概括的。韓偓詩多黍離之悲，慷慨悲涼，風骨凜然。就韓偓影響的評價來說，今人汪秀霞以韓偓詩受李商隱的影響，早期詩作詞采華麗，穠纖奇麗，色彩鮮明的詩風，而認爲此類詩風影響宋初「西崑體」之詩風，譽爲「西崑之祖」。〔註 145〕如其所言，固然提高韓偓在文學史上的地位，但仍待商榷。對韓偓的評論，《四庫全書總目提要》曰：「其詩雖局於風氣，渾厚不及前人，而忠憤之氣，時時溢於語外，性情既摯，風骨自遒，慷慨激昂，迥異當時靡靡之響」，〔註 146〕是切中肯綮的，實爲公允之論。

三、曹　鄴

曹鄴（816～875？年），字業，一作鄴之。桂州陽朔（今廣西桂林市陽朔縣）人。其行年事蹟，由於文獻不足，已不可詳考，只能略推大概。曹鄴於宣宗大中四年（850 年）張溫琪榜中第。〔註 147〕由天

〔註 145〕汪秀霞：《韓偓的詩文及其生平》，台北：弘道文化事業有限公司，1979 年 6 月，頁 76。

〔註 146〕紀昀：《欽定四庫全書總目提要》整理本，北京：中華書局，1997 年 1 月，卷 151，頁 2028。

〔註 147〕辛文房：《唐才子傳校箋》，傅璇琮主編，北京：中華書局，1987 年 5 月，第 3 冊，卷 7，頁 357。

平幕府遷太常博士，歷祠部郎中，洋州刺史，由於厭惡官場的腐敗齷齪，任吏部侍郎不久就辭官回鄉。其詩作據《新唐書・藝文志》有三卷，《直齋書錄解題》載爲一卷，而《全唐詩》則編爲兩卷，此外尚有佚詩數首，散見於地方誌中，《全唐詩》編詩二卷，錄詩一〇八首。又《補編》三首，計存詩一一一首。

　　曹鄴出身寒微，青少年時期是在家鄉陽朔度過的，其〈翠孤至渚宮寄座主相公〉詩，描述早年家境窮困：「……全家到江陵，屋虛風浩浩。中腸自相伐，日夕如寇盜。其下有孤姪，其上有孀嫂。黃糧賤於土，一飯常不飽。……」（《全唐詩》卷 592）敘述自己在中進士之前生活境況並不寬裕，這使他有機會接觸下層群眾，瞭解他們的困苦。離鄉後的十年京城應考，接觸了更爲廣闊的社會，其〈四望樓〉詩云：

　　　　背山見樓影，應合與山齊。
　　　　座上日已出，城中未鳴雞。
　　　　無限燕趙女，吹笙上金梯。
　　　　風起洛陽東，香過洛陽西。
　　　　公子長夜醉，不聞子規啼。（《全唐詩》卷 592）

詩人對貧富不均，苦樂懸殊的現實感到痛苦，而自長期生活艱辛，在家鄉應考十年，九次落第。屢考不中，備受世人冷眼，又使他憤憤不平，因而形成疾惡如仇，剛正不阿的性格。

　　晚唐的社會矛盾，曹鄴反映了那個時代較爲廣泛的社會實際情形，正如梁超然先生所說：「舉凡當時政治的黑暗、統治階級的腐朽、藩鎮武將的窮兵黷武、兵役勞役的繁重等，在曹鄴詩中都得到一定程度的反映。」〔註148〕曹鄴任天平節度使推官時，作〈奉命齊州推事畢寄本府尚書〉詩云：

　　　　越鳥棲不定……州民言刺史，蠹物甚於蝗。受命大執法，
　　　　草草是行裝。僕隸皆分散，單車驛路長。四顧無相識，奔
　　　　馳若投荒。重門下長鎖，樹影空過牆。……獄吏相對語，

〔註148〕曹鄴：《曹鄴詩注》，梁超然注，上海：上海古籍出版社，1985 年，前言，頁 4。

　　簿書堆滿床。敲枷打鎖聲，終日在目旁。……走馬歸汶陽。
　　（《全唐詩》卷 592）
詩人不僅敘述了自己不顧個人安危，隻身前往齊州，細心查明案情，
嚴懲貪官污吏，為民申雪冤屈的經過，而且揭露了官吏貪贓枉法，魚
肉百姓的血淋淋的事實，敲開晚唐吏治黑暗之冰山一角；一針見血地
道出朝政敗壞，民生凋敝的根源。呈現出詩人有骨氣，疾惡如仇的形
象。曹鄴同情農民被剝削被壓迫之詩篇，如：〈四怨三愁五情詩〉共
十二首，其〈四怨三愁五情詩十二首之四：怨〉：詩云：「手推嘔啞車，
朝朝暮暮耕。未曾分得穀，空得老農名。」（《全唐詩》卷 592）、〈賀
雪寄本府尚書〉：「麥根半成土，農夫泣相對。」（《全唐詩》卷 592）、
另一首〈官倉鼠〉詩云：

　　官倉老鼠大如斗，見人開倉亦不走。
　　健兒無糧百姓飢，誰遣朝朝入君口。（《全唐詩》卷 592）

用鮮明的語言對貪官污吏作了辛辣的諷刺，矛頭直指最高統治者。採
用民間口語，譬喻妥帖，詞淺意深。一、二句勾畫出官倉鼠不同一般
鼠的特徵和習性。第三句「健兒無糧百姓飢」，由「鼠」寫到「人」，
以強烈的對比，官倉裏的老鼠被養得又肥又大，前方守衛邊疆的將士
和後方終年辛勞的百姓卻仍然在挨餓！第四句質問這樣一個人不如
鼠的社會，是誰把官倉裏的糧食供奉到老鼠嘴裏？官倉鼠不就是吮吸
人民血汗的貪官污吏；詩人有意地引導讀者去探索造成這一不合理現
象的根源，把矛頭指向了最高統治者。其〈捕魚謠〉詩云：

　　天子好征戰，百姓不種桑。天子好年少，無人薦馮唐。天
　　子好美女，夫婦不成雙。（《全唐詩》卷 592）

詩人用生動潑辣的民謠形式，純用口語，樸素曉暢，卻又激切直率地
直接怒斥皇帝的種種倒行逆施。皇帝好戰、好嬉戲、好女色，集三者
於一身。將最高統治者無道，卻殃及天下蒼生的罪過，客觀地敘述，
以事實提供了強烈對比的因果關係，掩飾在「天之驕子」身上的神聖
外衣，被作者犀的筆撕去，直指其醜惡本質，痛快淋漓地對皇帝的罪

行，進行猛烈抨擊。

　　統治集團之貪戰、好戰，藩鎮割據之擁兵作亂，士兵、人民均遭受波及。曹鄴〈戰城南〉詩云：

　　　　千金畫陣圖，自爲弓劍苦。

　　　　殺盡田野人，將軍猶愛武。

　　　　性命換他恩，功成誰作主。

　　　　鳳皇樓上人，夜夜長歌舞。（《全唐詩》卷592）

斥責軍閥之好戰成性，他們浪費國家錢財，發動戰爭，不惜犧牲人民性命，以換取一己之恩榮享受，甚至夜夜歌舞不斷。詩人深刻地揭露了不義的軍閥戰爭，評擊他們「殺盡田野人」，還不肯停手的嚴重罪行，予以憤怒的斥責。另一首〈甲第〉詩云：

　　　　遊人未入門，花影出門前。

　　　　將軍來此住，十里無荒田。（《全唐詩》卷592）

詩人諷刺了邊塞的將軍，只知貪心，圖謀私利，壓榨邊塞鄉里的醜惡行徑。其〈長城下〉詩云：

　　　　遠水猶歸壑，征人合憶鄉。

　　　　泣多盈袖血，吟苦滿頭霜。

　　　　楚國連天浪，衡門到海荒。

　　　　何當生燕羽，時得近雕梁。（《全唐詩》卷592）

寫出征人思鄉的深情。征人服役受苦之艱辛，泣血苦吟訴說慘象卻有家歸不得。其〈秦後作〉詩云：

　　　　大道不居謙……徒流殺人血，神器終不惑。一馬渡空江，

　　　　始知賢者賊。（《全唐詩》卷593）

詩人對統治者窮兵黷武，不體恤人民，滅絕人性的作爲，毫不留情地加以抨擊。其〈築城〉三首之三云：

　　　　築人非築城，圍秦豈圍我。

　　　　不知城上土，化作宮中火。（《全唐詩》卷592）

詩人借秦築長城之事，抒寫人民爲勞役所苦，其中蘊含思婦無盡的哀怨及輾轉呻吟痛苦哀嚎。其餘描寫戰禍之慘狀，生民遭受困苦，生不

生不如死的尚有〈怨歌行〉（《全唐詩》卷 593）、〈南征怨〉（《全唐詩》卷 593）、〈贈道師〉（《全唐詩》卷 593）等詩歌。

　　譴責達官貴人奢侈荒淫的生活，這些詩篇，寫得尖銳深刻，充滿了強烈的諷刺性。其〈貴宅〉詩云：

> 入門又到門，到門戟相對。玉簫聲尚遠，疑似人不在。公子厭花繁，買藥栽庭內。望遠不上樓，窗中見天外。此地日烹羊，無異我食菜。自是愁人眼，見之若奢泰。（《全唐詩》卷 592）

「此地日烹羊，無異我食菜。」描寫顯貴權要們，浪費奢侈之生活。其〈四望樓〉詩云：

> 背山見樓影，應合與山齊。座上日已出，城中未鳴雞。無限燕趙女，吹笙上金梯。風起洛陽東，香過洛陽西。公子長夜醉，不聞子規啼。（《全唐詩》卷 592）

「公子長夜醉，不聞子規啼。」寫出了權貴們笙歌狂歡，紙醉金迷的行徑。

　　曹鄴目睹唐王朝日漸衰頹，難免憂憤抑鬱而欷愴不已，這類詠史詩歌，別具深刻的諷諭效果。如：〈讀李斯傳〉、〈始皇陵下作〉、〈姑蘇臺〉、〈登岳陽樓有懷寄座主相公〉、〈放歌行〉、〈文宗陵〉、〈代班姬〉、〈過白起墓〉、〈吳宮宴〉等。茲舉其〈吳宮宴〉一詩：

> 吳宮城闕高，龍鳳遙相倚。四面鏗鼓鐘，中央列羅綺。春風時一來，蘭麝聞數里。三度明月落，青娥醉不起。江頭鐵劍鳴，玉座成荒壘。適來歌舞處，未知身是鬼。（《全唐詩》卷 592）

詩人詠歎吳帝孫皓荒淫奢侈，不恤國事，以致樂極生悲，身死國滅。此詩顯然是針對唐懿宗。懿宗是唐代極為昏庸荒淫殘暴的皇帝，他宴遊無節制，當君臣上下把百姓膏脂搜刮殆盡之後，黃巢之亂隨即爆發。懿宗死後，歷僖宗、昭宗、昭宣帝共三十多年，唐王朝也就滅亡了，從後代歷史的驗證下，我們可以觀察到曹鄴當時敏銳的政治眼光。

　　詠史詩大抵託古諷今，觸及當時的一些重大問題，不僅表現了詩

人精湛的歷史見解，也抒發了他對時局的隱憂。

　　曹鄴詩歌創作頗具藝術個性，其流傳下來之詩，除幾首近體外，均爲古體，尤以五古和樂府爲多。宋代計有功評曰：「駕與曹鄴友善，工古風。」〔註149〕明人蔣冕評曹鄴詩的藝術風格是：「格調高古，意深語健，諸體略備。」〔註150〕詩人正直獨立的品格，表現在其詩歌創作中，寫作剛健質樸的古詩，而不趨附於時尚。而曹鄴詩也是有缺點的。詩人注重抒寫「性靈」，這固然是優點，但有時過於直露，則是其缺失。

　　綜上所述，曹鄴是晚唐詩壇中地位重要的詩人，唐人張爲在《詩人主客圖》中將其列於「高古奧逸」之升堂者，足見曹鄴受到唐朝人的推崇。《四庫全書總目提要》評曰：「顧其詩乃多怨老嗟卑之作。蓋坎壈不遇，晚乃成名，故一生寄託，不出此意。」〔註151〕紀昀的評論並不客觀。明代陸時雍評曰：「以意撐持，雖不迫古，亦所謂『鐵中錚錚，庸中姣姣』矣。」〔註152〕應是較爲公允的評論，胡震亨則以「洗剝到極淨極眞」〔註153〕來讚美他的詩歌藝術。

四、于　濆

　　于濆（832～？年），字子漪，卒年不詳，曾寓居堯山附近，籍貫不詳。唐懿宗咸通二年（861 年）考中進士，做過泗州判官。《新唐書・藝文志》著錄「于濆詩一卷」，今《全唐詩》存詩一卷，計四十六首。

〔註149〕計有功：《唐詩紀事》，見《四部叢刊正編》，台北：台灣商務印書館，1979 年，第 99 冊，頁 519。

〔註150〕計有功：《唐詩紀事》，見《四庫全書》，台北：台灣商務印書館，1983 年，第 1083 冊，頁 129。

〔註151〕紀昀：《欽定四庫全書總目提要》整理本，北京：中華書局，1997 年 1 月，卷 151，頁 2025。。

〔註152〕陸時雍：《詩鏡總論》，見《四庫全書》，台北：台灣商務印書館，1983 年，第 1411 冊，頁 129。

〔註153〕胡震亨：《唐音癸籤》見周維德集校《全明詩話》，濟南：齊魯書社，2005 年 6 月，卷 8，頁 3638。

　　于濆在晚唐詩壇，是一位不為時人所重，但卻具有顯著現實主義創作特色的詩人。對當時「拘束聲律而入輕浮」的形式主義創作傾向，感到不滿，曾作古風三十篇，以矯弊俗。

　　于濆在為數不多的詩中，反映社會現實和民生疾苦的詩卻占了相當比例。其詩作質樸無華，明快直切，以比興的方式，發揚質樸、平易詩風，採用諷刺的手法，控訴了社會的分配不公、苦樂不均的不合理現象，其作品在一定程度上揭露了社會的黑暗。其〈古宴曲〉詩云：

> 雉扇合蓬萊，朝車回紫陌。重門集嘶馬，言宴金張宅。燕
> 娥奉卮酒，低鬟若無力。十戶手胼胝，鳳凰釵一隻。高樓
> 齊下視，日照羅衣色。笑指負薪人，不信生中國。（《全唐詩》
> 卷 599）

詩人以描寫宴會為中心，借古事以寫時事，主旨在於諷刺過著奢華生活的達官貴人們，對民生疾苦的無知。開頭四句寫朝罷赴宴，不直接寫人，但有車馬、重門、上朝、宴飲，可以想見其間的人物富貴的氣派。中間四句寫宴飲席上的盛況，採用「烘雲托月」側面描寫，由金釵可想見美女之高雅，進而就更可想見座客之高貴與宴席之豐盛了。末四句寫宴罷後的消遣。酒醉飯飽，不免要遊目騁懷一番，當樵夫從高樓附近經過時，貴官們帶笑指點著議論起來，不相信國中竟然還有這樣的窮苦百姓。

　　詩人深刻地反映了社會中的不合理現象，另一首〈苦辛吟〉詩云：

> 壟上扶犁兒，手種腹長飢。
> 窗下拋梭女，手織身無衣。
> 我願燕趙姝，化為嫫母姿。
> 一笑不值錢，自然家國肥。（《全唐詩》卷 599）

前四句表現下層人民的饑寒，後四句表現上層社會的浪費；兩相對照，突顯了食、衣兩方面的不合理情況，藉以批判上層社會的腐敗。明代謝榛評論于濆〈苦辛吟〉曰：「此作有關風化」[註154]另一首〈里

〔註154〕謝榛：《四溟詩話》，見周維德集校《全明詩話》，濟南：齊魯書社，
　　　2005 年 6 月，卷 3，頁 1338。

中女〉其詩云：

> 吾聞池中魚，不識海水深。吾聞桑下女，不識華堂陰。貧
> 窗苦機杼，富家鳴杵砧。天與雙明眸，只教識蒿簪。徒惜
> 越娃貌，亦蘊韓娥音。珠玉不到眼，遂無奢侈心。豈知趙
> 飛燕，滿髻釵黃金。（《全唐詩》卷 599）

此詩意在揭露貧富懸殊的社會現實，不採用直言、抽象、概念化，而
是通過各種藝術手法和貼切的語言加以表達。詩人關心民生疾苦、反
映社會現實以及揭露統治階級罪行，類似主題的尚有：〈野蠶〉（《全
唐詩》卷 599）、〈燒金曲〉（《全唐詩》卷 599）、〈擬古諷〉（《全唐詩》
卷 599）、〈秦富人〉（《全唐詩》卷 599）、〈思歸引〉（《全唐詩》卷 599）、
〈織素謠〉（《全唐詩》卷 599）、〈山村叟〉（《全唐詩》卷 599）、〈田
翁歎〉（《全唐詩》卷 599）等。

于濆關心戰爭帶給人民離散，白骨沙場的嚴酷事實，因而抨擊藩
鎮與中央，藩鎮與藩鎮之間戰爭的詩篇，所在多有，其〈隴頭吟〉詩
云：

> 借問隴頭水，終年恨何事。
> 深疑嗚咽聲，中有征人淚。
> 自古蘊長策，況我非才智。
> 無計謝潺湲，一宵空不寐。（《全唐詩》卷 599）

連年征戰，並非保國衛民，藩鎮間的相互殺戮，造成社會動盪不安，
只不過是將軍們獵取高官厚祿殘酷手段。寫出了現實的幽冷、淒厲，
滲入了時代的悲與怨。類似主題的尚有：〈隴頭水〉（《全唐詩》卷 599）、
〈塞下曲〉（《全唐詩》卷 599）、〈古離別〉（《全唐詩》卷 599）、〈古
征戰〉（《全唐詩》卷 599）、〈戍卒傷春〉（《全唐詩》卷 599）、〈邊遊
錄戍卒言〉等。

于濆善於用樂府及古詩之形式，表達諷刺的主題。以深邃眼光，
透視現實生活表層，於質樸自然中顯示鋒芒、透露激憤之情。清・賀
裳《載酒園詩話・又編》評論：「余最喜于濆、曹鄴」，列舉了于濆〈塞
下曲〉、〈長城曲〉等作品，推崇「如此數篇，真當蒙叟之采。」應屬

公允之論。〔註155〕

五、劉　駕

　　劉駕（822～？年），江東人，卒年不詳，其生平可知甚少，據《唐才子傳》云：「字司南，大中六年禮部侍郎崔嶬下進士。初與曹鄴爲友，深相結，俱工古風詩。」〔註156〕曹鄴先登第，不忍先歸，居長安，待劉駕成名，乃同歸范蠡故山。時國家收復河湟，駕獻樂府十章，上甚悅，歷官至國子博士。

　　劉駕除了〈唐樂府十首〉賀宣宗收復河湟外，其餘都是揭露晚唐社會黑暗。關於收復河湟，在唐代歷史上可算一件大事。安史之亂，唐軍東撤平亂，吐蕃乘虛入侵佔有河湟。宣宗時因吐蕃內亂，外加漢族民眾的力量，唐朝因此收復了河湟，符合朝野的期盼，是一樁大喜事。劉駕〈唐樂府十首〉序曰：

> 唐樂府。自送征夫至獻賀觴商。歌河湟之事也。下土土貢臣駕。生於唐二十八年。獲見明天子以德歸河湟地。臣得與天下夫婦復爲太平人。獨恨愚且賤。蠕蠕泥土中。不得從臣後拜舞稱于上前。情有所發。莫能自抑。作詩十章。目曰唐樂府。雖不足貢聲宗廟。形容盛德。而願與耕稼陶漁者歌田野江湖間。亦足自快。（《全唐詩》卷585）

宣宗收復河湟，劉駕歡欣鼓舞，所以上詩慶賀，是對正義戰爭的充分肯定，是對藩鎮割據的當頭棒喝，是眞心實意地抒發喜悅之情，而非借此媚上以博取功名。

　　劉駕對於當時的現實非常不滿。其詩歌幾乎都是直接或間接對現實的揭露和抨擊。晚唐內憂外患，戰亂不斷，以致城鄉凋敝，民不聊生，劉駕寫了不少反戰詩，其〈古出塞〉詩云：

<hr>

〔註155〕賀裳《載酒園詩話‧又編》〈于濆〉條，見郭紹虞編選《清詩話續編》，上海：上海古籍出版社，1999年6月，頁381。

〔註156〕辛文房：《唐才子傳校箋》，傅璇琮主編，北京：中華書局，1987年5月，第3冊，卷7，頁356。

> 胡風不開花，四氣多作雪。北人尚凍死，況我本南越。古
> 來犬羊地，巡狩無遺轍。九土耕不盡，武皇猶征伐。中天
> 有高閣，圖畫何時歇。坐恐塞上山，低於沙中骨。(《全唐詩》
> 卷 585)

詩人諷諭統治階級開拓邊境。由於戰爭的殘酷，對征人的家庭造成嚴
重的破壞，「坐恐塞上山，低於沙中骨」。深刻地從反面揭露，沙場上
戰死兵士的白骨，會比邊塞的山還高。類似主題的尚有：〈戰城南〉
(《全唐詩》卷 585)、〈塞下曲〉(《全唐詩》卷 585)、〈寄遠〉(《全唐
詩》卷 585) 等。

　　劉駕對於貧富懸殊，苦樂不均的現象加以揭露，其〈苦寒行〉詩
云：

> 嚴寒動八荒，刺刺無休時。陽鳥不自暖，雪壓扶桑枝。歲
> 暮寒益壯，青春安得歸。朔雁到南海，越禽何處飛。誰言
> 貧士歎，不為身無衣。(《全唐詩》卷 585)

詩人將嚴寒寫得逼真，特別是「陽鳥」二句，可謂意境獨特。以「點
睛」之筆寫道「誰言貧士歎，不為身無衣」，但富豪權貴不僅瞧不起
貧士，更不管貧士們「無衣無褐何以卒歲」了。類似主題的尚有：〈且
可憐行〉(《全唐詩》卷 585)、〈曲江春霽〉(《全唐詩》卷 585)、〈春
臺〉(《全唐詩》卷 585)、〈有感〉(《全唐詩》卷 585)、〈豪家〉(《全
唐詩》卷 585) 等。

　　劉駕對於農民、婦女、商賈的不幸生活和遭遇表達同情，其著名
的〈賈客詞〉詩云：

> 賈客燈下起，猶言發已遲。高山有疾路，暗行終不疑。寇
> 盜伏其路，猛獸來相追。金玉四散去，空囊委路岐。揚州
> 有大宅，白骨無地歸。少婦當此日，對鏡弄花枝。(《全唐詩》
> 卷 585)

詩寫得緊湊而簡潔，每二句概括一層意思，沒有一個多餘的字句。句
末「少婦當此日，對鏡弄花枝。」賈客屍骨已拋棄荒山僻野，妻子猶
對鏡梳妝打扮，「當此日」三個字把兩種相反的現象連接到一起，就

更顯得賈客的下場可悲可歎，少婦的命運可悲可憐。類似主題的尚有：〈反賈客樂〉（《全唐詩》卷 585）、〈早行〉（《全唐詩》卷 585）、〈桑婦〉（《全唐詩》卷 585）、〈棄婦〉（《全唐詩》卷 585）、〈效古〉（《全唐詩》卷 585）等。

綜上所言，劉駕的詩不多，僅六十九首，但反映的社會層面卻非常廣泛。其詩幾乎沒有律詩，七言絕句亦少，其餘全是古詩而且是五言。在律詩氾濫，人人競爭一聯一句之奇的時代，作古體詩成爲空谷足音，亦足以引人注意，在晚唐詩人中被譽爲「以五言古詩鳴」。〔註157〕《唐才子傳》評論劉駕的詩：「多比興含蓄，體無定規，意盡即止，爲時所宗。」〔註158〕洵爲公允之論。

六、唐彥謙、秦韜玉、崔道融、徐鉉、黃滔

（一）唐彥謙

唐彥謙（839～？年），字茂業，并州人，《舊唐書・唐彥謙傳》：「彥謙博學多藝，文詞壯麗，至於書畫音樂博飲之技，無不出於輩流。尤能七言詩，少時師溫庭筠，故文格類之。」〔註159〕爲人才高負氣，博學多藝，書畫博飲，無不擅長。曾隱居鹿門山，「自號鹿門先生，有詩集傳於世。」〔註160〕去世後，詩稿多散落，同時人鄭貽爲之輯綴，得二百多首，題爲《鹿門集》。今存者一百八十多首，《全唐詩》編爲二卷。寫民生艱苦的有五古〈宿田家〉（案：第十四句缺一字）詩云：

> 落日下遙峰，荒村倦行履。停車息茅店，安寢正鼾睡。忽聞扣門急，云是下鄉隸。公文捧花押，鷹隼駕聲勢。良民

〔註157〕胡震亨：《唐音癸籤》見周維德集校《全明詩話》，濟南：齊魯書社，2005 年 6 月，卷 8，頁 3638。

〔註158〕辛文房：《唐才子傳校箋》，傅璇琮主編，北京：中華書局，1987 年 5 月，第 3 冊，卷 7，頁 369。

〔註159〕劉昫等編：《舊唐書》，台北：鼎文書局，1992 年，卷 190 下，列傳第 140，頁 1101。

〔註160〕辛文房：《唐才子傳校箋》，傅璇琮主編，北京：中華書局，1987 年 5 月，第 4 冊，卷 9，頁 54。

懼官府，聽之肝膽碎。阿母出搪塞，老腳走顛躓。小心事
延款，□餘糧復置。東鄰借種雞，西舍覓芳醑。再飯不厭
飽，一飲直呼醉。明朝怯見官，苦苦燈前跪。使我不成眠，
爲渠滴青淚。民膏日已瘠，民力日愈弊。空懷伊尹心，何
補堯舜治。（《全唐詩》卷 671）

反映了統治者對人民的欺凌、壓榨和盤剝，造成「良民懼官府，聽之
肝膽碎。」更表達對人民痛苦的同情，「民膏日已瘠，民力日愈弊。」
和對殘酷現實的不滿。另一首〈採桑女〉詩云：

春風吹蠶細如蟻，桑芽才努青鴉嘴。
侵晨探采誰家女，手挽長條淚如雨。
去歲初眠當此時，今歲春寒葉放遲。
愁聽門外催里胥，官家二月收新絲。（《全唐詩》卷 671）

此詩以寒冷的春天，村女和淚採桑的生動形象，深刻揭露了「官家二
月收新絲」的橫徵暴歛。詩人不著一字議論，以一位勤勞善良的採桑
女子，在苛捐雜稅的壓榨下，所遭到的痛苦，深刻揭露了唐末五代「苛
政猛於虎」的社會現實。頷聯云：「侵晨探採誰家女，手挽長條淚如
雨。」春寒桑葉發芽較晚，寫出了採桑女辛勤勞動而又悲切愁苦的形
態。含意豐富，暗示性很強，使人很自然地聯想到：「蠶細」可能會
因「春寒」而凍死；無桑葉，蠶子可能會餓死；即使蠶子存活，但距
離吐絲、結繭的日子還很遠。「去歲初眠當此時，今歲春寒葉放遲。」
顯出採桑女心中的憂慮事，再加上她憂愁地聽到門外里胥催逼的聲
音，詩人把形態和心理描寫融爲一體，使採桑女形象感人至深，也影
射了官府重稅之害人。唐彥謙能夠巧妙地抒發詩人託物寄興的情懷，
其〈垂柳〉詩云：

絆惹春風別有情，世間誰敢鬥輕盈。
楚王江畔無端種，餓損纖腰學不成。（《全唐詩》卷 672）

這首詩詠垂柳，不僅維妙維肖地寫活了客觀外物之柳，又含蓄蘊藉地
寄託了詩人憤世嫉俗之情。詩人極寫垂柳美，自有一番心意。後二句
「楚王江畔無端種，餓損纖腰學不成」，話鋒一轉而另闢蹊徑，作者

聯想到楚靈王「愛細腰，宮女多餓死」的故事，巧妙地抒發了詩人託物寄興的情懷。詩人採取了迂迴曲折、託物寄興的手法，矛頭直指皇帝及其為首的官僚集團。

唐彥謙生逢亂離的「末世」，有時通過詩篇來關注現實，憂念民生。有些近體詩中就有類似於杜甫反映戰亂、自傷流落的片斷。有時格調之沈鬱、意境之渾成和字句之鍛煉，竟能酷似老杜。創作的主要成就在近體詩，在唐末五代獨樹一幟。

（二）秦韜玉

秦韜玉（生卒年不詳），字仲明，京兆人。僖宗中和二年，得准敕及第，官工部侍郎。詩作典麗工整，以七律見長。原有集已散失。《全唐詩》錄存其詩一卷，錄詩三十六首。又《補編》一首，計存詩三十七首。事見《唐才子傳》卷九、《唐詩紀事》卷三十六。

其〈貧女〉一詩，以語意雙關、含蘊豐富而為人傳誦。全篇以一個未嫁貧女的獨白，傾訴她抑鬱惆悵的心情，而字裏行間均流露出詩人懷才不遇、寄人籬下的感慨遺憾。其詩云：

> 蓬門未識綺羅香，擬托良媒益自傷。
> 誰愛風流高格調，共憐時世儉梳妝。
> 敢將十指誇偏巧，不把雙眉鬥畫長。
> 苦恨年年壓金線，為他人作嫁衣裳。（《全唐詩》卷670）

詩人刻畫貧女形象，沒有景物氣氛和居室陳設的襯托，也未進行相貌衣物和神態舉止的描摹，而是把貧女放在與社會環境的矛盾衝突中，通過獨自揭示她內心深處的苦痛。從家庭景況談到自己的親事，從社會風氣談到個人的志趣，有自傷自歎，也有自矜自持，最後發出「苦恨年年壓金線，為他人作嫁衣裳」的慨歎。這最後一呼，以其廣泛深刻的內涵，濃厚的生活哲理，使整首詩孕育著深厚的社會意義。

沈德潛認為本首詩：「語語為貧士寫照」，〔註161〕近人俞陛雲指

〔註161〕沈德潛：《唐詩別裁集》見《歷代詩別裁集》，杭州：浙江古籍出版社，1998年5月，卷16，頁155。

出:「此篇語語皆貧女自傷,而實爲貧士不遇者寫牢愁抑塞之懷。」

〔註162〕沈、俞二氏都重視本詩的比興意義,並且說出了詩的眞諦。「誰愛風流高格調」,儼然是文人獨清獨醒的寂寞口吻。「爲他人作嫁衣裳」,則反映了社會貧寒士人不爲世用的憤懣和不平。全詩語言簡麗,描畫細膩,寄寓深刻,情眞意哀,不愧佳作,該詩的結句「爲他人作嫁衣裳」爲世人所熟誦。

秦韜玉另一首〈織錦婦〉詩云:

桃花日日覓新奇,有鏡何曾及畫眉。

祗恐輕梭難作匹,豈辭纖手遍生胝。

合蟬巧間雙盤帶,聯雁斜銜小折枝。

豪貴大堆酧曲徹,可憐辛苦一絲絲。(《全唐詩》卷670)

此詩寫織錦婦的勤苦和怨恨,採用白描的手法,具體地勾劃出錦面精美新奇的同時,也刻劃了織錦婦的哀痛心情,對當時的民生疾苦和豪貴奢華加以抨擊。

秦韜玉其餘的作品,諸如:「朱紫盈門自稱貴,可嗟區宇盡瘡痍。」〈讀五侯傳〉、「會致名津搜俊彥,是張愁網絆英雄。」〈寄懷〉、「祗恐輕梭難作匹,豈辭纖手遍生胝。」〈隋堤〉、「按徹清歌天未曉,飲回深院漏猶賒。四鄰池館呑將盡,尙自堆金爲買花。」〈豪家〉、「渥洼奇骨本難求,況是豪家重紫騮。臕大宜懸銀壓胯,力渾欺著玉銜頭。」〈紫騮馬〉、「大底榮枯各自行,兼疑陰騭也難明。無門雪向頭中出,得路雲從腳下生。」〈問古〉、「階前莎毯綠不捲,銀龜噴香挽不斷。亂花織錦柳撚線,妝點池臺畫屏展。主人公業傳國初,六親聯絡馳朝車。鬥雞走狗家世事,抱來皆佩黃金魚。卻笑儒生把書卷,學得顏回忍飢面。」〈貴公子行〉等詩作(以上見《全唐詩》卷670),或詠物以寄託感情,或借歷史以諷諭現實,是較有諷刺意義的詩篇。

另外〈長安書懷〉中的「涼風吹雨滴寒更,鄉思欺人撥不平」、〈題竹〉中的「捲簾陰薄漏山色,欹枕韻寒宜雨聲」、〈八月十五日夜同衛

〔註162〕俞陛雲:《詩境淺說》,上海:上海書店,1984年,頁979。

諫議看月〉中的「寒光入水蛟龍起，靜色當天鬼魅驚」、〈釣翁〉中的「潭定靜懸絲影直，風高斜颭浪紋開」和〈天街〉中的「寶馬競隨朝暮客，香車爭碾古今塵」等，都是極佳的對句（以上見《全唐詩》卷670），充分顯示了詩人出類拔萃、高人一籌的藝術才華。

（三）崔道融

崔道融，荊州（今湖北江陵）人。自號「東甌散人」。與司空圖為詩友。〔註163〕早年遍遊今陝西、湖北、河南、江西、浙江、福建等地。曾為永嘉令，後官右補闕。因避亂入福建，可能去世於昭宗光化三年（900 年）。其現存詩七十餘首，皆為五七言絕句，其中五絕寫得最好。如：「滄滄長江水，悠悠遠客情。落花相與恨，到地一無聲。」（〈寄人〉二首之二，《全唐詩》卷 714）、「滿地梨花白，風吹碎月明。大家寒食夜，獨貯望鄉情。」（〈寒食夜〉，《全唐詩》卷 714）、「坐看黑雲銜猛雨，噴灑前山此獨晴。忽驚雲雨在頭上，卻是山前晚照明。」（〈溪上遇雨〉二首之二，《全唐詩》卷 714）及「籬外誰家不繫船，春風吹入釣魚灣。小童疑是有村客，急向柴門去卻關。」（〈溪居即事〉，《全唐詩》卷 714）等。均能即景傳情，就眼前所見，信手拈來，自然成篇並寫出特有的境界。

崔道融某些反映農村生活、同情農民疾苦的詩歌，其〈田上〉云：「雨足高田白，披蓑半夜耕。人牛力俱盡，東方殊未明。」（《全唐詩》卷 714）此詩以沉重的筆調，寫出農民雨夜力耕的辛勞，語言簡潔，真實地反映了農民辛勤勞作之苦，不著一字議論，而同情之心溢於言外。另一首：「蛙聲近過社，農事忽已忙。鄰婦餉田歸，不見百花芳。」（〈春墅〉，《全唐詩》卷 714）對勞動者寄予深切的同情。詩人別創新意，寫餉田的農婦好像看不見百花，其實是忙於農事，竟然無暇觀賞週遭春天的良辰美景。

〔註163〕辛文房：《唐才子傳校箋》，傅璇琮主編，北京：中華書局，1987 年 5 月，第 4 冊，卷 9，頁 1。

崔道融透過爲西施鳴不平，批駁「女色亡國」論，其〈西施灘〉詩云：

> 宰嚭亡吳國，西施陷惡名。
>
> 浣紗春水急，似有不平聲。（《全唐詩》卷 714）

詩人善於自抒新見，對傳統的看法提出質疑。在爲西施辯誣之後，很自然地將筆鋒轉到了西施灘，運用抒情的筆調，描寫了西施灘春日的情景，屬於議論詩中的精品，不僅訴諸理智，而且訴諸感情，將理智和感情自然地融合爲一體。其詩不事雕琢，很少用典，而以明淨樸素見長。

（四）徐　鉉

徐鉉（917～992 年），[註164] 字鼎臣，廣陵（今江蘇省揚州市）人。年少多才，十歲能屬文，與韓熙載齊名，江南稱「韓徐」。[註165]精小學，篆隸尤工，精研《說文解字》。其第徐鍇也有文名，合稱「二徐」。早年仕吳韋秘書郎，入南唐累官吏部尚書。後從李煜歸宋。宋太宗淳化初，因事坐累，黜靜難軍司馬。鉉文思敏捷，凡所撰述，往往執筆立就有《騎省集》三十卷，保留了他的大量詩文。《全五代詩》存其詩二百八十六首，《全唐詩》編爲六卷。

徐鉉深受儒家思想影響，對國家與君王有較強責任感的人。其〈觀人讀春秋〉詩云：

> 日覺儒風薄，誰將霸道羞。
>
> 亂臣無所懼，何用讀春秋。（《全唐詩》卷 752）

詩人不滿當時亂臣當道、霸道盛行的社會狀況，爲儒風的日漸淡薄而扼腕歎息，對於亂臣賊子作威作福，內心非常激憤，因而故作此反語，表達內心的酸楚、無奈。這種情感的表達，發自肺腑而不加掩飾，造成了極大的感染力和震撼力。徐鉉提出應當注重儒家的傳統道德，因爲它關係著國家的興衰存亡。其〈奉酬度支陳員外〉詩云：

〔註164〕 徐鉉生卒年之系年參見傅璇琮：《唐五代文學編年史》五代卷，瀋陽：遼海出版社，1998 年。

〔註165〕 吳任臣：《十國春秋》，杭州：杭州出版社，2004 年，卷 28，頁 3788。

古來賢達士，馳騖唯群書。非禮誓弗習，違道無與居。儒家若迂闊，遂將世情疏。吾友嗣世德，古風藹有餘。幸遇漢文皇，握蘭佩金魚。俯視長沙賦，悽悽將焉如。(《全唐詩》卷 756)

徐鉉推崇那些信守儒家禮義的「賢士」。爲了替君王分憂，他勇於直諫，這一舉動不是爲了追逐名利，但卻因此得罪權貴，遭致放逐，在貶謫期間，他對君王念念不忘，「四年去國身將老，百郡徵兵主尚憂。」(〈移饒州別周使君〉，《全唐詩》卷 754)。還常常叮囑自己要謹守情操，「忠臣本愛君，仁人本愛民。寧知貴與賤，豈計名與身。」(〈詠梅子眞送郭先輩〉，《全唐詩》卷 754)

徐鉉在長年的貶謫生涯，感受到「兵興」、「世亂」的年代裏人民的痛楚，爲百姓的疾苦而高呼，其〈送高起居之涇縣〉詩云：

右史罷朝歸，之官句水眉。別我行千里，送君傾一巵。酒罷長歎息，此歎君應悲。亂中吾道薄，卿族舊人稀。胡爲佩銅墨，去此白玉墀。吏事豈所堪，民病何可醫。藏用清其心，此外愼勿爲。縣郭有佳境，千峰溪水西。雲樹杳迴合，巖巒互蔽虧。彈琴坐其中，世事吾不知。時時寄書札，以慰長相思。(《全唐詩》卷 755)

其中「吏事豈所堪，民病何可醫。」流露出澄清吏治，關懷民瘼的想法。就連送別友人時，他也不忘叮囑幾句：「德林當本仁守信，體寬務斷。大兵之後，民各思義，聽其自理，任其自營，爲之上者。」(〈送鍾德林郎中學士赴東府詩幷序〉，《全唐詩》卷 754)，勸誡統治者，應當充分體察到「兵興」，亂世中的民生疾苦，應撫恤民心，以儒家仁義之道治理天下。

在經歷兩次貶謫之後，兵荒馬亂的社會現實和坎坷的人生經歷，給徐鉉帶來了巨大的痛苦，令他感到厭倦，詩人試圖尋求內心的寧靜，此時白居易閒適詩的淡泊平和、閒逸悠然的情調和心態，引起徐鉉的共鳴，故而形成其詩清婉淡雅的風格。

（五）黃　滔

黃滔（900～？年）字文江，莆田（今福建省莆田縣）人。唐昭宗乾寧二年（895）進士，累遷監察御史裏行，充威武軍節度推官。朱全忠篡唐，黃滔歸閩。王審知據有全閩，而終其身爲節將者，滔規正有力焉。著有《泉山秀句集》。

黃滔〈秋夕貧居〉詩云：

> 聽歌桂席闌，下馬槐煙裡。
> 豪門腐粱肉，窮巷思糠秕。
> 孤燈照獨吟，半壁秋花死。
> 遲明亦如晦，雞唱徒爲爾。（《全唐詩》卷704）

此詩以「豪門」和「窮巷」對比，寫出了貧富兩個截然不同的世界，其懸殊的差別和尖銳的對立。身處世道衰微之際，「遲明亦如晦，雞唱徒爲爾。」黃滔不免有「風雨如晦，雞鳴不已」之感歎。另一首〈書事〉詩云：

> 望歲心空切，耕夫盡把弓。
> 千家數人在，一稅十年空。
> 沒陣風沙黑，燒城水陸紅。
> 飛章奏西蜀，明詔與殊功。（《全唐詩》卷704）

詩人批判唐末統治者，驅使人民爲他們衝鋒陷陣，攻城掠地，從而造成「千家數人在，一稅十年空。」戰亂造成農村生産嚴重破壞，以致人口銳減而賦稅劇增的悲慘景象，對於「殺人邀功」的窮兵黷武加以譴責。其〈別友人〉詩云：

> 已喜相逢又怨嗟，十年飄泊在京華。
> 大朝多事還停舉，故國經荒未有家。
> 鳥帶夕陽投遠樹，人衝臘雪往邊沙。
> 夢魂空繫瀟湘岸，煙水茫茫蘆葦花。（《全唐詩》卷705）

這首贈別詩追憶十年飄泊京城，感慨時局動亂，科舉停止，故鄉飢饉，無家可歸的情形。詩中所描寫的正是五代時戰亂頻仍，生靈塗炭的悲慘社會現實。另一首〈和友人酬寄〉詩云：

新發煙霞詠，高人得以傳。

吟銷松際雨，冷咽石間泉。

大國兵戈日，故鄉饑饉年。

相逢江海上，寧免一潸然。（《全唐詩》卷 704）

在兵災戰亂之際，黃滔與隱逸山林的友人，相逢於江海之上，有感於故鄉饑饉，人民罹難，不禁潸然淚下。

《十國春秋》云：中州名避地來閩，若韓偓、李洵輩，皆主於滔。滔文詞贍蔚典則，詩清淳丰潤，有貞元、長慶風。楊誠齋云：「詩至晚唐益工。滔詩如『寺寒三伏雨，松偃數朝枝』；……與韓致光、吳融輩并遊，未知孰先？」洪邁云：「滔詩情清淳丰潤，如與人對語，和氣鬱鬱。」〔註166〕允為至當之論。

第十二節　小　結

　　本章依據唐末五代諷刺詩的發展，選錄當時具有時代性及特殊意義之作者，就其生平概略、詩歌作品、詩歌評價三方面進行研究，印證了唐末五代時期，由於政治黑暗、社會動盪、戰禍連年等因素，造成對知識份子生活、思想、情感及心理狀態等方面的影響，因此出現了很多因怨而生諷刺的諷刺詩人，更有各種怨詩詩人，如苛政怨、貧賤怨、離別怨、閨閣怨、仕宦怨、羈縻怨、後宮怨……因怨而生的諷刺更多。如果詩人想做真理的辯護者，或者理想的倡導者以及道德的守護者，都可能採用諷刺的藝術寓教於樂地完成他「自以為是」的歷史使命，使自己成為邪惡、愚蠢、虛假、偽善等社會不良傾向和軟弱、虛榮等人性弱點的揭露者和譴責者。〔註167〕

　　綜上所述，唐末五代腐敗的政治局面與混亂的社會秩序，固然消泯了唐末文人拯時救國的政治熱情，但在自身或親歷亂離或逃避世事

〔註166〕李調元：《全五代詩》，成都：巴蜀書社，1992 年，卷 84，頁 1678。
〔註167〕王珂：〈論中西諷刺詩的文體特徵及差異〉，福建《福建師範大學陰山學刊》第 17 卷第 1 期，2004 年 1 月，頁 28～29。

的人生遭遇中，則又不能不引起對國事人生的深重憂慮，因此，在唐末五代文人普遍的落寞心態中，實際上包含著深刻的憂患意識。這在詩歌創作實踐中的體現，也就自然構成與以憂國憂民爲主要標誌的儒家政教思想，在亂世的特定表現形態的聯結。這方面創作內容，在唐末五代詩壇影響面實甚廣泛，而且表現傑出。

　　揭示民間疾苦，譏諷朝政腐敗，本屬美刺傳統之議題，尤其是在衰亂之世，視其爲療救世道之良方，往往成爲士人的普遍心理趨向。正是在這樣的文學思想，與創作實踐的結合方式及其演進過程之中，唐末五代詩壇呈顯的一股含具指陳時弊內容的創作思潮，與傳統的儒家政教文學思想，構成了一種必然的淵源聯繫。

　　縱觀唐末五代詩人創作實際內容，不論是對民生疾苦與社會矛盾的正面揭露，還是以借題發揮、側面著筆的方式譏時刺政，都顯然可見，詩人以一種旁觀心態，對社會陰暗面的盡情揭示，對腐敗政治的尖利嘲諷。因此，同樣的題材，唐末五代詩歌與元和時期相比，由於消泯了那種政治圖變氛圍中的參與意識，也就一改積極的革弊精神，轉而爲消極的指陳意味，雖然批判鋒芒畢露，但究其根本，卻仍然折射出荒亂時代氛圍中，陰暗悲觀的社會心理，構成士人落寞消沉精神狀態下的另一種表現形式。

　　作爲儒家政教文學觀念發展進程，與歷史走向中的一個階段，唐末五代詩教思想，不僅積澱著儒學經典文化的精神基因，還顯然聯結著對於詩人本身，具有直接啓發意義的時代淵源，這就是唐末五代的詩人繼承了元、白諷諭詩的具體表現方式。唐末五代時期，舉國動亂，黑暗混濁，內憂外患。固然，腐敗的朝政，多重的憂患，容易使人志氣消沉，然而，在混亂不安的時代，詩人發出了不平的呼喚，正是所謂「哀怨起騷人」，〔註168〕唐末五代詩人將那充滿矛盾的痛苦、感觸，寄託於詩歌中，諸如：皮日休的「正樂府」；陸龜蒙用五古嘲諷，羅

〔註168〕彭定求等編：《全唐詩》，北京：中華書局，2003 年 7 月，卷 161，頁 1670。

隱感事傷時的諷刺；杜荀鶴展現抨擊的力道；司空圖的短歌微吟，晚唐巨擘鄭谷的淺切易曉；吳融似鐵中錚錚者；被譽為「秦婦吟秀才」的韋莊；外僧內儒，兼有學者、詩人和僧人多重身份的貫休、齊己等著名諷刺詩人。詩入們大多採用近體詩的體制形式來反映現實，揭露黑暗，批判腐敗，指責不合理現象，進而抒發對現實的強烈不滿和怨憤之情。這種表現方式增加了諷刺詩的內容與數量，拓展了唐詩的境界。

　　唐末五代詩人，透過諷刺詩歌具體的內容，呈現了詩人對歷史、人生的深沉思考及其進步思想的火苗。而這些諷刺詩提高了主觀抒情諷刺的功能，加大了批判的力量，更突破了傳統儒家詩教說的束縛，造就了中國古代諷刺文學的進一步發展。